용기

기백

결단력

해리 포터 시리즈

읽는 순서:
해리 포터와 마법사의 돌
해리 포터와 비밀의 방
해리 포터와 아즈카반의 죄수
해리 포터와 불의 잔
해리 포터와 불사조 기사단
해리 포터와 혼혈 왕자
해리 포터와 죽음의 성물

라틴어로도 읽을 수 있는 책:
해리 포터와 마법사의 돌
해리 포터와 비밀의 방

웨일스어, 고대 그리스어, 아일랜드어로도 읽을 수 있는 책:
해리 포터와 마법사의 돌

함께 읽을 책
신비한 동물 사전
퀴디치의 역사
(코믹 릴리프와 루모스를 돕고자 출간되었음)
음유시인 비들 이야기
(루모스를 돕고자 출간되었음)

이 세 권은 또한 다음의 시리즈로 출간되었습니다:
호그와트 라이브러리
(코믹 릴리프와 루모스를 돕고자 출간되었음)

일러스트 에디션
짐 케이 일러스트
해리 포터와 마법사의 돌
해리 포터와 비밀의 방
해리 포터와 아즈카반의 죄수
해리 포터와 불의 잔

올리비아 L. 길 일러스트
신비한 동물 사전

크리스 리델 일러스트
음유시인 비들 이야기

J.K. ROWLING

해리포터

HARRY POTTER

아즈카반의 죄수

2

J.K. 롤링 지음 | **강동혁** 옮김

GRYFFINDOR

🙰 문학수첩

HARRY POTTER & THE PRISONER OF AZKABAN

First published in Great Britain in 1999 by Bloomsbury Publishing Plc
This edition Published in October 2019
Text © J.K. Rowling 1999
Cover and interior illustrations by Levi Pinfold © Bloomsbury Publishing Plc 2019
Wizarding World is a trade mark of Warner Bros. Entertainment Inc.
Wizarding World Publishing and Theatrical Rights © J.K. Rowling
Wizarding World characters, names and related indicia are TM and © Warner Bros.
Entertainment Inc. All rights reserved.
Korean translation copyright © 2022 by Moonhak Soochup Publishing Co., Ltd.

스윙의 대모

질 프루잇과 에인 킬리에게

CONTENTS

12장
패트로누스

해리는 헤르미온느가 좋은 뜻으로 그랬다는 걸 알면서도 화가 나는 건 어쩔 수 없었다. 짧은 몇 시간 동안 그는 세상에서 가장 좋은 빗자루를 갖고 있었는데, 이제는 그녀가 끼어들어 방해한 탓에 그 빗자루를 다시 볼 수 있을지조차 알 수 없었다. 해리는 지금의 파이어볼트에 아무 문제가 없다고 확신했다. 하지만 온갖 종류의 저주 방지 테스트를 거치고 나면 어떻게 될까?

론도 헤르미온느에게 단단히 화가 나 있었다. 그에게 신제품 파이어볼트를 분해하는 것은 범죄나 마찬가지였다. 여전히 자기가 한 행동이 최선이었다는 생각을 굽히지 않고 있는 헤르미온느는 휴게실을 피하기 시작했다. 해리와 론은 그녀가 도서관으로 대피했을 거라고 생각했다. 굳이 돌아오라고 설득하지는 않았다. 새해가 되고 얼마 안 있다 다른 학생들이 집에서 돌아와 그리핀도르 탑이 다시 북적북적 시끄러워져서 솔직히 다행이었다.

우드는 학기가 다시 시작되기 전날 밤 해리를 찾아왔다.

"크리스마스 잘 보냈어?" 그가 묻더니 대답을 기다리지도 않고 자리에 앉아 목소리를 낮췄다. "크리스마스 동안 생각을 좀 해 봤어, 해리. 지난 경기 끝나고 나서 말이야. 만약에 다음 경기에도 디멘터들이 오면…… 그러니까…… 우린 그럴 여유가 없잖아. 그러니까……."

우드는 난처한 표정을 짓더니 더 이상 말을 잇지 못했다.

"해결하는 중이야." 해리가 재빨리 말했다. "루핀 교수님이 디멘터 막는 훈련을 시켜 주신댔어. 이번 주부터 시작할 거야. 크리스마스 이후에 시간이 난다고 하셨거든."

"아." 우드의 얼굴이 순식간에 환해졌다. "뭐, 그렇다면야. 난 정말이지 너 같은 수색꾼을 절대 잃고 싶지 않아, 해리. 그런데 새 빗자루는 아직 주문 안 했어?"

"응." 해리가 말했다.

"뭐라고! 서두르는 게 좋을 텐데. 래번클로를 상대로 그 슈팅스타를 탈 수는 없잖아!"

"해리는 크리스마스에 파이어볼트를 받았어." 론이 말했다.

"파이어볼트? 그럴 리가! 정말? 지, 진짜 파이어볼트?"

"흥분하지 마, 올리버." 해리가 우울하게 말했다. "이제 없으니까. 압수당했어." 그는 파이어볼트가 저주에 걸렸는지 아닌지 검사받게 된 자초지종을 모두 설명했다.

"저주라니? 어떻게 파이어볼트가 저주에 걸릴 수 있다는 거야?"

"시리우스 블랙." 해리가 지친 듯 말했다. "그자가 나를 찾고 있대. 그래서 맥고나걸 교수님은 시리우스 블랙이 파이어볼트를 보냈을지도 모른다고 생각해."

유명한 살인자가 자기 팀 수색꾼을 쫓고 있다는 사실은 우드에게 그리 중요하지 않은 것 같았다. "하지만 블랙이 어떻게 파이어볼트를 살 수 있었겠어! 도망 중이잖아! 온 나라가 그자를 찾고 있는데 어떻게 고급 퀴디치 용품점에 버젓이 들어가서 빗자루를 살 수 있다는 거야?"

"내 말이." 해리가 말했다. "근데도 맥고나걸 교수님은 그걸 분해하고 싶어 해."

우드의 얼굴이 하얗게 질렸다.

"내가 교수님께 말씀드려 볼게, 해리." 그가 약속했다.

"정신 차리시게 해야지……. 파이어볼트라니…… 진짜 파이어볼트가, 우리 팀에 있는데……. 맥고나걸 교수님도 우리만큼이나 그리핀도르가 이기기를 원하셔……. 내가 교수님이 제정신을 차리시도록 만들게……. 파이어볼트라니……."

다음 날, 수업이 다시 시작됐다. 살을 에는 1월 아침에 교정에서 두 시간을 보내고 싶은 사람은 아무도 없었지만 해그리드는 샐러맨더가 잔뜩 들어 있는 모닥불을 제공해 학생들을 즐겁게 해 주었다. 그 불꽃을 사랑하는 도마뱀들이 하얗게 달아올라 바스러지는 통나무 위를 날쌔게 오르내리는 동안 학생들은 마른 나무와 낙엽을 모아 계속 불을 피우면서 평소와 달리 즐거운 수업 시간을 보냈다. 하지만 새 학기의 첫 점술 수업은 이전 학기보다 훨씬 재미가 없었다. 트릴로니 교수는 이제 학생들에게 손금 보는 법을 가르치기 시작했는데, 그 기회를 놓치지 않고 해리의 생명선이 그녀가 지금까지 본 것 중에서 가장 짧다는 사실을 알려 주었다.

해리가 무척 듣고 싶었던 수업은 어둠의 마법 방어법이었다. 우드와 이야기를 나누고 나자 그는 되도록 빨리 디멘터를 막는 방법을 배우고 싶었다.

"아, 그렇지." 수업이 끝나고 해리가 약속을 상기시키자 루핀이 말했다. "어디 보자…… 목요일 저녁 8시는 어떠니? 마법의 역사 교실이면 괜찮을 것 같은데……. 어떤 식으로 할지 곰곰이 생각해 보마……. 연습하겠다고 진짜 디멘터를 성으로 들여올 수는 없으니까……."

"아직도 아픈 것 같네. 그래 보이지 않아?" 저녁을 먹으러 복도를 걸어갈 때 론이 물었다. "어디가 안 좋은 걸까?"

뒤에서 못마땅한 기색을 담아 크게 혀 차는 소리가 들렸다. 헤르미온느였다. 그녀는 갑옷 발치에 앉아 책이 잔뜩 들어 있는 탓에 닫히지 않는 가방을 다시 싸려 끙끙대고 있었다.

"넌 왜 우리한테 쯧쯧거리는 건데?" 론이 짜증을 냈다.

"아무것도 아냐." 헤르미온느가 가방을 어깨에 들쳐 메며 우쭐대는 목소리로 말했다.

"쯧쯧 하고 혀 차는 소리를 냈잖아." 론이 따지듯 말했다. "내가 루핀이 어디가 안 좋은지 모르겠다니까 네가……."

"뭐, *뻔하지 않아*?" 헤르미온느가 화날 만큼 거만한 표정을 짓고 말했다.

"말하기 싫으면 하지 마. 관둬." 론이 날카롭게 쏘아붙였다.

"그래." 헤르미온느는 도도하게 대꾸하더니 멀리 걸어가 버렸다.

"저도 모르면서." 론이 화가 나서 헤르미온느의 뒷모습을 쏘아보며 말했다. "그냥 우리가 다시 말을 걸게 하려고 저러는 거야."

목요일 저녁 8시, 해리는 그리핀도르 탑을 나선 뒤 마법의 역사 교실로 향했다. 도착했을 때 어두운 교실에는 아무도 없었지만 마법 지팡이로 불을 켜고 5분쯤 기다리니 루핀 교수가 커다란 포장용 상자를 들고 나타났다. 그는 상자를 번쩍 들어 빈스 교수의 책상에 올려놓았다.

"그게 뭐예요?" 해리가 물었다.

"또 다른 보가트." 루핀이 망토를 벗으며 말했다. "화요일부터 성을 샅샅이 뒤지고 다녔는데, 아주 운 좋게도 필치 씨의 서류 보관함에 숨어 있는 이 녀석을 발견했다. 우리가 구할 수 있는 것 중에서는 진짜 디멘터에 가장 가깝지. 널 보면 보가트가 디멘터로 변할 테니 그걸 상대로 연습할 수 있을 거야. 평소에는 내 연구실에 두마. 책상 밑에 녀석이 좋아할 만한 보관함이 있거든."

 "알겠어요." 해리는 전혀 불안하지 않다는 듯, 루핀이 그렇게 좋은 디멘터 대용물을 찾아 그저 기쁘다는 것처럼 들리도록 애쓰며 말했다.

 "그럼……." 루핀 교수가 마법 지팡이를 꺼내 들고 해리에게도 똑같이 하라고 신호를 보냈다. "내가 가르쳐 주려는 주문은 아주 고급 마법이란다, 해리. 보통 마법사 등급을 훨씬 뛰어넘지. 패트로누스 마법이라고 한다."

 "어떤 효과가 있는데요?" 해리가 초조한 목소리로 물었다.

 "뭐, 제대로 먹힌다면 패트로누스를 불러내지." 루핀이 말했다. "패트로누스는 어떻게 보면 디멘터와 정반대의 존재야. 너랑 디멘터 사이에서 방패 역할을 하는 수호자란다."

 해리는 문득 커다란 곤봉을 든 해그리드만 한 형체 뒤에 웅크린 자신의 모습을 떠올렸다. 루핀 교수가 말을 이었다. "패트로누스는 일종의 긍정적인 힘이야. 디멘터들이 먹고 사는 바로 그 힘의 투영체지. 희망, 행복, 살고자 하는 욕구 같은 것들 말이다. 하지만 패트로누스는 진짜 인간들과 달리 절망을 느끼지 못하기에 디멘터들도 해칠 수 없어. 그래도 이건 미리 경고해야겠구나, 해리. 어쩌면 이 마법은 네가 쓰기에 너무 어려울지도 몰라. 자격을 갖춘 마법사들 중에도 이 마법을 어려워하는 사람이 꽤 많거든."

"패트로누스는 어떻게 생겼어요?" 해리가 호기심에 차서 물었다.

"어떤 마법사가 불러내느냐에 따라서 다르단다."

"어떻게 불러내는데요?"

"주문을 외워야지. 그 주문은 네가 온 힘을 다해 아주 행복했던 단 하나의 기억에 집중할 때에만 통할 거야."

해리는 행복했던 기억을 떠올리려고 애썼다. 물론, 더즐리네서 겪었던 일 중에는 행복한 기억이 하나도 없었다. 마침내 그는 처음으로 빗자루를 탔던 순간을 골랐다.

"됐어요." 그는 속에서 느껴지던, 하늘로 치솟는 그 멋진 감각을 되도록 정확히 떠올리려고 애쓰며 말했다.

"주문은 이거야……." 루핀이 목을 가다듬었다. "엑스펙토 패트로눔!"

"엑스펙토 패트로눔." 해리가 숨을 죽이고 따라 했다. "엑스펙토 패트로눔."

"행복한 기억에 집중하고 있니?"

"아, 네." 해리가 재빨리 빗자루를 처음 탔던 순간으로 생각을 되돌리며 대답했다. "엑스펙토 패트로노…… 아니, 패트로눔. 죄송해요. 엑스펙토 패트로눔, 엑스펙토 패트로눔······."

마법 지팡이 끝에서 갑자기 뭔가가 휙 튀어나왔다. 그것
은 한 줄기 은빛 기체처럼 보였다.

"보셨어요?" 해리가 흥분해서 소리쳤다. "뭐가 나왔어
요!"

"아주 잘했다." 루핀이 미소 지으며 말했다. "좋아. 그럼,
디멘터한테 써 볼 준비 됐니?"

"네." 해리가 마법 지팡이를 단단히 쥐고 텅 빈 교실 한복
판으로 걸어가며 말했다. 애써 비행에 정신을 집중하려고
했지만 그럴수록 뭔가 다른 생각이 계속 끼어들었다······.
지금 당장에라도 어머니의 목소리가 다시 들릴지도 몰
라······. 하지만 그런 생각을 해선 안 돼. 그럼 또다시 어
머니의 목소리를 듣게 될 테니까. 그 소리를 듣고 싶지 않
아······. 아니, 듣고 싶은 걸까?

루핀이 포장용 상자의 뚜껑을 열었다.

디멘터가 상자 안에서 천천히 솟아올랐다. 후드를 뒤집
어쓴 얼굴은 해리를 향했고, 번들거리는 딱지투성이 손은
망토를 움켜쥐고 있었다. 교실 등불들이 깜빡거리다가 꺼
졌다. 디멘터가 상자에서 나와 해리에게 조용히 스르르 다
가오면서 깊고 그르렁거리는 숨을 쉬었다. 살을 에는 듯한

냉기가 해리를 덮쳤다.

"엑스펙토 패트로눔!" 해리가 소리쳤다. "엑스펙토 패트로눔! 엑스펙토……."

교실과 디멘터가 사라졌다……. 해리는 또다시 자욱한 하얀색 안개 속으로 떨어지고 있었다. 어머니의 목소리가 어느 때보다도 큰 소리로 머릿속에 메아리쳤다……. *"해리는 안 돼! 해리는 안 돼요! 제발…… 뭐든지 할게요……."*

"물러서라……. 물러서라고 했다, 여자여……."

"해리!"

해리는 흠칫하며 정신을 차렸다. 바닥에 등을 대고 드러누운 채였다. 교실 등불들은 다시 켜져 있었다. 무슨 일이 일어났는지 물어볼 필요도 없었다.

"죄송해요." 그가 몸을 일으켜 앉으며 중얼거렸다. 얼굴에 식은땀이 흐르는 것이 느껴졌다.

"괜찮니?" 루핀이 물었다.

"네……." 해리는 손으로 책상을 잡고 몸을 일으킨 다음 기댔다.

"자." 루핀이 개구리 초콜릿을 하나 건넸다. "다시 해 보기 전에 이걸 먹거라. 나도 한 번에 해낼 거라고는 생각하지 않았다. 사실, 해냈다면 엄청 놀랐을 거야."

"점점 심해지고 있어요." 해리가 개구리 머리 부분을 깨물어 먹으며 중얼거렸다. "엄마 목소리가 더 크게 들렸어요. 그리고 그자, 볼드모트도······."

루핀은 평소보다 더 창백해 보였다.

"해리, 계속하고 싶지 않다고 해도 충분히 이해할 수······."

"할 거예요!" 해리가 남은 개구리 초콜릿을 입안에 밀어넣으며 큰 소리로 말했다. "해야만 해요! 래번클로와 시합하는 도중에 또다시 디멘터들이 나타나면요? 지난 시합 때처럼 빗자루에서 떨어질 순 없어요. 이번 경기에서도 지면 퀴디치 우승컵을 놓친다고요!"

"좋아, 그럼······." 루핀이 말했다. "다른 기억을 떠올리는 게 좋을 것 같다. 그러니까 정신을 집중할 만한 행복한 기억 말이야······. 방금 전의 그 기억은 그렇게 강하지 않았던 것 같구나······."

해리는 열심히 생각한 끝에, 작년 기숙사 챔피언십에서 그리핀도르가 우승했을 때의 그 확실히 행복했던 기억을 떠올리기로 했다. 그는 마법 지팡이를 다시 움켜쥐고 교실 한가운데 섰다.

"준비됐니?" 루핀이 상자 뚜껑을 잡고 물었다.

"준비됐어요." 해리는 상자가 열렸을 때 일어날 일에 관한 암울한 생각이 아니라 그리핀도르가 우승했던 행복한 생각으로 머릿속을 채우려고 애쓰며 말했다.

"자!" 루핀이 뚜껑을 열었다. 교실은 다시 한 번 얼어붙을 듯 싸늘해지고 어두워졌다. 디멘터가 미끄러지듯 앞으로 나오며 그르렁거리는 숨소리를 내뱉었다. 그것의 썩어 문드러진 손이 해리를 향해 뻗어 나왔다.

"엑스펙토 패트로눔!" 해리가 외쳤다. "엑스펙토 패트로눔! 엑스펙토 패트⋯⋯."

하얀 안개 때문에 감각이 무뎌졌⋯⋯. 크고 흐릿한 형상들이 주위에서 움직이더니⋯⋯ 새로운 목소리가 들렸다. 한껏 당황한 채 소리치는 한 남자의 목소리⋯⋯.

"릴리, 해리를 데리고 가! 그놈이야! 가! 도망쳐! 내가 시간을 끌게⋯⋯."

누군가가 방에서 비틀거리며 나오는 소리⋯⋯ 문이 확 열리는 소리⋯⋯ 높은 음으로 낄낄거리는 웃음소리⋯⋯.

"해리! 해리⋯⋯ 일어나라⋯⋯."

루핀이 해리의 얼굴을 찰싹찰싹 쳤다. 이번엔 자신이 왜 먼지투성이 교실 바닥에 누워 있는지 이해하기까지 시간이 조금 걸렸다.

"아빠 목소리가 들렸어요." 해리가 중얼거렸다. "아빠 목소리를 들은 건 이번이 처음이에요. 아빠 직접 볼드모트와 싸우려고 했어요. 엄마가 도망칠 시간을 벌어 주려고요……."

해리는 문득 얼굴이 땀과 눈물로 범벅이 돼 있다는 사실을 깨달았다. 그는 루핀이 보지 못하도록 될 수 있는 대로 고개를 깊숙이 숙이고 신발 끈을 매는 척하며 로브로 눈물을 닦았다.

"제임스의 목소리를 들었다고?" 루핀이 묘한 목소리로 물었다.

"네……." 해리는 눈물을 닦고 고개를 들었다. "왜 그러…… 아빠를 아세요?"

"아, 안다. 실은 잘 알지." 루핀이 말했다. "호그와트 시절 친구였거든. 자, 해리, 오늘은 여기서 끝내는 게 좋을 것 같다. 이 마법은 네가 익히기에는 터무니없이 수준이 높아……. 너에게 이걸 가르쳐 주겠다고 하는 게 아니었는데……."

"아니에요!" 해리가 얼른 소리쳤다. 그는 다시 일어났다. "한 번 더 해 볼게요! 정말로 행복했던 기억을 떠올리지 않아서 그래요. 잠깐만요……."

그는 머리를 쥐어짰다. 정말로, 정말로 행복한 기억……
훌륭하고 강력한 패트로누스로 바꿔 놓을 수 있는 기
억…….

그 자신이 마법사이고, 더즐리네를 떠나 호그와트로 가
게 된다는 사실을 알게 된 순간! 그게 행복한 기억이 아니
라면 과연 무엇이 행복일 수 있을까? 해리는 프리빗가를
떠난다는 사실을 깨달았을 때의 느낌에 집중하며 바닥에
서 일어나 포장용 상자를 다시 한 번 마주했다.

"준비됐니?" 마지못한 표정으로 루핀이 말했다. "집중하
고 있지? 좋아. 연다!"

그가 세 번째로 상자의 뚜껑을 열자 그 안에서 디멘터가
솟구쳐 나왔다. 교실 안은 또다시 싸늘하고 어두워졌다.

"**엑스펙토 패트로눔!**" 해리가 악을 썼다. "**엑스펙토 패
트로눔! 엑스펙토 패트로눔!**"

머릿속 비명이 다시 시작됐다. 다만 이번에는 주파수를
엉망으로 맞춘 라디오에서 나오는 소리 같았다. 작아졌다
가 커졌다가 다시 작아졌다가…… 게다가 디멘터는 여전
히 보였다……. 놈은 멈춰 서 있었다……. 다음 순간 해리
의 마법 지팡이 끝에서 커다란 은색 그림자가 튀어나와 그
와 디멘터 사이를 맴돌았다. 해리는 다리가 후들거렸지만

그래도 버티고 섰다……. 얼마나 더 그럴 수 있을지는 확신할 수 없었지만…….

"리디큘러스!" 루핀이 앞으로 뛰쳐나가며 소리쳤다.

크고 날카로운 소리가 나더니 해리의 흐릿한 패트로누스가 디멘터와 함께 사라졌다. 해리는 1킬로미터 넘는 거리를 막 달려온 것 같은 기진맥진한 기분에 다리를 후들거리며 의자에 주저앉았다. 마법 지팡이를 휘둘러 보가트를 다시 포장용 상자에 집어넣느라 애쓰는 루핀 교수가 곁눈으로 보였다. 보가트는 이번에도 은빛 구체로 변해 있었다.

"훌륭해!" 루핀이 해리가 앉은 곳으로 성큼성큼 다가오며 말했다. "잘했다, 해리! 확실히 첫발을 내디딘 거야!"

"한 번 더 해 봐도 돼요? 딱 한 번만요."

"지금은 안 돼." 루핀이 단호하게 말했다. "하룻밤치고 충분히 했다. 자……."

그는 해리에게 큼직한 허니듀크스 최고급 초콜릿 바 한 개를 건넸다.

"어서 다 먹어라. 그렇지 않으면 폼프리 선생님이 날 가만두지 않을 거야. 다음 주에도 같은 시간에 볼까?"

"좋아요." 해리가 말했다. 그는 초콜릿 바를 한 입 베어 물고, 디멘터가 사라지면서 다시 켜진 등불을 끄는 루핀의 모습을 지켜보았다. 그때 그의 머릿속에 어떤 생각이 막 떠올랐다.

"루핀 교수님?" 그가 말했다. "아빠를 아셨다면 시리우스 블랙도 아셨겠네요."

루핀이 홱 돌아보았다.

"왜 그렇게 생각하지?" 그가 날카로운 목소리로 물었다.

"아뇨, 그러니까, 전 그냥 아빠랑 블랙도 호그와트 시절 친구였다는 얘길 들어서⋯⋯."

루핀의 표정이 풀어졌다.

"그래, 나도 블랙을 알았다." 그가 짧게 말했다. "아니면 알았다고 생각했거나. 가 보는 게 좋겠구나, 해리. 시간이 늦었다."

교실 밖으로 나온 해리는 복도를 지나 모퉁이를 돈 다음 갑옷 뒤로 돌아가서 그 받침대에 주저앉았다. 그는 블랙 얘기를 하지 말 걸 그랬다고 생각하며 초콜릿을 마저 먹었다. 루핀은 분명 그 화제를 달가워하지 않았다. 이어서 해리의 생각은 어머니와 아버지에게로 되돌아갔다⋯⋯.

초콜릿 때문에 배가 무척 불렀는데도 기운이 빠지고 이상하게 공허한 기분이 들었다. 머릿속에서 재생되는 부모님의 마지막 순간을 듣는 건 끔찍했지만, 아주 어린 시절 이후 해리가 그들의 목소리를 들은 건 그때가 유일했다. 그런데 부모님 목소리를 조금이라도 다시 듣고 싶어 하면 결코 제대로 된 패트로누스를 만들어 낼 수 없다니…….

"그분들은 돌아가셨어." 그는 스스로를 엄하게 타일렀다. "그분들은 돌아가셨고, 메아리를 들어 봐야 그분들을 살려 낼 수는 없어. 퀴디치 우승컵을 타고 싶다면 정신 똑바로 차려야 해."

그는 일어나 남은 초콜릿을 입에 밀어 넣고 그리핀도르 탑으로 돌아갔다.

학기가 시작되고 1주일 뒤, 래번클로 대 슬리데린의 시합이 열렸다. 아슬아슬하긴 했지만 슬리데린이 이겼다. 우드의 말에 따르면 이는 그리핀도르에게 굉장히 좋은 소식이었다. 그리핀도르가 래번클로를 이기면 2위로 올라설 테니까. 우드는 그런 이유로 팀 훈련을 1주일에 다섯 번으로 늘렸다. 이 말은 곧 퀴디치 훈련 여섯 번을 합친 것보다 더 기운 빠지는 루핀의 디멘터 퇴치 수업까지 더하면 해리에게는 그 모든 숙제를 할 시간이 1주일 중 단 하룻밤밖에 없다는 뜻이었다. 그렇긴 하지만, 해리도 헤르미온느만큼 피곤해 보이지는 않았다. 헤르미온느의 엄청난 학업량이 마침내 그녀에게 영향을 미치는 듯했다. 헤르미온느는 매일 밤, 하루도 빠짐없이 휴게실 한구석에서 탁자 몇 개에 책들과 숫자점 도표, 룬문자 사전, 무거운 물체를 들어 올리는 머글 그림, 엄청난 양의 필기 노트를 잔뜩 쌓아 놓은 모습으로 발견되었다. 그녀는 누구에게도 거의 말을 걸지 않았고, 방해를 받으면 신경질을 부렸다.

"쟤는 대체 어떻게 저걸 다 하는 거야?" 어느 날 저녁, 해리가 앉아서 스네이프가 내준 검출 불가 독극물에 관한 골치 아픈 작문 숙제를 마무리하고 있는데 론이 중얼거렸다. 해리가 고개를 들었다. 헤르미온느는 위태롭게 쌓인 책 더미 뒤에 가려져 잘 보이지도 않았다.

"뭘?"

"그 많은 수업에 다 들어가는 것 말이야!" 론이 말했다. "오늘 아침에 쟤가 숫자점 벡터 교수님한테 이야기하는 걸 들었어. 어제 수업 시간에 있었던 얘기를 하더라고. 그런데 헤르미온느는 그 수업을 들었을 리 없어. 왜냐하면 우리랑 같이 마법 생명체 돌보기를 듣고 있었으니까! 게다가 어니 맥밀런 말로는 쟤가 지금까지 머글학 수업에 단 한 번도 빠진 적이 없다는 거야. 근데 그 수업의 반은 점술 시간이랑 겹치잖아. 쟤는 점술 수업도 한 번도 안 빠졌는데!"

그러나 해리에게는 실현 불가능한 헤르미온느 시간표의 수수께끼를 생각할 시간이 없었다. 이제는 정말로 스네이프의 작문 숙제를 해야 했던 것이다. 하지만 잠시 뒤 그는 또다시 방해를 받았다. 이번에는 우드가 와서 말을 걸었다.

"나쁜 소식이야, 해리. 방금 파이어볼트 일로 맥고나걸 교수님을 찾아갔었어. 교수님이, 어…… 좀 화를 내시더라. 나더러 우선순위를 잘못 잡았대. 내가 네 안전보다 우승컵을 타는 데 더 신경 쓴다고 생각하시는 것 같아. 네가 스니치를 먼저 잡을 수만 있다면 그 빗자루가 널 내팽개치는 것쯤은 별로 상관하지 않는다고 말씀드렸을 뿐인데." 우드는 어이가 없다는 듯 고개를 저었다. "솔직히, 누가 교수님이 나한테 소리 지르는 걸 들었으면…… 내가 뭐 끔찍한 말이라도 한 줄 알았을 거야. 그러고 나서 내가 교수님한테 파이어볼트를 얼마나 더 가지고 계실 거냐고 여쭤봤는데……." 그는 얼굴을 잔뜩 찌푸리고 맥고나걸 교수의 엄격한 목소리를 흉내 냈다. "'필요한 만큼이겠지, 우드.'……이젠 새 빗자루를 주문해야 할 것 같다, 해리.《어떤 빗자루?》맨 뒤에 주문서 양식이 있어……. 말포이 거랑 같은 님부스 2001을 구할 수도 있을 거야."

"나는 말포이가 좋다고 생각하는 건 절대 안 사." 해리가 단호하게 말했다.

어느새 1월이 지나고 2월로 접어들었지만, 가혹할 만큼 추운 날씨에는 아무런 변화도 없었다. 래번클로와의 시합이 점점 다가오고 있었지만 해리는 아직 새 빗자루를 주문하지 않았다. 이제 그는 변환 마법 시간마다 수업이 끝난 뒤 맥고나걸 교수에게 파이어볼트 소식을 물었다. 론은 기대에 찬 얼굴로 해리 곁에 서 있었고, 헤르미온느는 고개를 돌린 채 빠르게 지나갔다.

"아니, 포터. 아직은 돌려줄 수 없다." 이런 일이 열두 번째 일어났을 때, 해리가 채 입을 열기도 전에 맥고나걸 교수가 말했다. "평범한 저주는 거의 조사가 끝났지만 플리트윅 교수님은 빗자루에 팽개치기 마법이 걸려 있을지도 모른다고 생각하신다. 점검이 끝나면 즉시 말해 주마. 이제 날 좀 그만 괴롭히거라."

설상가상으로 해리의 디멘터 퇴치 수업도 기대만큼 잘 진행되지 않았다. 여러 번 수업을 받으면서 해리는 디멘터로 변한 보가트가 다가올 때마다 희미한 은색 그림자를 만들어 낼 수 있었다. 하지만 그의 패트로누스는 디멘터를 쫓아 버리기에는 너무 약했다. 패트로누스는 반투명한 구름처럼 맴돌며, 그것을 붙들어 두려는 해리의 힘만 소모시킬 뿐이었다. 해리는 부모님의 목소리를 다시 듣고 싶다는 비밀스러운 욕망에서 비롯된 죄책감에 스스로에게 화가 났다.

"너는 너 자신에게 너무 많은 걸 기대하고 있어." 4주째 연습 때 루핀 교수가 엄격한 목소리로 말했다. "열세 살짜리 마법사한테는 불분명한 패트로누스를 만들어 낸 것만도 엄청난 성과야. 더 이상은 기절하지 않잖아. 안 그러냐?"

"저는 패트로누스가 달려들어서 디멘터들을 쓰러뜨리거나 뭐 그렇게 할 줄 알았어요." 해리가 의기소침해서 말했다. "아니면 놈들을 사라지게 만들거나요."

"진짜 패트로누스는 그렇지." 루핀이 말했다. "하지만 너는 아주 짧은 시간 안에 엄청난 걸 이루어 냈어. 다음번 퀴디치 시합에서 디멘터들이 나타나면, 땅에 내려설 때까지는 얼마든지 놈들을 저지할 수 있을 거다."

"숫자가 많으면 더 어렵다고 하셨잖아요." 해리가 말했다.

"나는 너를 전적으로 믿는다." 루핀이 미소를 머금으며 말했다. "자, 넌 충분히 한잔할 자격이 있어. 스리 브룸스틱스에서 가져온 건데 한 번도 마셔 본 적 없을 거다."

그가 서류 가방에서 병 두 개를 꺼냈다.

"버터맥주네요!" 해리가 무심코 말했다. "저 그거 좋아하는데!"

루핀이 한쪽 눈썹을 치켜올렸다.

"아, 론이랑 헤르미온느가 호그스미드에서 좀 가져다줬어요." 해리는 재빨리 거짓말을 했다.

"그렇구나." 루핀이 여전히 조금 의심스러운 표정을 지은 채 말했다. "자. 그리핀도르가 이번 래번클로와의 시합에서 승리하길 기원하며 한잔하자! 선생이 한쪽 편을 들어선 안 되겠지만……." 그가 얼른 덧붙였다.

그들은 조용히 버터맥주를 마셨다. 잠시 후 해리가 한동안 궁금해하던 일을 소리 내어 물었다.

"디멘터의 후드 속에는 뭐가 있어요?"

루핀 교수는 생각에 잠긴 채 병을 내렸다.

"흠…… 글쎄, 그걸 정말로 아는 사람들은 우리한테 말해 줄 상황이 못 된다. 디멘터들은 결정적인 최악의 무기를 사용할 때만 후드를 벗거든."

"그게 뭔데요?"

"사람들은 그걸 '디멘터의 입맞춤'이라고 부르지." 루핀이 약간 비틀린 미소를 지으며 말했다. "디멘터들이 완전히 파괴하고자 하는 사람들에게 하는 짓이야. 내 생각에 후드 속에는 분명 입 같은 게 있을 거다. 놈들은 희생자의 입을 자기 입으로 막고 그…… 영혼을 빨아들이지."

해리는 자기도 모르게 버터맥주를 입 밖으로 뱉어 냈다.

"그게 무슨…… 죽인다는 거예요?"

"아아, 그건 아니야." 루핀이 말했다. "그보다 훨씬 나쁘지. 사람은 영혼 없이도 존재할 수 있거든. 뭐랄까, 뇌와 심장이 계속 작동하는 한은 말이지. 하지만 더 이상 스스로를 느끼지도 못하고, 기억도 그 무엇도…… 다 사라지고 만다. 회복할 가능성은 전혀 없고. 그냥 존재하기만 할 뿐이야. 빈껍데기처럼 말이지. 그리고 영혼은 영원히 사라져서…… 되찾을 수 없게 돼."

루핀이 버터맥주를 좀 더 마시더니 말을 이었다. "바로그게 시리우스 블랙을 기다리는 운명이야. 오늘 아침 《예언자일보》에 기사가 났더라. 마법 정부가 디멘터들에게 블랙을 잡으면 그렇게 해도 된다고 허가해 줬다더구나."

해리는 입으로 누군가의 영혼을 빨아낸다는 발상에 충격을 받아 잠시 가만히 앉아 있었다. 하지만 그러고 나서 블랙을 떠올렸다.

"그자는 그런 일을 당할 만해요." 그가 불쑥 내뱉었다.

"그렇게 생각하니?" 루핀이 가벼운 말투로 물었다. "정말로 어떤 사람은 그런 일을 당해도 된다고 생각해?"

"네." 해리가 반항하듯 말했다. "어떤…… 어떤 일에 대해서는요……."

그는 스리 브룸스틱스에서 엿들은 블랙에 관한 이야기, 블랙이 어머니와 아버지를 배신한 이야기를 루핀에게 들려주고 싶었다. 하지만 그렇게 되면 허가서 없이 호그스미드에 간 일을 밝혀야 할 테고, 루핀이 별로 좋게 생각하지 않을 건 뻔했다. 그래서 해리는 버터맥주를 마저 마시고 루핀에게 감사 인사를 한 다음 마법의 역사 교실을 나섰다.

디멘터의 후드 속에 무엇이 있는지 묻지 않았으면 좋았을 거라는 생각이 들었다. 답변이 너무 끔찍했다. 해리는 영혼이 빨려 나간다는 건 어떤 느낌일까 하는 불쾌한 생각에 사로잡힌 나머지 앞을 제대로 보지 않고 계단을 올라가다가 맥고나걸 교수와 정면으로 부딪히고 말았다.

"잘 좀 보고 다녀라, 포터!"

"죄송합니다, 교수님."

"방금 전까지 그리핀도르 휴게실에서 널 찾고 있었다. 그래, 여기 있다. 생각나는 건 다 검사하고 확인해 봤는데 파이어볼트에는 아무 문제가 없는 것 같구나. 어딘가에 아주좋은 친구를 둔 모양이지, 포터……."

해리의 입이 떡 벌어졌다. 맥고나걸 교수가 파이어볼트

를 내밀었다. 파이어볼트는 여전히 훌륭한 자태를 뽐내고 있었다.

"다시 가져도 된다고요?" 해리가 조심스럽게 물었다. "정말요?"

"정말이고말고." 맥고나걸 교수가 말했다. 사실 그녀는 미소를 머금고 있었다. "토요일 시합 전에 감을 잡아야겠지? 그리고 포터, 꼭 이겨야 한다. 알겠니? 그렇지 않으면 8년 연속 우승 실패야. 참 친절하게도 바로 어젯밤 스네이프 교수가 그렇게 알려 주더구나……."

해리는 말을 잃은 채 파이어볼트를 들고 계단을 올라가 그리핀도르 탑으로 돌아갔다. 모퉁이를 돌자 입이 귀에 걸리도록 활짝 웃으며 달려오는 론이 보였다.

"교수님이 준 거야? 잘됐다! 저기, 나 한번 타 봐도 되는 거지? 내일 탈까?"

"그럼…… 얼마든지……." 해리가 요 한 달 사이 어느 때보다 가벼운 마음으로 말했다. "근데, 우리 이제 헤르미온느하고 화해해야 하지 않을까? 걘 그냥 도와주려던 거잖아……."

"그래, 알았어." 론이 말했다. "걘 지금 휴게실에 있어. 공부하는 중이야. 평소랑 참 다르지?"

방향을 틀어 그리핀도르 탑으로 향하는 복도에 접어들자 캐도건 경에게 애원하는 네빌의 모습이 보였다. 캐도건 경이 그를 들여보내 주지 않는 모양이었다.

"적어 놨단 말이에요." 네빌은 눈물이 그렁그렁해서 사정했다. "근데 어디에다 떨어뜨린 게 틀림없어요!"

"하, 그럴싸한 얘기로군!" 캐도건 경이 고함을 질렀다. 그러더니 해리와 론을 발견했다. "안녕하신가, 훌륭한 젊은이들이여! 이리 와서 발이 묶인 이 얼간이를 한 대 후려치게. 이자가 억지로 휴게실에 들어가려 하고 있다네!"

"아, 시끄러워요." 해리와 함께 네빌이 있는 곳에 이르자 론이 말했다.

"암호 적은 걸 잃어버렸어!" 네빌이 비참한 듯 말했다. "캐도건 경한테 이번 주에 쓸 암호를 말해 달라고 했거든. 계속 암호를 바꿔 대니까. 근데 이젠 그걸 어쨌는지 모르겠어!"

"오즈보디킨스(영국에서 맹세 등에 사용한 고어로, '신의 몸'이라는 뜻─옮긴이)." 해리가 캐도건 경에게 말했다. 그는 무척 실망한 표정으로 마지못해 홱 젖혀지면서 그들을 휴게실로 들여보내 주었다. 휴게실에 있던 모두가 고개를 돌리는가 싶더니 돌연 흥분해서 웅성거렸다. 다음 순간 해리는 파이어볼트에 감탄하는 아이들에게 둘러싸였다.

"그거 어디서 났어, 해리?"

"나 타 봐도 돼?"

"아직 안 타 봤어, 해리?"

"래번클로는 승산이 없겠다, 걔들은 전부 클린스윕 7을 타잖아!"

"한번 들어 보기만 하면 안 될까, 해리?"

아이들은 10분 정도 파이어볼트를 여기저기 돌려 보고 모든 각도에서 바라보며 감탄한 뒤에야 흩어졌다. 그제야 헤르미온느의 모습이 또렷이 보였다. 두 사람에게 달려오지 않은 건 헤르미온느뿐이었다. 그녀는 오히려 숙제 위로 몸을 숙인 채 조심스럽게 둘의 눈을 피하고 있었다. 해리와 론이 탁자로 다가가자 헤르미온느는 마침내 고개를 들었다.

"이거 돌려받았어." 해리가 씩 웃으며 파이어볼트를 들어 올렸다.

"봤지, 헤르미온느? 아무 문제도 없었다니까!" 론이 말했다.

"뭐, 있을 수도 있었잖아!" 헤르미온느가 말했다. "내 말은, 적어도 이제는 안전하다는 걸 알게 됐다는 뜻이야."

"그래, 그럴지도 모르지." 해리가 말했다. "위층에 가져다 놔야겠어."

"내가 갖다 놓고 올게!" 론이 열망이 깃든 목소리로 소리 쳤다. "스캐버스한테 쥐 강장제도 줘야 하거든."

론은 유리로 된 물건인 양 조심스럽게 파이어볼트를 받아 들고 남학생 기숙사 계단을 올랐다.

"그럼, 나 앉아도 돼?" 해리가 헤르미온느에게 물었다.

"그래, 뭐." 헤르미온느가 의자에 잔뜩 쌓인 양피지를 치우며 말했다.

해리는 아직 잉크가 마르지 않은 기나긴 숫자점 작문 숙제와 그보다 더 긴 머글학 작문 숙제("머글들에게 전기가 필요한 이유를 설명하시오"), 헤르미온느가 지금 자세히 들여다보고 있는 룬문자 번역 숙제로 어수선한 탁자를 둘러보았다.

"이걸 어떻게 다 해?" 해리가 질린 표정을 지으며 그녀에게 물었다.

"아, 뭐 그냥…… 열심히 하는 거지." 헤르미온느가 말했다. 가까이에서 보니 그녀는 루핀만큼이나 피곤해 보였다.

"그냥 몇 과목은 포기하지 그래?" 룬문자 사전을 찾느라 책들을 들어 올리는 그녀를 보며 해리가 물었다.

"그럴 수는 없어!" 헤르미온느가 정색을 하고 말했다.

"숫자점은 끔찍해 보인다." 해리는 꽤 복잡해 보이는 숫자표를 집어 들었다.

"아, 그렇지 않아. 숫자점은 굉장해!" 헤르미온느가 진심을 다해 말했다. "내가 가장 좋아하는 과목이야! 그건……."

하지만 정확히 숫자점의 어떤 점이 굉장한지 해리는 영원히 알 수 없었다. 바로 그 순간, 남학생 기숙사 계단에서 목이 졸린 듯한 고함 소리가 울려 퍼졌던 것이다. 휴게실에 있던 모두가 조용해지더니 일제히 굳은 채 계단 출입구 쪽을 뚫어지게 바라보았다. 다급한 발소리가 점점 커지더니 론이 갑자기 침대보를 질질 끌면서 나타났다.

"**봐!**" 그는 헤르미온느가 있는 탁자로 성큼성큼 다가오며 악을 썼다. "**보라고!**" 론이 그녀의 얼굴에 대고 침대보를 흔들며 소리 질렀다.

"론, 무슨……?"

"**스캐버스야! 봐! 스캐버스라니까!**"

헤르미온느는 완전히 당황한 표정으로 론에게서 떨어졌다. 해리는 론이 들고 있는 침대보를 내려다보았다. 뭔가 빨간 것이 묻어 있었다. 끔찍하게도 그것은 꼭……

"**피야!**" 다들 충격을 받아 조용해진 가운데 론이 소리쳤다. "**스캐버스가 없어졌어! 그리고 바닥에 뭐가 있었는지**

알아?”

“아, 아니.” 헤르미온느가 떨리는 목소리로 대답했다.

론은 헤르미온느의 룬문자 번역 숙제 위로 무언가를 거칠게 던졌다. 헤르미온느와 해리가 앞으로 고개를 기울였다. 뾰족뾰족하고 이상한 글자들 위에 긴 적갈색 고양이 털 몇 가닥이 놓여 있었다.

13장
그리핀도르 대 래번클로

그렇게 론과 헤르미온느의 우정은 끝나는 듯했다. 둘 다 서로에게 너무 화가 나 있어서, 해리는 한참 후에라도 둘이 어떻게든 화해하기는 할지 전혀 알 수 없었다.

론은 헤르미온느가 스캐버스를 잡아먹으려는 크룩섄스의 시도를 단 한 번도 심각하게 받아들인 적 없었던 것, 크룩섄스를 가까이 두고 감시하는 데 신경 쓰지 않은 것, 스캐버스를 찾아 남학생 기숙사 침대 밑을 죄다 뒤져 보라고 제안하면서 여전히 크룩섄스가 결백한 척 구는 것에 분노했다. 한편 헤르미온느는 크룩섄스가 스캐버스를 먹었다는 증거는 전혀 없으며, 적갈색 털은 아마 크리스마스 때부터 거기 있었을지 모른다고, 크룩섄스가 '마법 동물원'에서 론의 머리 위로 뛰어내린 이후 론이 그녀의 고양이에게 편견을 가져 왔다고 맹렬히 주장했다.

개인적으로 해리는 크룩섕스가 스캐버스를 잡아먹은 거라고 확신했다. 헤르미온느에게 모든 증거가 그쪽을 가리킨다고 지적하자 그녀는 해리에게도 화를 냈다.

"그래, 너도 론 편이라 이거지. 그럴 줄 알았어!" 그녀가 날카롭게 소리쳤다. "처음에는 파이어볼트, 이제는 스캐버스, 다 내 탓이란 거지? 그냥 날 좀 내버려둬, 해리. 숙제가 산더미처럼 쌓여 있단 말이야!"

론은 쥐를 잃은 사실을 무척 힘들어했다.

"왜 이래, 론. 넌 맨날 스캐버스가 재미없다고 투덜댔잖아." 프레드가 론의 기운을 북돋워 주려고 그렇게 말했다. "그 녀석은 오래전부터 기운이 없었어, 쇠약해지고 있었다고. 아마 녀석 입장에서는 빨리 죽는 게 나았을 거야. 한입에 꿀꺽, 아마 아무것도 못 느꼈을걸."

"프레드!" 지니가 성을 내며 소리쳤다.

"걔가 하는 일은 먹고 자는 것뿐이었어. 론, 네가 그렇게 말했잖아." 조지가 말했다.

"우리를 위해서 고일의 손가락을 깨문 적도 있단 말이야!" 론이 비통한 어조로 소리쳤다. "기억나지, 해리?"

"응, 그건 그래." 해리가 맞장구쳐 주었다.

"그때가 스캐버스의 전성기였지." 프레드가 웃음을 참지 못하고 말했다. "고일 손가락의 흉터를 스캐버스를 영원히 기리는 표시로 삼자. 아, 그만 좀 해, 론. 호그스미드에 가서 쥐 한 마리 새로 사면 되지. 징징거려 봤자 무슨 소용이냐?"

론의 기운을 북돋기 위한 마지막 노력으로, 해리는 훈련을 마친 뒤 파이어볼트를 태워 주겠다면서 래번클로와의 시합 전 그리핀도르의 마지막 팀 훈련에 함께 가자고 그를 설득했다. 덕분에 론은 잠깐이나마 스캐버스에게서 관심을 돌리는 듯했고("끝내준다! 그거 타고 몇 골 넣어 봐도 돼?") 그들은 함께 퀴디치 경기장으로 출발했다.

해리를 지켜보기 위해 여전히 그리핀도르의 훈련을 감독하고 있었던 후치 선생은 모두와 마찬가지로 파이어볼트에 깊은 감명을 받은 것 같았다. 훈련을 시작하기 전 그녀는 두 손으로 파이어볼트를 받아 들더니 전문가의 고견이라는 은혜를 베풀어 주었다.

"이 균형을 봐라! 님부스 시리즈에 한 가지 결점이 있다면 꼬리 끝이 약간 기울어진다는 거야. 몇 년 쓰다 보면 그것 때문에 속도가 느려지는 경우가 많지. 손잡이도 새롭게 만들었구나. 클린스윕보다 조금 더 가늘어. 예전에 쓰던 실버 애로가 생각나는구나. 그 빗자루가 더 이상 안 나온다니 아쉽다. 나는 그걸로 비행을 배웠거든. 그것도 참 좋은 빗자루였지…….”

그녀가 이렇게 말을 한참 이어 나가자 우드가 입을 열었다. “저기, 후치 선생님? 해리한테 파이어볼트를 돌려주시면 안 될까요? 딴 게 아니라 저희가 훈련을 해야 해서…….”

“아, 그렇지. 여기 있다. 자, 포터.” 후치 선생이 퍼뜩 정신을 차리고 말했다. “나는 위즐리랑 같이 저쪽에 앉아 있으마…….”

그녀와 론은 경기장을 나가 관중석에 앉았고, 그리핀도르 팀은 내일 시합에 대비한 마지막 작전 지시를 듣기 위해 우드 주위에 모였다.

“해리, 방금 래번클로 수색꾼이 누군지 알아냈어. 초 챙이야. 4학년이고 실력도 꽤 좋아……. 걔 컨디션이 안 좋길 진심으로 바랐는데. 부상을 좀 당했거든…….” 우드는 초 챙이 완전히 회복한 게 불만이라는 듯 얼굴을 찌푸리더니 말을 이었다. “근데 걔는 코밋 260을 타. 파이어볼트랑 같이 있으면 장난감처럼 보일 거야.” 그는 해리의 빗자루에 열렬한 감탄의 시선을 던지더니 말을 이었다. “좋아, 모두.

가자."

마침내, 해리는 파이어볼트에 올라타 땅을 박차고 솟구쳤다.

파이어볼트를 타고 비행하는 것은 상상했던 것보다도 훨씬 좋았다. 파이어볼트는 가볍게 건드리기만 해도 이리저리 방향을 틀었다. 빗자루를 쥔 해리의 손이 아니라 마치 그의 생각에 따라 움직이는 것 같았다. 파이어볼트가 빠른 속도로 경기장을 가로질러 날아가자 관중석이 초록색과 회색으로 흐릿하게 보일 정도였다. 해리는 얼리샤 스피넛이 비명을 내뱉을 만큼 급격하게 방향을 틀었다가 완벽한 조종으로 급강하해서 잔디로 뒤덮인 경기장을 발끝으로 스친 다음 다시 한 번 공중으로 날아올랐다. 10미터, 12미터, 15미터…….

"해리, 스니치 내보낸다!" 우드가 큰 소리로 외쳤다.

해리는 방향을 돌려 골대를 향해 블러저와 경주를 벌였다. 블러저를 쉽게 따돌린 그는 우드가 풀어놓은 스니치가 쏜살같이 날아가는 것을 보고 10초도 안 돼서 손에 꽉 움켜쥐었다.

그리핀도르 팀 동료 선수들이 미친 듯이 환호성을 내질렀다. 해리는 스니치를 다시 놓아주고 1분간 먼저 날아가

43

게 한 다음 다른 사람들 사이를 지그재그로 나아가면서 전
속력으로 뒤쫓았다. 순간 케이티 벨의 무릎 근처에 숨어 있
는 스니치가 보였다. 해리는 쉽게 그녀의 뒤로 돌아가 다시
스니치를 잡았다.

여태까지 그들이 한 것 가운데 최고의 훈련이었다. 팀에
파이어볼트가 있다는 사실에 고무된 선수들은 실수 하나
없이 완벽한 움직임을 선보였다. 그들이 다시 땅에 내려왔
을 때 우드는 단 하나의 흠도 잡지 않았다. 조지 위즐리가
지적했듯이 처음 있는 일이었다.

"내일 누가 우리를 막을 수 있겠어!" 우드가 말했다. "다
만 한 가지…… 해리, 디멘터 문제는 해결한 거지?"

"응." 해리는 자신의 연약한 패트로누스를 떠올리고 좀
더 강해졌으면 좋겠다고 생각하면서 대답했다.

"디멘터들은 다시 안 나타날 거야, 올리버. 덤블도어가
가만있지 않을 테니까." 프레드가 확신에 차서 말했다.

"뭐, 그러길 바라야지." 우드가 말했다. "아무튼 잘했
어, 모두. 탑으로 돌아가자. 내일 시합을 하려면 일찍 자야
지……."

"나는 조금 이따 갈게. 론이 파이어볼트를 타 보고 싶어
해서." 해리가 우드에게 말했다. 다른 선수들이 탈의실로

향하는 동안 그는 성큼성큼 론을 향해 걸어갔다. 론이 관중석 울타리를 뛰어넘어 해리를 맞으러 나왔다. 후치 선생은 그 자리에서 잠들어 있었다.

"타 봐." 해리가 론에게 파이어볼트를 건네며 말했다.

론은 황홀한 표정으로 빗자루에 오르더니 밀려오는 어둠 속으로 붕 날아올랐다. 그동안 해리는 경기장 가장자리를 돌며 그를 지켜보았다. 후치 선생은 날이 어두워진 뒤에야 흠칫 놀라 깨어나더니, 왜 안 깨웠느냐고 해리와 론을 꾸짖고는 성으로 돌아가라고 말했다.

해리는 파이어볼트를 어깨에 걸쳤다. 그와 론은 파이어볼트의 기막힐 정도로 부드러운 움직임과 경이로운 가속력, 정확한 방향 전환에 대해 이야기하며 어둑어둑한 경기장을 빠져나왔다. 해리는 성으로 향하다가 왼쪽을 힐끗 바라보았다. 순간 가슴이 철렁 내려앉았다. 어둠 속에서 한 쌍의 눈이 번뜩이고 있었다.

해리가 우뚝 멈춰 섰다. 심장이 두방망이질 치고 있었다. "왜 그래?" 론이 물었다.

해리는 손가락으로 어둠 속을 가리켰다. 론이 마법 지팡이를 꺼내며 중얼거렸다. "루모스."

한 줄기 빛이 잔디밭을 지나 나무 밑동에 부딪히면서 그가지들을 비췄다. 그곳, 피어나는 잎사귀들 사이에 웅크리고 있는 것은 바로 크룩섕스였다.

"꺼져!" 론이 소리쳤다. 그가 허리를 구부려 잔디밭에 놓인 돌을 집어 들었지만, 크룩섕스는 론이 뭔가 하기도 전에 긴 적갈색 꼬리를 휙 움직이며 사라져 버렸다.

"봤지?" 론이 돌을 도로 던지며 화가 나서 길길이 뛰었다. "헤르미온느는 아직도 저놈이 가고 싶은 곳은 어디든 돌아다니게 내버려 두고 있어. 스캐버스를 잡아먹었으니 이젠 새 두어 마리로 입가심했겠지……."

해리는 아무런 대꾸도 하지 않았다. 마음속에 안도감이 퍼지면서 한숨이 나왔다. 한순간 그것이 죽음의 개의 눈이라고 확신했던 것이다. 두 사람은 다시 성으로 향했다. 해리는 순간 겁에 질렸던 게 조금 부끄러워서 론에게 아무 말도 하지 않았다. 환하게 밝혀진 현관홀에 다다를 때까지는 옆을 쳐다보지도 않았다.

해리는 다음 날 아침 같은 침실을 쓰는 남학생들과 함께 아침 식사를 하러 대연회장으로 내려갔다. 그들은 모두 파이어볼트가 마땅히 의장대 같은 것을 거느려야 한다고 생각하는 것 같았다. 해리가 대연회장에 들어서자 고개들이 일제히 파이어볼트 쪽으로 돌아갔다. 여기저기서 흥분 섞인 웅성거림이 일었다. 굉장히 만족스럽게도, 슬리데린 팀 선수들은 하나같이 벼락이라도 맞은 듯한 표정을 짓고 있었다.

"저 자식 얼굴 봤어?" 론이 기분 좋은 듯 말포이를 돌아보면서 말했다. "못 믿겠나 본데! 이거 끝내준다!"

우드도 파이어볼트의 빛나는 영광을 만끽하고 있었다.

"여기 내려놔, 해리." 그가 말하더니 빗자루를 식탁 한가운데 놓고 빗자루 이름이 위쪽으로 향하도록 조심스럽게 돌려놓았다. 곧 래번클로와 후플푸프 식탁에서도 파이어볼트를 구경하러 왔다. 세드릭 디고리가 해리에게 다가와 부서진 님부스 대신 이렇게 훌륭한 빗자루를 갖게 된 것을 축하해 주었고, 퍼시의 여자 친구인 래번클로 학생 페넬러피 클리어워터는 파이어볼트를 잡아 봐도 되느냐고 물었다.

"자자, 페니, 망가뜨리면 안 돼!" 그녀가 파이어볼트를 자세히 살피자 퍼시가 진심으로 걱정스러운 목소리로 말했다. "페넬러피랑 내기를 했거든." 그가 그리핀도르 팀 선수들에게 말했다. "경기 결과에 10갈레온이 걸려 있어!"

페넬러피는 파이어볼트를 다시 식탁에 내려놓고 해리에게 고맙다고 인사한 뒤 자기네 식탁으로 돌아갔다.

"해리, 꼭 이겨야 돼." 퍼시가 절박하게 속삭였다. "*나한 텐 10갈레온이 없거든*. 응, 지금 갈게, 페니!" 그는 토스트를 같이 먹으려고 페넬러피에게 허둥지둥 달려갔다.

"그 빗자루 다룰 줄은 아냐, 포터?" 질질 끄는 차가운 목소리가 말했다.

어느새 드레이코 말포이가 자세히 살펴보러 다가와 있었다. 크래브와 고일이 그의 바로 뒤에 서 있었다.

"응, 그럴걸." 해리가 태연하게 말했다.

"특수한 기능이 아주 많을 거야. 그렇지 않냐?" 말포이가 악의적으로 눈을 빛내며 말했다. "낙하산이 딸려 있지 않은 게 안타깝다. 디멘터가 너무 가까이 오면 어쩌냐."

크래브와 고일이 킬킬 웃었다.

"난 네 빗자루에 팔 하나를 더 붙이지 못해서 안타까운 걸, 말포이." 해리가 말했다. "그럼 너 대신 그 팔이 스니치를 잡을 수 있을 거 아니야."

그리핀도르 팀 선수들이 큰 소리로 웃음을 터뜨렸다. 말포이는 색이 엷은 눈을 가늘게 뜨더니 성큼성큼 멀어져 갔다. 그리핀도르 선수들은 말포이가 슬리데린 선수들 쪽으로 가는 모습을 지켜보았다. 그들은 머리를 한데 모으고 있었는데, 말포이에게 해리의 빗자루가 진짜 파이어볼트인지 묻는 게 틀림없었다.

11시 15분 전이 되자 그리핀도르 선수들은 탈의실로 출발했다. 날씨는 후플푸프전 때와 그렇게 다를 수가 없었다. 아주 가벼운 산들바람이 부는 맑고 시원한 날이었다. 이번에는 시야에 전혀 문제가 없을 것이다. 해리는 바싹 긴장하면서도 오직 퀴디치 경기만이 가져다주는 흥분을 느끼기 시작했다. 뒤에서 학생들이 관중석으로 이동하는 소리가 들렸다. 해리는 검은색 교복 로브를 벗고 주머니에서 마법 지팡이를 꺼내 퀴디치 로브에 받쳐 입은 티셔츠 안에 쑤셔 넣었다. 그저 마법 지팡이가 필요 없기를 바랄 뿐이었다. 해리는 문득 루핀 교수가 관중 사이에서 지켜보고 있을지 궁금해졌다.

"우리가 뭘 해야 하는지는 알지?" 선수들이 탈의실을 나설 준비를 하는데 우드가 말했다. "이번 시합에서 지면 우리에겐 승산이 없어. 그냥…… 그냥 어제 훈련할 때 했던 것처럼만 하자. 그럼 잘될 거야!"

그들은 떠들썩한 박수갈채를 받으며 경기장으로 나갔다. 파란 옷을 입은 래번클로 선수들은 이미 경기장 한가운데 서 있었다. 수색꾼인 초 챙이 그 팀의 유일한 여학생이었다. 해리보다 머리 하나가 작았는데, 해리는 긴장한 상태에

서도 그녀가 굉장히 예쁘다는 사실을 의식할 수밖에 없었
다. 양 팀이 주장 뒤에 서서 서로를 마주 보았을 때 그녀가
해리에게 미소 지었다. 해리의 가슴이 두근거렸다. 긴장해
서 그런 건 아닌 것 같았다.

"우드, 데이비스, 악수해라." 후치 선생이 활기찬 목소리
로 말하자, 우드와 래번클로 주장이 악수를 나눴다.

"빗자루에 오르도록……. 호루라기를 불면 시작한
다……. 셋, 둘, 하나."

해리는 땅을 박차고 공중으로 높이높이 날아올랐다. 파
이어볼트는 어떤 빗자루보다도 더 높이, 그리고 더 빠른 속
도로 쌩 날아갔다. 그는 경기장을 빙 돌면서 스니치를 찾아
눈을 가늘게 뜨고 주위를 둘러보기 시작했다. 그러면서도
위즐리 쌍둥이의 친구인 리 조던의 중계에 귀를 기울였다.

"선수들이 날아올랐습니다. 이 경기의 주요 관심사는 그
리핀도르의 해리 포터가 타고 있는 파이어볼트인데요,《어
떤 빗자루?》에 따르면 파이어볼트는 올해 퀴디치 월드컵에
서 국가대표 팀들이 선택한 빗자루가 될 거라고 합니다."

"조던, 시합이 어떻게 진행되고 있는지나 이야기해 주면
안 되겠니?" 맥고나걸 교수의 목소리가 끼어들었다.

"그럼요, 교수님. 그냥 참고할 만한 정보를 좀 드리는 거

예요. 덧붙이면 파이어볼트에는 자동 브레이크가 내장되어 있으며……."

"조던!"

"네, 네, 알겠습니다. 그리핀도르가 쿼플을 잡았습니다. 그리핀도르의 케이티 벨이 골대를 향해 날아갑니다……."

해리는 케이티를 지나쳐 반대 방향으로 날아가면서 반짝이는 황금빛을 찾아 주위를 뚫어지게 바라보았다. 초 챙이 그를 바짝 뒤쫓고 있었다. 그녀의 비행 실력이 뛰어나다는 데는 의심의 여지가 없었다. 초 챙은 끊임없이 해리의 진로를 방해하며 그가 어쩔 수 없이 방향을 바꾸게 만들었다.

"쟤한테 가속이 뭔지 보여 줘, 해리!" 프레드가 얼리샤를 노리는 블러저를 쫓아 빠르게 날아가면서 소리쳤다.

해리가 래번클로 골대 주위를 돌며 파이어볼트를 빠르게 몰고 나가자 초는 금방 뒤처졌다. 케이티가 경기 첫 골을 넣는 데 성공하고 그리핀도르 쪽 응원석이 열광하기 시작한 순간, 그는 보았다. 스니치가 땅과 가까운 관중석 울타리 근처에서 가볍게 파닥거리고 있었다.

해리는 곧바로 급강하했다. 초 챙도 그를 보더니 빠르게 뒤쫓아 왔다. 해리는 속도를 올렸다. 흥분이 밀려들었다. 급강하는 해리의 주특기였다. 앞으로 3미터…….

그 순간 갑자기 어디선가 래번클로의 몰이꾼이 쳐 낸 블러저가 날아왔다. 해리는 급격히 방향을 틀어 진로를 벗어나며 간발의 차이로 블러저를 피했다. 하지만 그 짧고도 결정적인 순간에 스니치는 자취를 감추고 말았다.

그리핀도르 응원석에서 크게 "아아아아아" 하고 실망하는 소리가 터져 나왔지만 래번클로 쪽에서는 몰이꾼을 향한 박수갈채가 쏟아졌다. 조지 위즐리가 분통을 터뜨리며 또 다른 블러저를 날려보냈고, 그 선수는 어쩔 수 없이 공중에서 곧장 몸을 굴려 블러저를 피해야 했다.

"그리핀도르가 80 대 0으로 앞서고 있습니다, 저 파이어볼트 나는 것 좀 보세요! 포터가 파이어볼트의 성능을 제대로 시험하네요. 저 방향 전환 보시죠. 챙의 코밋은 그야말로 상대가 안 됩니다. 파이어볼트의 정확한 균형 감각이 정말 눈에 띄는데요, 특히 저렇게 긴……."

"조던! 파이어볼트 광고하라고 돈이라도 받은 게냐? 중계나 계속하거라!"

래번클로가 추격해 왔다. 상대가 세 골을 넣으면서 그리핀도르는 겨우 50점 앞서게 되었다. 만약에 초가 해리보다 먼저 스니치를 잡으면 래번클로가 이기는 것이다. 해리는 고도를 더욱 낮춰 래번클로 추격꾼을 간신히 피하면서 미친 듯이 경기장을 훑어보았다. 반짝이는 황금빛, 퍼덕이는 작은 날개…… 스니치가 그리핀도르 골대 근처를 맴돌고 있었다.

해리는 저 앞에 있는 황금색 점에 시선을 고정하고 속도를 높였다. 하지만 다음 순간 초가 갑자기 나타나 그를 막아섰고……

"해리, 지금은 신사처럼 굴 때가 아니야!" 해리가 충돌을 피하려고 방향을 확 틀자 우드가 소리쳤다. **"다른 방법이 없으면 개를 빗자루에서 떨어뜨리기라도 하란 말이야!"**

해리는 몸을 돌려 초를 바라보았다. 그녀가 씩 웃었다. 스니치는 다시 사라져 보이지 않았다. 해리가 파이어볼트의 방향을 위로 틀자 그는 어느새 경기가 벌어지는 곳에서 6미터쯤 위에 떠 있었다. 그를 따라오는 초가 곁눈으로 보였다……. 직접 스니치를 찾기보다 해리를 마크하기로 작정한 모양이었다. 그럼, 좋아…… 날 따라다니고 싶다면 그 결과는 감수해야지…….

해리가 다시 급강하하자, 그가 스니치를 봤다고 생각했는지 초 챙도 뒤따랐다. 해리가 순간적으로 급강하를 멈추자, 미처 예상하지 못했던 그녀는 계속 아래로 돌진했다.

해리는 총알처럼 다시 솟아올라 세 번째로 스니치를 보았다. 그것은 래번클로 진영 위에서 반짝이고 있었다.

해리는 속도를 올렸다. 몇 미터 아래에서 초도 속도를 높였다. 해리가 앞서고 있었다. 매 초 스니치와 가까워지고 있었다. 그때……

"앗!" 초가 손가락으로 아래쪽을 가리키면서 비명을 질렀다.

해리는 그 소리에 밑을 내려다보았다.

디멘터들이 나타났다. 키가 우뚝하니 후드를 뒤집어쓴 시꺼먼 디멘터 세 놈이 그를 올려다보고 있었다.

멈춰서 생각할 겨를도 없었다. 해리는 로브 목 부분으로 손을 쑥 집어넣어 마법 지팡이를 꺼내며 소리쳤다. "엑스펙토 패트로눔!"

그의 마법 지팡이 끝에서 은빛을 띤 하얗고 거대한 무언가가 튀어나왔다. 그것이 곧장 디멘터들을 향해 날아갔다는 것은 알았지만 해리는 그저 멈춰서 구경만 하고 있지 않았다. 정신은 여전히 신기할 만큼 또렷했다. 그는 앞을 바라보았다. 거의 다 왔다. 그는 마법 지팡이를 쥔 채 손을 뻗어 몸부림치는 작디작은 스니치를 손가락으로 간신히 움켜쥐었다.

후치 선생의 호루라기 소리가 주위에 울려 퍼졌다. 해리
는 공중에서 방향을 틀어 그를 향해 날아오는 여섯 개의 흐
릿한 진홍색 형상을 보았다. 다음 순간, 그리핀도르 팀 동
료 모두가 그를 격하게 끌어안는 바람에 해리는 하마터면
빗자루에서 떨어질 뻔했다. 저 아래 관중석에서 그리핀도
르 학생들의 함성이 들렸다.

"그럼 그렇지!" 우드가 계속해서 큰 소리로 외쳤다. 얼리
샤와 앤젤리나와 케이티는 하나같이 해리에게 입을 맞췄
다. 프레드가 너무 세게 끌어당기는 바람에 해리는 머리가
뽑히는 줄 알았다. 그리핀도르 선수들은 완전히 하나로 뒤
엉킨 채 겨우겨우 땅으로 내려왔다. 해리가 빗자루에서 내
려 고개를 들었을 때 그리핀도르 응원단이 시끌벅적 떠들
어 대며 경기장으로 달려오는 모습이 보였다. 론이 맨 앞에
서 달려오고 있었다. 해리는 순식간에 환호하는 사람들 속
에 파묻혔다.

"그렇지!" 론이 해리의 팔을 공중으로 들어 올리며 외쳤
다. "그래! 좋았어!"

"진짜 잘했어, 해리!" 퍼시가 매우 기쁜 표정을 지으며
말했다. "10갈레온 벌었어! 페넬러피를 찾아봐야겠다. 잠
깐만……."

"멋지다, 해리!" 셰이머스 피니건이 감탄한 듯 소리쳤다.

"진짜 끝내주더만!" 밀려드는 그리핀도르 학생들의 머리 너머로 해그리드의 우렁찬 목소리가 들려왔다.

"아주 훌륭한 패트로누스였다." 해리의 귀에 또 다른 목소리가 들렸다.

해리는 고개를 돌려, 놀란 동시에 기뻐하는 표정을 짓고 있는 루핀 교수를 보았다.

"디멘터들은 저한테 아무런 영향도 끼치지 못했어요!" 해리가 신이 나서 말했다. "아무것도 못 느꼈어요!"

"그건, 음…… 그것들이 디멘터가 아니었기 때문이야." 루핀 교수가 말했다. "와서 보렴."

루핀은 관중 속에서 해리를 빼내 경기장 가장자리로 데려갔다.

"네가 말포이 군에게 꽤 겁을 준 것 같다." 루핀이 말했다.

해리는 그곳을 뚫어지게 바라보았다. 땅바닥에 한데 뒤엉켜 널브러져 있는 것은 말포이, 크래브와 고일, 그리고 슬리데린 퀴디치 팀 주장인 마커스 플린트였다. 그들은 모두 바닥에 넘어진 채 후드가 달린 긴 검은색 로브를 벗으려고 발버둥 치고 있었다. 말포이는 고일의 어깨 위에 올라탔

던 모양이었다. 맥고나걸 교수가 화가 머리끝까지 난 얼굴
로 그런 그들을 내려다보고 서 있었다.

"이런 한심하기 짝이 없는 속임수를 쓰다니!" 맥고나걸
교수가 고함을 질렀다. "비열하고 비겁한 시도로 그리핀도
르 수색꾼을 방해하려 했구나! 너희 모두 방과 후 징계를
받을 거다. 슬리데린은 50점 감점이야! 덤블도어 교수님께
말씀드려야겠다, 반드시! 아, 저기 오시는구나!"

그리핀도르의 승리를 굳힐 수 있는 게 있다면 바로 이것
이었다. 인파를 뚫고 해리 옆으로 온 론은 말포이가 여전히
고일의 머리가 처박혀 있는 로브에서 벗어나려고 몸부림
치는 꼴을 보며 배를 잡고 웃었다.

"가자, 해리!" 조지가 사람들을 헤치고 가면서 말했다.
"파티를 열어야지! 그리핀도르 휴게실에서, 지금 당장!"

"알았어." 해리가 대답했다. 이렇게 행복한 기분은 참 오
랜만이었다. 그와 나머지 그리핀도르 선수들은 진홍색 로브
를 벗지도 않고 앞장서서 경기장을 나가 성으로 돌아갔다.

기분만으로는 벌써 퀴디치 우승컵을 탄 것 같았다. 파티
는 하루 종일 계속됐고 밤이 되고 나서도 한참 이어졌다.
프레드와 조지 위즐리는 몇 시간 동안 자취를 감췄다가 버

터맥주 병과 호박 탄산음료, 허니듀크스 과자가 가득 들어
있는 자루 몇 개를 한아름 안고 휴게실로 돌아왔다.

"어떻게 한 거야?" 조지가 페퍼민트 두꺼비를 사람들에
게 던지기 시작하자 앤젤리나 존슨이 꺅꺅 소리를 질렀다.

"무니, 웜테일, 패드풋, 프롱스의 도움을 좀 받았지." 프
레드가 해리의 귀에 대고 나직하게 중얼거렸다.

오직 한 사람만이 축제 분위기에 동참하지 않았다. 놀랍
게도 헤르미온느는 구석에 앉아 《영국 머글들의 가정생활
과 사회적 관습》이라는 제목의 두꺼운 책에 집중하려 애쓰
고 있었다. 프레드와 조지가 버터맥주 병으로 저글링을 하
기 시작하자 해리는 그 탁자에서 빠져나와 헤르미온느가
앉아 있는 곳으로 갔다.

"경기장에 오긴 한 거야?" 그가 물었다.

"당연히 갔지." 헤르미온느가 눈도 들지 않은 채 이상하
리만큼 새된 목소리로 말했다. "우리가 이겨서 정말 기뻐.
네가 아주 잘했다고도 생각하고. 근데 월요일까지 이걸 읽
어야 해서."

"그러지 말고, 헤르미온느, 와서 음식 좀 먹어." 해리가
론 쪽을 건너다보며 말했다. 론이 그녀와 화해할 만큼 기분
이 좋은지 궁금했다.

"그럴 수 없어, 해리. 아직도 422페이지나 읽어야 한단 말이야!" 헤르미온느가 이제는 약간 신경질적인 목소리로 말했다. "그것도 그렇고……." 그녀도 론을 힐끗 바라보았다. "쟤는 내가 끼는 게 싫을 거야."

이 말에는 뭐라고 반박할 수가 없었다. 하필 그때 론이 큰 소리로 이렇게 말했던 것이다. "스캐버스가 그렇게 잡아먹히지만 않았어도 이 파리 퍼지를 먹을 수 있었을 텐데. 이걸 참 좋아했거든."

헤르미온느가 왈칵 울음을 터뜨렸다. 해리가 그 뒤에 무슨 말이나 행동을 할 겨를도 없이, 헤르미온느는 두꺼운 책을 옆구리에 끼고 끊임없이 흐느끼며 여학생 기숙사 계단으로 달려가더니 곧 사라져 버렸다.

"쟤 좀 봐줄 수 없어?" 해리가 목소리를 죽이고 론에게 물었다.

"싫어." 론이 단호하게 말했다. "쟤가 나한테 미안한 척만 했어도……. 근데 쟤는 말이지, 헤르미온느는 자기가 틀렸다는 걸 절대 인정하려 들지 않을 거야. 지금도 봐, 꼭 스캐버스가 휴가라도 간 것처럼 굴고 있잖아."

그리핀도르의 파티는 새벽 1시, 맥고나걸 교수가 격자무늬 가운에 머리그물을 쓰고 나타나 모두 잠자리에 들라고 엄하게 말했을 때에야 끝이 났다. 해리와 론은 그때까지도 경기에 대해 떠들어 대면서 계단을 올라 침실로 향했다. 마침내 지칠 대로 지친 해리는 사주식 침대로 올라가 커튼을 닫고 한 줄기 달빛을 가렸다. 그렇게 침대에 드러눕자마자 잠이 쏟아졌다…….

해리는 아주 이상한 꿈을 꾸었다. 꿈속에서 그는 파이어볼트를 어깨에 걸치고 은빛을 띤 하얀색 형상을 따라 숲속으로 걸어 들어가고 있었다. 그 은빛 형상은 앞쪽 나무들 사이로 이리저리 나아가고 있었으며 나뭇잎 사이사이로 잠깐잠깐씩 보일 뿐이었다. 따라잡으려는 마음에 조바심이 난 해리가 속도를 냈지만, 그가 빨리 움직일수록 앞서가는 것도 빠르게 움직였다. 해리는 아예 달리기 시작했다. 앞에서 속도를 올리는 발굽 소리가 들렸다. 이제 그는 전속력으로 달리고 있었다. 앞에서 질주하는 소리가 들려왔다. 해리가 모퉁이를 돌자 탁 트인 곳이 나왔고……

"아아아아아아아아아아악! 안 돼애애애애애애애애애애애!"

해리는 얼굴이라도 얻어맞은 것처럼 번쩍 잠에서 깼다. 그는 칠흑 같은 어둠 속에서 방향감각을 잃은 채 커튼을 더듬었다. 주위에서 움직이는 소리들이 났다. 침실 맞은편에서 셰이머스 피니건의 목소리가 들려왔다.

"무슨 일이야?"

해리는 순간 침실 문이 쾅 닫히는 소리를 들은 것 같았다. 마침내 침대를 둘러싼 커튼 틈새를 찾아낸 그는 손으로 커튼을 확 열어젖혔다. 그와 동시에 딘 토머스가 등을 켰다.

론이 한없이 겁에 질린 얼굴로 침대에 몸을 세우고 앉아 있었다. 그의 침대 커튼 한쪽이 찢겨 있는 것이 보였다.

"블랙이야! 시리우스 블랙! 칼을 들고 있었어!"

"뭐?"

"여기! 방금 전에! 커튼을 칼로 찢었어! 나를 깨웠다니까!"

"꿈꾼 거 아니야, 론?" 딘이 물었다.

"커튼을 봐 봐! 분명히 말하는데, 그자가 여기 있었어!"

모두 허둥지둥 침대에서 나왔다. 해리가 가장 먼저 침실 문에 다다랐고, 그들은 전력 질주해서 계단을 내려갔다. 등 뒤에서 문이 열리고 졸린 목소리들이 소리쳤다.

"누가 소리 지른 거야?"

"너희 뭐 해?"

꺼져 가는 불빛으로 희미하게 밝혀진 휴게실은 그때까지도 파티의 흔적으로 어수선했다. 그곳에는 아무도 없었다.

"꿈 아닌 거 확실해, 론?"

"진짜라니까, 내가 봤어!"

"대체 무슨 소란이야?"

"맥고나걸 교수님이 자라고 했잖아!"

여학생 몇 명이 가운을 걸치고 계단을 내려와 하품했다. 남학생들도 다시 나타났다.

"죽인다, 파티 계속하는 거야?" 프레드 위즐리가 밝은 목소리로 말했다.

"모두 위층으로 돌아가!" 퍼시가 허둥지둥 휴게실로 내려오더니 그 와중에 잠옷에다 남학생 회장 배지를 달면서 소리쳤다.

"퍼스, 시리우스 블랙이 나타났어!" 론이 졸도할 것 같은 목소리로 말했다. "우리 침실에 있었어! 칼을 들고! 날 깨웠어!"

휴게실은 물을 끼얹은 듯 조용해졌다.

"말도 안 돼!" 퍼시가 깜짝 놀라며 소리쳤다. "너무 많이 먹어서 그래, 론. 악몽을 꾼 거야."

"정말이야."

"나 참, 더 이상 못 봐주겠구나!"

맥고나걸 교수가 다시 나타났다. 그녀는 초상화를 쾅 닫고 휴게실에 들어오더니 잔뜩 화가 난 눈초리로 그들을 노려보았다.

"그리핀도르가 시합에서 이긴 건 기쁘지만 점점 가관이구나! 퍼시, 너는 좀 나을 줄 알았다!"

"저는 결코 허락하지 않았어요, 교수님!" 퍼시가 분해서 가슴을 내밀며 말했다. "지금 막 모두 침대로 돌아가라고 말하는 중이었습니다! 여기 제 동생 론이 악몽을 꿨는데……."

"**악몽이 아니라니까!**" 론이 소리 질렀다. "**교수님, 잠에서 깨 보니 시리우스 블랙이 제 앞에 칼을 들고 서 있었어요!**"

맥고나걸 교수가 그를 빤히 쳐다보았다.

"터무니없는 소리 하지 마라, 위즐리. 그자가 대체 어떻게 초상화 구멍을 지난단 말이냐?"

"그럼 저 사람한테 물어보세요!" 론이 부들부들 떨리는 손가락으로 캐도건 경의 그림 쪽을 가리키며 말했다. "저 사람한테 봤는지 물어보시라고요."

맥고나걸 교수는 의심 가득한 눈으로 론을 쏘아보며 초상화를 밀어젖히고 구멍 밖으로 나갔다. 휴게실에 있는 아이들 모두가 숨을 죽인 채 귀를 기울였다.

"캐도건 경, 방금 한 남자를 그리핀도르 탑에 들여보냈습니까?"

"그럼요, 훌륭한 숙녀시여!" 캐도건 경이 부르짖었다.

휴게실 안팎으로 아연한 침묵이 흘렀다.

"들여…… 들여보냈다고요?" 맥고나걸 교수가 말을 더듬었다. "하지만, 하지만 암호는요?"

"가지고 있었습니다!" 캐도건 경이 자랑스럽게 말했다. "1주일 치 암호 전부를 말이죠. 작은 쪽지에 쓰인 암호들을 읽어 주더군요!"

맥고나걸 교수는 초상화 구멍으로 다시 들어와 충격을 받아 꼼짝 못 하고 서 있는 아이들을 마주 보았다. 그녀의 얼굴색이 분필처럼 하얗게 질려 있었다.

"대체 누가……." 그녀가 떨리는 목소리로 입을 열었다. "대체 어떤 대책 없는 바보가 이번 주 암호를 적어서 아무 데나 놔뒀지?"

겁에 질린 조그만 울음소리가 완전했던 침묵을 깨뜨렸다. 네빌 롱보텀이 머리에서부터 푹신푹신한 슬리퍼를 신은 발끝까지 덜덜 떨면서 천천히 손을 들었다.

14장
스네이프의 원한

그날 밤 그리핀도르 탑에서는 아무도 잠들지 못했다. 그들은 성이 다시 수색되고 있다는 사실을 알았다. 기숙사 전체가 블랙이 잡혔다는 소식을 기다리며 휴게실에서 밤을 지새웠다. 맥고나걸 교수가 새벽에 다시 와서 블랙이 성을 빠져나갔다고 말해 주었다.

다음 날에는 가는 곳마다 보안이 강화되는 낌새가 보였다. 플리트윅 교수는 현관문마다 시리우스 블랙의 커다란 사진을 인식시켰다. 필치는 갑자기 부산스럽게 복도를 돌아다니며, 벽에 간 실금부터 쥐구멍까지 온갖 곳에 널빤지를 쳤다. 캐도건 경은 해고당했다. 그의 초상화는 8층의 발길 드문 층계참으로 도로 옮겨졌고 뚱뚱한 귀부인이 돌아왔다. 그녀는 솜씨 좋게 복원됐지만 아직 극도로 겁먹은 상태였고 추가적인 보호조치를 취한다는 조건하에서만 업무에 복귀하겠다고 말했다. 그 때문에 험악한 트롤 경비대가 그녀를 지키기 위해 고용되었다. 그들은 툴툴대는 말투로 이야기하거나 서로의 곤봉 크기를 비교하면서 위협적으로 무리 지어 복도를 걸어 다녔다.

해리는 4층 외눈 마녀 조각상이 아직 막히지 않고 무방비 상태로 남아 있다는 사실에 신경이 쓰일 수밖에 없었다. 지금은 해리, 론, 헤르미온느도 알고 있긴 하지만, 그 안에 숨겨진 통로가 있다는 걸 아는 사람은 본인들뿐이라던 프레드와 조지의 말이 맞는 것 같았다.

"말해야 할까?" 해리가 론에게 물었다.

"그자가 허니듀크스를 통해 들어왔을 리는 없잖아." 론이 일축했다. "그 가게에 누가 침입했다면 우리도 소식을 들었겠지."

해리는 론이 이렇게 생각해서 기뻤다. 외눈 마녀 조각상마저 널빤지로 가로막힌다면 다시는 호그스미드에 갈 수 없을 테니까.

론은 별안간 유명 인사가 되었다. 그는 난생처음 해리보다 많은 관심을 받고 있었고 그 경험을 즐기는 게 분명했다. 간밤의 사건으로 아직 심하게 동요하면서도 그는 누가 묻기만 하면 자기가 겪은 일을 세세한 부분까지 기꺼이 들려주었다.

"……자고 있는데 뭐가 찢어지는 소리가 들렸어. 나는 꿈인 줄 알았지. 근데 그때 바람이 부는 거야. 깨서 보니까 침대 한쪽 커튼이 끌어내려져 있더라고……. 나는 몸을 굴렸어. 나를 내려다보고 서 있는 그놈이 보이더라. 해골 같았어. 더러운 털이 잔뜩 난 해골……. 칼을 들고 있었는데 엄청 크고 길었어. 30센티미터는 됐을 거야……. 그러더니 놈이 나를 봤고, 나도 놈을 봤지. 그러다 내가 소리를 지르니까 놈이 도망쳤어. 근데 왜 그랬을까?" 섬뜩한 이야기에 귀 기울이던 2학년 여학생 한 무리가 가 버리자 론이 해리에게 덧붙였다. "대체 왜 달아났을까?"

해리도 그 점이 궁금했다. 엉뚱한 침대를 찾은 블랙은 왜 론을 침묵시킨 뒤 해리에게 가지 않았을까? 블랙은 이미 12년 전에 무고한 사람들을 죽이는 것쯤은 개의치 않는다는 것을 증명했다. 더욱이 이번 상대는 무장도 하지 않은 다섯 명의 소년이었고, 그중 넷은 잠들어 있었다.

"네가 소리 질러서 사람들을 깨우면 성에서 빠져나가기 힘들어진다는 걸 안 게 틀림없어." 해리가 생각 끝에 말했다. "초상화 구멍으로 되돌아가려면 기숙사 전체를 죽여야 했을걸……. 그런 다음에는 교수님들을 만났을 거고……."

네빌은 사람들을 볼 낯이 없는 것 같았다. 맥고나걸 교수는 너무 화가 난 나머지 이후 네빌의 호그스미드 방문을 아예 금지했고, 방과 후 징계를 내렸으며, 아무도 네빌에게 탑으로 들어가는 암호를 알려 주지 못하게 했다. 가엾은 네빌은 매일 밤 트롤 경비원들의 기분 나쁜 눈초리를 받으며 다른 아이들이 드나들 때까지 휴게실 바깥에서 기다려야만 했다. 그러나 이 중 어떤 벌도 네빌의 할머니가 준비한 것과는 비교가 되지 않았다. 블랙이 침입하고 이틀 뒤, 그녀는 네빌에게 호그와트 학생이 아침 식사를 하는 동안 받을 수 있는 최악의 물건을 보냈다. 바로 하울러였다.

학교 부엉이들이 평소처럼 우편물을 가지고 대연회장으로 날아들어 왔다. 부리에 진홍색 봉투를 물고 있는 큰 외양간올빼미가 눈앞에 내려앉자 네빌은 숨도 쉬지 못했다. 맞은편에 앉아 있던 해리와 론은 그 편지가 하울러라는 걸 금방 알아보았다. 지난번에 론이 어머니에게서 하울러를 받은 적이 있었던 것이다.

"도망쳐, 네빌." 론이 충고했다.

두말할 필요도 없었다. 네빌은 봉투를 집어 들더니 폭탄이라도 되는 양 앞으로 든 채 전력 질주해서 대연회장을 빠져나갔다. 그 광경에 슬리데린 식탁에서 웃음이 터져 나왔다. 하울러가 현관홀에 쩌렁쩌렁 울리는 소리가 들렸다. 네빌의 할머니는 마법을 걸어 평소보다 백배는 커진 목소리로, 네빌 때문에 온 가족이 망신을 당했다며 고래고래 소리를 지르고 있었다.

해리는 네빌을 가엾어하느라 자기에게도 편지가 왔다는 사실을 바로 알아차리지 못했다. 헤드위그가 그의 손목을 날카롭게 쪼아 주의를 끌었다.

"아얏! 아, 고마워, 헤드위그…….."

해리는 헤드위그가 네빌의 콘플레이크를 쪼아 먹는 동안 봉투를 뜯어서 열었다. 안에 든 편지에는 이렇게 적혀 있었다.

해리와 론에게.

오늘 저녁 6시쯤에 나랑 차 한잔하지 않을래? 내가 성으로 너희를 데리러 가마. 현관홀에서 날 기다려. 너희끼리 나다녀선 안 되니까.

해그리드

"아마 블랙 얘기를 다 듣고 싶은 걸 거야!" 론이 말했다.

그리하여 그날 저녁 6시가 되자, 해리와 론은 그리핀도르 탑을 나와 단숨에 트롤 경비원들을 통과한 다음 현관홀로 향했다.

해그리드가 이미 와서 기다리고 있었다.

"다 알아요, 해그리드!" 론이 말했다. "토요일 밤 얘기를 듣고 싶으신 거죠?"

"그 얘기는 벌써 다 들었어." 해그리드가 현관문을 열고 그들을 밖으로 데리고 나가며 말했다.

"아." 론은 살짝 실망한 표정이 되었다.

해그리드의 오두막에 들어가자 맨 먼저 눈에 들어온 것은 벅빅이었다. 벅빅은 해그리드의 조각보 이불 위에 몸을 쭉 뻗고 거대한 날개를 접어 몸에 바짝 붙인 채, 큰 접시에 담긴 죽은 족제비를 맛보고 있었다. 이 유쾌하지 않은 광경에서 시선을 돌리자 털이 잔뜩 달린 엄청난 크기의 갈색 정장과 노란색, 오렌지색이 섞인 아주 끔찍한 넥타이가 옷장 문에 걸려 있는 것이 보였다.

"저건 왜요, 해그리드?" 해리가 물었다.

"벅빅 문제로 위험 생물 처분 위원회와 소송을 하거든." 해그리드가 말했다. "이번 주 금요일이야. 벅빅이랑 런던에 갈 거다. 나이트 버스에 침대 두 개를 예약해 뒀어……."

해리는 엄청난 죄책감을 느꼈다. 벅빅의 재판이 그토록 가까워졌다는 사실을 까맣게 잊고 있었다. 불편한 표정을 보니 론도 마찬가지인 듯했다. 벅빅의 변론 준비를 도와주겠다는 약속도 잊어버렸다. 파이어볼트가 도착하면서 온통 거기에만 정신이 팔려 있었던 것이다.

해그리드는 차를 따라 주고 건포도 넣은 빵을 권했다. 하지만 그들은 그것을 냉큼 받아먹을 만큼 바보가 아니었다. 해그리드의 요리는 이미 많이 먹어 보았기 때문이다.

"너희 둘한테 할 얘기가 있어." 해그리드가 그들 사이에 앉아 그답지 않게 진지한 표정으로 말했다.

"뭔데요?" 해리가 물었다.

"헤르미온느 말이야." 해그리드가 말했다.

"걔가 왜요?" 론이 물었다.

"헤르미온느가 많이 힘들어해. 그래서 하는 얘기다. 헤르미온느는 크리스마스 이후 나를 보러 여러 번 왔었어. 외로워하더라. 처음에는 너희가 파이어볼트 때문에 말을 걸지 않더니 이제는 그 애 고양이가……."

"스캐버스를 잡아먹었단 말이에요!" 론이 화를 내며 중간에 끼어들었다.

71

"걔 고양이는 다른 고양이들이랑 똑같이 행동했을 뿐이야." 해그리드가 참을성 있게 말을 이었다. "헤르미온느는 꽤 많이 울었어, 지금도 힘들어하고 있고. 내 생각엔, 감당하기 어려웠던 것 같아. 그 많은 걸 하려고 했으니. 그런데도 시간을 내서 벅빅의 소송을 도와줬단 말이야……. 정말로 좋은 자료들을 찾아 줬어……. 이제 벅빅한테도 꽤 승산이 있을 거야……."

"해그리드, 우리도 도와드렸어야 하는데…… 죄송해요." 해리가 난처한 듯 입을 열었다.

"그걸 뭐라는 게 아니야!" 해그리드가 손을 저어 해리의 사과를 뿌리치며 말했다. "너한테 할 일이 많다는 건 온 세상이 알아. 매일 낮이고 밤이고 퀴디치 훈련을 하는 것도 봤고. 하지만 이 얘기는 해야겠다. 나는 너희 둘이 빗자루나 쥐보다는 친구를 소중히 여길 거라고 생각했어. 그게 다야."

해리와 론은 불편한 시선을 주고받았다.

"그 앤 정말로 속상해했어. 블랙이 너를 찌를 뻔했을 때 말이야, 론. 헤르미온느는 착한 애야. 그런데 너희는 그 애한테 말도 안 건다니……."

"걔가 그 고양이만 갖다 버리면 다시 얘기할 거예요!" 론이 화를 내며 말했다. "하지만 헤르미온느는 아직도 그놈을 편들고 있다고요! 그 미친 고양이한테 불리한 말은 한 마디도 듣지 않으려고 해요!"

"아, 뭐, 반려동물 문제에서는 사람들이 좀 멍청해질 수 있지." 해그리드가 사려 깊은 말투로 대꾸했다. 그의 뒤에서 벅빅이 베개 위에다 족제비 뼈 몇 개를 뱉어 냈다.

세 사람은 그리핀도르가 퀴디치 우승컵을 탈 가능성이 높아졌다는 이야기를 하며 남은 시간을 보냈다. 9시가 되자 해그리드는 그들을 다시 성으로 데려다주었다.

휴게실로 돌아오니 아이들이 게시판 주위에 잔뜩 몰려 있었다.

"다음 주 주말이 호그스미드 방문일이래!" 론이 아이들 머리 위로 목을 빼고 새로 붙은 공고문을 읽었다. "네 생각은 어때?" 자리에 가서 앉았을 때 론이 해리에게 조용히 물었다.

"뭐, 필치도 허니듀크스로 가는 통로에는 아무 짓 안 했으니까……." 해리가 더욱 조용한 목소리로 말했다.

"해리!" 그의 오른쪽에서 어떤 목소리가 들려왔다. 깜짝 놀라 고개를 돌려 보니 헤르미온느였다. 바로 뒤 탁자에 앉아 있던 그녀가 몸을 가리고 있던 책을 치웠다.

"해리, 네가 또 호그스미드에 가면…… 맥고나걸 교수님한테 그 지도 얘기를 할 거야!" 헤르미온느가 말했다.

"누가 말하는 소리 들려, 해리?" 론이 헤르미온느 쪽을 보지도 않고 툴툴거렸다.

"론, 어떻게 해리가 너랑 같이 가도록 내버려 둘 수 있어? 시리우스 블랙이 *너한테* 그런 일을 저지를 뻔했는데! 정말이야, 내가 말씀드릴……."

"그러니까 이제 해리를 퇴학시키려나 보네!" 론이 화가 나서 말했다. "올해에는 피해를 줄 만큼 주지 않았냐?"

헤르미온느는 대답하려고 입을 열었지만, 크룩섕스가 작게 쉭 소리를 내며 그녀의 무릎으로 뛰어올라 왔다. 헤르미온느는 론의 표정을 보고 겁먹은 얼굴이 되더니 크룩섕스를 안고 얼른 여학생 기숙사 쪽으로 갔다.

"아무튼, 어때?" 론은 중간에 아무 일도 없었던 것처럼 해리에게 말했다. "가자, 저번에 갔을 땐 아무것도 못 봤잖아. 종코의 장난감 가게엔 아직 들어가 보지도 못했고!"

해리는 주위를 둘러보며 헤르미온느가 듣지 못할 만큼 멀리 갔는지 확인했다.

"좋아." 그가 말했다. "하지만 이번에는 투명 망토를 가져갈 거야."

토요일 아침, 해리는 투명 망토를 가방에 챙기고 도둑 지도를 주머니에 슬쩍 넣은 다음 모두와 함께 아침 식사를 하러 갔다. 헤르미온느가 식탁 저쪽에서 계속 의심스러운 눈길을 쏘아 보내고 있었지만 그는 시선을 피했다. 다른 학생들 모두가 현관으로 나갔을 때는 대리석 계단을 다시 올라가는 모습이 헤르미온느에게 보이도록 신경 썼다.

"안녕!" 해리가 론에게 소리쳤다. "잘 다녀와!"

론이 씩 웃으며 눈을 찡긋했다.

해리는 서둘러 4층으로 올라가며 주머니에서 도둑 지도를 슬쩍 꺼냈다. 그는 외눈 마녀 조각상 뒤에 몸을 웅크리고 꼬깃꼬깃 접힌 지도를 폈다. 작은 점이 그를 향해 움직이고 있었다. 해리는 눈을 가늘게 뜨고 그것을 바라보았다. 옆에는 아주 작은 글자로 '네빌 롱보텀'이라고 쓰여 있었다.

해리는 재빨리 마법 지팡이를 꺼내 "디센디움"이라고 중얼거린 다음 가방을 조각상 안에 밀어 넣었다. 하지만 그가 들어가기도 전에 네빌이 모퉁이를 돌아서 나타났다.

"해리! 너도 호그스미드에 안 간다는 사실을 깜빡했어!"

"안녕, 네빌." 해리가 조각상에서 얼른 떨어져 지도를 주머니에 도로 쑤셔 넣으며 말했다. "넌 뭐 할 거야?"

"아무것도." 네빌이 어깨를 으쓱했다. "폭발하는 카드 게임 한판 할래?"

"어, 지금은 별로⋯⋯. 도서관에 가서 루핀 교수님이 내준 뱀파이어 작문 숙제를 하려고 했거든."

"같이 가자!" 네빌이 밝아진 목소리로 말했다. "나도 안 했어!"

"어, 잠깐만⋯⋯. 그래, 맞아. 깜빡했다. 어젯밤에 끝냈지!"

"잘됐다. 네가 날 도와주면 되겠네!" 네빌이 동그란 얼굴에 불안한 표정을 띠며 말했다. "그 마늘에 관한 내용이 잘 이해가 안 돼서. 꼭 먹어야 하는 거야? 아니면⋯⋯."

네빌은 해리의 어깨 너머를 보고 작게 헉 숨을 들이켜며 말을 멈췄다.

그곳에는 스네이프가 있었다. 네빌은 빠르게 해리 뒤로 가서 섰다.

"너희 둘, 여기서 뭐 하는 거지?" 스네이프가 멈춰 서서 둘을 번갈아 보며 말했다. "이상한 데서 만나는군."

스네이프의 검은색 눈이 몹시 불안하게도 *그들* 양옆에 있는 문으로, 외눈 마녀 조각상 쪽으로 휙휙 돌아갔다.

"여기서 만나기로 한 게 아니에요." 해리가 말했다. "그냥…… 여기서 마주친 거죠."

"그래?" 스네이프가 말했다. "예상치 못한 장소에 나타나는 버릇이 있구나, 포터. 아무 이유 없이 거기 나타나진 않았을 텐데……. 둘 다 너희가 소속된 그리핀도르 탑으로 돌아가도록."

해리와 네빌은 군말 없이 그곳을 떠났다. 해리는 모퉁이를 돌아서 뒤를 돌아보았다. 스네이프가 한 손으로 외눈 마녀 조각상의 머리를 만지면서 자세히 살펴보고 있었다.

해리는 뚱뚱한 귀부인 앞에서 네빌에게 암호를 말해 줘서 간신히 그를 떼어 낸 다음, 뱀파이어 숙제를 도서관에 두고 온 척 되돌아갔다. 그는 트롤 경비원들의 시야에서 벗어나자마자 다시 지도를 꺼내 코가 닿을 듯 바짝 들여다보았다.

4층 복도에는 아무도 없는 것 같았다. 해리는 지도를 신중하게 훑어보았다. '세베루스 스네이프'라는 이름의 작은 점이 지금은 연구실로 돌아가 있는 것이 보이자 마음이 놓였다.

그는 외눈 마녀 조각상 쪽으로 다시 전력 질주해 가서는 혹을 열고 그 속으로 들어갔다. 그리고 돌로 된 경사로를 미끄러져 내려가 밑에 있던 가방과 만났다. 그는 양피지에서 지도가 사라지게 한 다음 달리기 시작했다.

해리는 투명 망토 아래 완벽하게 몸을 숨긴 채 허니듀크스 바깥의 햇볕 속으로 나와 론의 등을 쿡 찔렀다.

"나야." 그가 중얼거렸다.

"왜 이렇게 오래 걸렸어?" 론이 숨죽여 말했다.

"스네이프가 돌아다녀서……."

그들은 큰길을 따라 출발했다.

"너 어디 있어?" 론은 되도록 입을 벌리지 않고 계속 중얼거렸다. "아직 등 뒤에 있어? 이거 기분 이상한데……."

그들은 우체국으로 갔다. 론은 이집트에 있는 빌에게 보낼 부엉이 가격을 확인하는 척하며 해리가 잘 둘러볼 수 있도록 해 주었다. 부엉이며 올빼미 들이 자리에 앉아 그들을 내려다보면서 작은 소리로 부엉부엉 울고 있었다. 커다란 회색 부엉이에서부터 너무 작아 해리의 손바닥에 앉을 수도 있을 법한 작디작은('지역 내 배달 전용') 소쩍새까지 적어도 300마리는 되었다.

이후 그들은 종코의 장난감 가게에 들렀다. 학생들로 너무 붐볐으므로, 해리는 누군가의 발을 밟아 혼란을 일으키는 일이 없도록 엄청난 주의를 기울여야 했다. 그곳에는 프

레드와 조지의 가장 황당무계한 꿈까지도 실현해 줄 장난
감과 도구 들이 있었다. 해리는 론에게 귓속말로 주문을 전
달하고 망토 아래로 금화 몇 닢을 건넸다. 종코의 장난감
가게를 나섰을 때는 들어갈 때보다 지갑이 상당히 가벼워
졌지만 주머니는 똥폭탄과 딸꾹질 사탕, 개구리 알 비누와
코를 깨무는 찻잔으로 불룩했다.

날이 맑고 선선해서 실내에 있고 싶은 기분이 아니었으
므로 그들은 스리 브룸스틱스를 지나쳐 비탈길을 올라 '악
쓰는 오두막'이라는, 영국에서 유령이 가장 많이 나온다는
집을 방문했다. 오두막은 마을의 다른 장소들보다 약간 높
은 지대에 있었으며, 창문들에는 널빤지가 쳐 있고 눅눅한
정원에는 잡초가 잔뜩 자란 탓에 대낮인데도 조금 으스스
했다.

"호그와트 유령들도 여기에는 오길 꺼려 해." 론이 울타
리에 기대 오두막을 올려다보면서 말했다. "목이 달랑달랑
한 닉한테 물어봤는데…… 여기에 아주 거친 무리가 산다
고 들었대. 아무도 못 들어가. 프레드랑 조지는 분명 들어
가려 했겠지만 출입구가 다 막혀 있어서……."

비탈길을 오르느라 더워진 해리가 잠깐 투명 망토를 벗
을까 고민하고 있는데 근처에서 목소리들이 들려왔다. 누

가 언덕 맞은편에서 오두막을 향해 올라오고 있었다. 잠시후 말포이가 양옆에 크래브와 고일을 거느리고 나타났다. 말포이가 뭐라뭐라 말을 하고 있었다.

"……조만간 아버지한테서 부엉이가 올 거야. 아버지는 내가 팔을 다친 얘기를 하러 심리에 참석하셨거든……. 내가 팔을 3개월 동안이나 쓰지 못했다고 말이야……."

크래브와 고일이 킬킬거렸다.

"그 덩치만 큰 털복숭이 머저리가 자기변호 하려고 애쓰는 소리를 진짜 듣고 싶다……. '그 녀석은 전혀 해롭지 않아요, 정말이에요…….' 그 히포그리프는 죽은 거나 다름없어."

말포이가 문득 론을 발견했다. 그의 허여멀건 얼굴에 악의 어린 미소가 번졌다.

"뭐 하냐, 위즐리?"

말포이는 론 뒤의 무너져 내릴 듯한 집을 올려다보았다.

"여기서라도 살고 싶은가 보구나. 안 그래, 위즐리? 네 방 갖고 싶은 거 아니야? 너희 가족은 모두 한방에서 잔다고 하던데, 사실이냐?"

해리는 론의 로브 뒷자락을 잡아 그가 말포이에게 덤벼드는 것을 막았다.

"나한테 맡겨." 그가 론의 귀에 대고 속삭였다.

너무나 완벽한 기회라 놓칠 수 없었다. 해리는 조용히 말포이, 크래브, 고일 뒤로 살금살금 다가가 허리를 구부리고 길바닥에서 한 손 가득 진흙을 퍼 올렸다.

"마침 네 친구 해그리드 얘기를 하던 중이었어." 말포이가 론에게 말했다. "그냥, 해그리드가 위험 생물 처분 위원회에 뭐라고 말할지 상상해 보고 있었지. 넌 어떨 것 같아? 히포그리프 목을 칠 때 해그리드가 울…….'

철퍽!

뒤통수에 진흙을 맞은 말포이의 머리가 앞으로 홱 숙여졌다. 은색에 가까운 금발에서 난데없이 진흙이 뚝뚝 떨어졌다.

"이게 무슨……?"

론은 자지러지게 웃으며 손으로 울타리를 짚었다. 말포이, 크래브, 고일은 그 자리에서 멍청하게 빙빙 돌며 거칠게 주위를 둘러보았다. 말포이는 머리에서 진흙을 털어 내려고 애썼다.

"방금 뭐였어? 누가 그런 거야?"

"여기에 유령이 아주 많다더라?" 론이 날씨 얘기라도 하듯 말했다.

크래브와 고일은 겁먹은 것처럼 보였다. 그들의 탄탄한 근육도 유령을 상대로는 아무런 쓸모가 없었다. 말포이는 아무도 없는 주위를 미친 듯이 두리번거렸다.

해리는 유난히 질척한 물웅덩이에 악취 나는 녹색 폐수가 고여 있는 곳으로 살금살금 걸어갔다.

철퍽!

이번에는 크래브와 고일이 진흙을 맞았다. 고일이 분을 못 이겨 제자리에서 펄쩍펄쩍 뛰면서 작고 멍청한 눈에 묻은 진흙을 닦아 내려 했다.

"저쪽에서 날아왔어!" 말포이가 얼굴에서 진흙을 닦아 내며, 해리에게서 왼쪽으로 2미터쯤 떨어진 곳을 노려보았다.

크래브가 긴 팔을 좀비처럼 뻗고 앞을 더듬거렸다. 그를 피한 해리는 막대기를 집어 들고 그의 등에 던졌다. 누가 던졌는지 보려고 크래브가 발레를 하듯 빙그르르 돌자 해리는 소리 없이 웃느라 배를 움켜잡았다. 크래브에게 보이는 건 론뿐이었기에 그는 론을 향해 걸어가기 시작했다. 그러나 그때 해리가 다리를 뻗었다. 크래브가 비틀거렸고, 그의 크고 넓적한 발이 해리의 투명 망토 끝자락에 걸렸다. 세게 잡아당겨지는 느낌이 나더니 투명 망토가 해리의 얼굴에서 미끄러졌다.

그 찰나의 순간, 말포이가 그를 보았다.

"**아아아아악!**" 그가 해리의 머리를 가리키며 소리 지르더니 꽁무니를 빼고 무서운 속도로 다시 언덕 아래로 달아나기 시작했다. 크래브와 고일이 그를 뒤따랐다.

해리는 다시 망토를 끌어 올렸지만 이미 늦었다.

"해리!" 론이 앞으로 휘청거리며 절망적인 눈으로 해리가 사라진 지점을 바라보면서 말했다. "도망치는 게 좋겠어! 말포이가 누구한테 얘기하기라도 하면……. 성으로 돌아가야 해, 빨리."

"나중에 보자." 해리는 그렇게 말하고, 군말 없이 호그스미드로 가는 길을 빠르게 되짚어 달려갔다.

말포이는 자기가 본 것을 믿을까? 말포이의 말을 믿는 사람이 있을까? 투명 망토에 대해서는 아무도 몰랐다. 덤블도어를 빼면. 해리는 가슴이 철렁했다. 말포이가 한 마디라도 하면 덤블도어는 무슨 일이 일어났는지 정확히 알아차릴 것이다.

허니듀크스로 돌아와 지하실 계단으로 내려간 다음 돌바닥에 있는 뚜껑문으로 들어간 해리는 투명 망토를 벗어 옆구리에 끼고 죽어라 통로를 달려갔다……. 말포이가 먼저 돌아왔을 것이다……. 녀석이 교수를 찾기까지 얼마나 걸

릴까? 헐떡이며, 옆구리에 날카로운 통증을 느끼며, 해리는 돌 경사로에 이를 때까지 속도를 늦추지 않았다. 투명 망토는 두고 가야 할 것 같았다. 말포이가 교수에게 일렀다면 이 망토 때문에 너무 많은 걸 들키게 될 것이다. 그는 투명 망토를 어두운 구석에 숨긴 다음 되도록 빠르게 경사로를 기어오르기 시작했다. 땀에 젖은 손이 경사로에서 자꾸 미끄러졌다. 마녀의 혹에 도착한 그는 마법 지팡이로 혹을 두드리고 머리를 내민 뒤 몸을 끌어당겨 빠져나왔다. 혹이 닫혔다. 조각상 뒤에서 뛰쳐나온 순간 빠르게 다가오는 발소리가 들렸다.

스네이프였다. 그가 검은 로브를 휘날리며 신속한 걸음으로 다가오더니 해리 앞에 멈춰 섰다.

"이런." 그가 말했다.

그의 얼굴에는 승리감을 억누르는 표정이 떠올라 있었다. 해리는 아무것도 모르는 표정을 지으려고 노력했지만 땀범벅이 된 얼굴과 진흙투성이 손이 무척 신경 쓰였다. 그는 손을 얼른 주머니에 넣었다.

"따라오도록, 포터." 스네이프가 말했다.

해리는 그를 따라 아래층으로 내려가며, 스네이프가 눈치채지 못하도록 두 손을 로브 안자락에 닦으려고 애썼다.

그들은 지하 감옥까지 계단을 내려간 다음 스네이프의 연구실로 들어갔다.

해리는 이곳에 딱 한 번 와 봤는데 그때도 심각한 상황에 놓여 있었다. 그 뒤로 스네이프는 병에 담긴 끔찍하고 끈적끈적한 것들을 몇 개 더 얻은 모양이었다. 그것들은 모두 책상 뒤 선반에 놓인 채 불빛을 받아 번쩍거리면서 위협적인 분위기를 더해 주고 있었다.

"앉아라." 스네이프가 말했다.

해리는 의자에 앉았다. 그러나 스네이프는 계속 서 있었다.

"말포이 군이 방금 나를 찾아와 이상한 이야기를 하던데, 포터." 스네이프가 말했다.

해리는 아무 말도 하지 않았다.

"악쓰는 오두막 근처에 갔다가 우연히 위즐리를 만났는데, 위즐리는 분명 혼자 있었다더군."

해리는 여전히 입을 열지 않았다.

"말포이 군이 가만히 서서 위즐리한테 이야기하고 있는데 진흙 덩어리가 뒤통수를 때렸다고 했다. 어떻게 그런 일이 가능할까?"

해리는 애써 조금 놀란 표정을 지어 보였다.

"모르겠는데요, 교수님."

스네이프의 눈이 해리의 눈을 뚫어지게 바라보았다. 꼭 히포그리프와의 눈싸움에서 이기려고 애쓰는 것 같은 눈빛이었다. 해리는 눈을 깜빡이지 않으려고 무척 노력했다.

"말포이 군은 그 뒤에 이상한 유령을 보았다더군. 그게 뭐였을지 상상할 수 있겠나, 포터?"

"아뇨." 해리는 이제 순전히 궁금한 것처럼 들리도록 애쓰며 말했다.

"네 머리였다, 포터. 공중에 둥둥 떠 있는."

긴 침묵이 흘렀다.

"폼프리 선생님한테 가 봐야 할 것 같네요." 해리가 말했다. "그런 게 보이다니……."

"네 머리가 호그스미드에서 뭘 하고 있었을까, 포터?" 스네이프가 조용히 말했다. "네 머리는 호그스미드에 가지 못하게 되어 있는데 말이다. 네 몸의 어떤 부분도 호그스미드에 있는 걸 허락받지 못했는데."

"그러게요." 해리가 얼굴에서 죄책감이나 두려움을 지우려고 기를 쓰며 말했다. "말포이가 헛것을 본 것 같……."

"말포이는 헛것을 본 게 아니다." 스네이프가 이를 드러냈다. 그는 허리를 구부려 해리가 앉은 의자 양쪽 팔걸이에 손을 하나씩 얹고 얼굴을 바짝 들이댔다. "네 머리가 호그스미드에 있었다면 네 나머지 부분도 마찬가지였겠지."

"저는 그리핀도르 탑에 있었는데요." 해리가 말했다. "교수님이 시키신 대로……."

"그걸 확인해 줄 사람은?"

해리는 아무 말도 하지 않았다. 스네이프의 가느다란 입술이 끔찍한 미소로 비틀어졌다.

"그러니까……." 그가 다시 몸을 펴며 말을 이었다. "마법 정부 이하 모든 사람이 유명하신 해리 포터 님을 시리우스 블랙에게서 안전하게 지키려고 애쓰든 말든, 정작 당사자께서는 자기 말씀이 곧 법이라는 거군. 평범한 사람들은 포터 님의 안전을 걱정하게 내버려 두라지! 유명하신 해리 포터 님은 결과야 어떻게 되건 말건 가고 싶은 곳은 어디든 갈 테니까 말이야."

해리는 침묵을 지켰다. 스네이프는 그를 도발해서 진실을 말하게 하려고 공을 들이고 있었다. 거기에 넘어갈 생각은 없었다. 스네이프는 아무런 증거도 갖고 있지 않았다. ……아직은.

"네 아버지처럼 유별나구나, 포터." 스네이프가 눈을 빛내며 불쑥 말했다. "네 아버지도 지나치게 오만했지. 퀴디치 경기장에서 잔재주 좀 부린다고 자기가 다른 사람들보다 한 수 위라고 생각했다. 친구들과 추종자들을 거느리고 거들먹거리면서……. 어떻게 그렇게 닮았는지 소름 끼칠 정도야."

"아빠는 거들먹거린 적 없어요." 해리가 참지 못하고 입을 열었다. "저도 그렇고요."

"네 아버지도 규칙을 별로 중요하게 생각하지 않았다." 스네이프가 이때다 싶어 밀어붙였다. 수척한 얼굴에는 악의가 가득했다. "규칙은 퀴디치 우승컵 승자들이 아니라 하찮은 인간들이나 지키는 거라고. 허영심만 가득해서……."

"그만!"

해리는 벌떡 일어섰다. 프리빗가에서의 마지막 밤 이후로 느껴 보지 못했던 분노가 그를 휩쓸었다. 스네이프의 얼굴이 굳어진 것도, 검은 두 눈이 위험하게 번뜩이는 것도 신경 쓰이지 않았다.

"뭐라고 했지, 포터?"

"우리 아빠 얘기 그만하라고요!" 해리가 소리쳤다. "저는 신실을 알아요. 아빠가 교수님 목숨을 구해 줬잖아요! 덤블도어 교수님이 말해 줬어요! 우리 아빠가 아니었으면 교수님은 여기 있지도 못했을 거예요!"

스네이프의 누르께한 피부가 하얗게 질렸다.

"교장 선생님이 네 아버지가 어쩌다 내 목숨을 구하게 됐
는지도 설명하셨나?" 그가 속삭였다. "아니면 자세한 내용
은 소중한 포터가 듣기 거북하다고 생각하신 건가?"

해리는 입술을 깨물었다. 그는 자세한 내용은 몰랐지만
자신이 모른다는 것을 인정하고 싶지 않았다. 하지만 스네
이프는 그 사실을 짐작한 듯했다.

"네가 이대로 아버지에 대해 잘못된 생각을 갖고 돌아가
는 건 마음에 들지 않을 것 같은데, 포터." 그가 악독한 미
소로 얼굴을 일그러뜨리며 말했다. "명예로운 영웅적 행동
같은 것을 상상하고 있었나? 그럼 내가 바로잡아 주지. 네
성자 같은 아버지와 그의 친구들은 내게 굉장히 재미있는
장난을 쳤다. 네 아버지가 막판에 겁을 먹지 않았다면 내
죽음을 초래했을 장난이었지. 네 아버지가 한 일에 용감한
구석이라곤 전혀 없었다. 내 목숨을 구하기 위해서가 아니
라 자기가 살 궁리를 한 거니까. 그 장난이 성공했다면 네
아버지는 호그와트에서 퇴학당했을 거다."

스네이프의 고르지 못한 누런 치아가 드러났다.

"주머니 뒤집어, 포터!" 그가 불쑥 내뱉었다.

해리는 움직이지 않았다. 귀에서 쿵쿵거리는 고동이 느

껴졌다.

"주머니 뒤집어라. 안 그러면 곧장 교장 선생님한테 갈 테니! 주머니에 있는 걸 꺼내라, 포터!"

해리는 겁에 질린 채 천천히 종코의 장난감 가게에서 산 장난감이 든 봉투와 도둑 지도를 꺼냈다.

스네이프가 종코의 장난감 가게 봉투를 집어 들었다.

"론이 줬어요." 해리는 그렇게 말하면서 스네이프가 론을 만나기 전 그에게 귀띔할 기회가 생기길 바랐다. "론이 지난번 호그스미드에 갔을 때 사다 준 건데요."

"그래? 그럼 그때부터 계속 들고 다닌 건가? 정말 감동적이군……. 그럼 이건 뭐지?"

스네이프가 지도를 집어 들었다. 해리는 무표정한 얼굴을 유지하려고 온 힘을 다했다.

"여분으로 갖고 다니는 양피지요." 해리가 어깨를 으쓱했다.

스네이프가 해리에게서 시선을 떼지 않고 지도를 뒤집었다.

"이렇게 심하게 낡은 양피지는 당연히 필요 없겠지?" 스네이프가 말했다. "내가 그냥…… 버려 주면 어떨까?"

지도를 쥔 그의 손이 불 쪽으로 움직였다.

"안 돼요!" 해리가 재빨리 소리쳤다.

"하!" 스네이프가 긴 콧구멍을 벌름거렸다. "이것도 위즐리 군한테 받은 또 하나의 소중한 선물인가? 아니면, 뭔가 다른 건가? 투명 잉크로 쓰인 편지라든가, 아니면…… 디멘터들을 지나치지 않고 호그스미드에 가는 방법을 알려주는 것이라든가."

해리가 눈을 깜빡였다. 순간 스네이프의 눈이 번뜩였다.

"어디 보자……." 그가 마법 지팡이를 꺼내고 책상에 지도를 쫙 펼치며 중얼거렸다. "비밀을 드러내라!" 그가 마법 지팡이로 양피지를 건드리며 말했다.

아무 일도 일어나지 않았다. 해리는 떨지 않으려고 손을 꽉 움켜쥐었다.

"정체를 드러내!" 스네이프가 지도를 날카롭게 두드리며 소리쳤다.

지도는 여전히 텅 빈 채였다. 해리는 심호흡을 하며 마음을 가라앉혔다.

"이 학교 교수인 세베루스 스네이프 교수가 명하노니, 네가 감추고 있는 정보를 드러내라!" 스네이프가 마법 지팡이로 지도를 두드리며 말했다.

투명한 손이 쓰기라도 하듯 지도의 매끄러운 표면에 단

어들이 나타났다.

'무니 군이 스네이프 교수님께 인사를 전하며, 바라건대 남 일에 들이미는 그 큰 코나 좀 치워 달랍니다.'

스네이프의 얼굴이 굳었다. 해리는 놀라서 아무 말도 하지 못한 채 그 문구를 바라보았다. 하지만 지도는 거기에서 멈추지 않았다. 첫 번째 문구 아래 더 많은 글자가 나타났다.

'프롱스 군은 무니 군의 의견에 동의하고, 스네이프 교수는 못생긴 얼간이라는 말을 덧붙이고 싶다는군요.'

그렇게 심각한 상황이 아니었다면 꽤 우스웠을 것이다. 그리고……

'패드풋 군은 그런 명청이가 교수가 되었다는 사실에 대해 경악을 표하고자 합니다.'

해리는 겁에 질려 눈을 감았다. 다시 눈을 떴을 때 지도는 이미 마지막 말을 마친 뒤였다.

'웜테일 군이 스네이프 교수에게 안부를 전하며 조언합니다. 머리 좀 감아라, 더러운 인간아.'

해리는 폭탄이 떨어지기를 기다렸다.

"그래……." 스네이프가 조용히 입을 열었다. "어떻게 된 건지 보도록 하지……."

그는 난롯가로 성큼성큼 걸어가, 벽난로 위에 있는 병에서 반짝이는 가루 한 주먹을 집은 다음 불 속으로 던졌다.

"루핀!" 스네이프가 불 속에 대고 소리쳤다. "할 얘기가 있다!"

해리는 크게 당황해서 불을 응시했다. 어떤 커다란 형상이 불 속에 나타나 아주 빠르게 빙글빙글 돌았다. 잠시 후, 루핀 교수가 벽난로에서 나오더니 초라한 로브에서 재를 떨어냈다.

"날 부른 건가, 세베루스?" 루핀이 온화한 목소리로 물었다.

"그래." 스네이프가 책상으로 다시 성큼성큼 걸어가면서 분노로 구겨진 얼굴로 말했다. "방금 포터의 주머니를 검사했더니 이런 게 나오더군."

스네이프가 무니, 웜테일, 패드풋, 프롱스 군의 말이 여전히 빛나고 있는 양피지를 가리켰다. 루핀의 얼굴에 뭔지 알 수 없는 이상한 표정이 떠올랐다.

"자." 스네이프가 말했다.

루핀은 계속해서 지도를 뚫어지게 바라보았다. 해리는 그가 뭔가를 아주 빠르게 생각하고 있는 것 같은 느낌을 받았다.

"자." 스네이프가 다시 말했다. "이 양피지는 분명 어둠의 마법으로 가득 차 있다. 그건 네 전문 분야잖아, 루핀. 네 생각엔 포터가 이런 걸 어디에서 구했을 것 같아?"

루핀은 눈을 들어 해리 쪽을 살짝 곁눈질하며 그에게 끼어들지 말라고 경고했다.

"어둠의 마법으로 가득 차 있다고?" 그가 부드러운 말투로 되풀이했다. "정말 그렇게 생각해, 세베루스? 내 눈엔 그저 이걸 읽으려는 사람들에게 모욕을 주는 양피지로만 보이는데. 유치하긴 하지만 위험할 리는 없지 않겠어? 해리가 장난감 가게에서 구한 것 같은데."

"그래?" 스네이프가 말했다. 그의 턱이 분노로 딱딱하게 굳었다. "장난감 가게에서 이런 걸 살 수 있을 거라 생각해? 그보다는 이걸 만든 사람들한테서 직접 구한 것 같지 않나?"

해리는 스네이프가 무슨 말을 하는지 영문을 알 수 없었다. 겉보기에는 루핀도 그런 듯했다.

"그러니까 웜테일 군이나 뭐 이 사람들 중 한 명한테서?" 그가 물었다. "해리, 이 중에 아는 사람이 있니?"

"아뇨." 해리가 재빨리 대답했다.

"거 봐, 세베루스." 루핀이 스네이프에게 다시 고개를 돌리며 말했다. "내가 보기엔 종코의 장난감 가게 제품 같은데."

때맞춰 론이 연구실로 뛰어들어 왔다. 그는 숨이 턱까지 차서 스네이프의 책상 바로 앞에 멈춰 서더니 결리는 가슴을 부여잡고 힘겹게 입을 열었다.

"제가, 해리한테, 줬어요." 그가 헉헉댔다. "오래전에, 종코의 장난감 가게에서, 샀는데……."

"이런!" 루핀이 손을 짝 마주치고 명랑하게 주위를 둘러보며 말했다. "이걸로 분명해지는 것 같은데! 세베루스, 이건 내가 가져가도 되겠지?" 그가 지도를 접어 로브 안에 쑤셔 넣었다. "해리, 론, 같이 가자. 뱀파이어 작문 숙제 때문에 할 말이 있단다. 이만 실례, 세베루스."

해리는 연구실을 떠나면서 감히 스네이프를 쳐다보지 못했다. 해리, 론, 루핀은 현관홀로 돌아오는 내내 아무 말도 하지 않았다. 해리가 루핀을 돌아보았다.

"교수님, 전……."

"설명은 듣고 싶지 않다." 루핀이 단호하게 말했다. 그는 텅 빈 현관홀을 힐끔 둘러보더니 목소리를 낮췄다. "공교롭게도 난 이 지도가 아주 오래전에 필치 씨한테 압수당한 것이라는 걸 안다. 그래, 난 이게 지도라는 걸 알아." 그의 말에 해리와 론은 놀란 표정을 지었다. "네가 이걸 어떻게 갖게 됐는지는 알고 싶지 않다. 하지만 이걸 교수님들한테 갖다 드리지 않았다니 정말 놀랍구나. 더군다나 지난번에 어떤 학생이 성에 대한 정보를 아무 데나 놔둔 일도 있었는데. 이건 돌려줄 수 없다, 해리."

그 정도는 해리도 예상했고, 너무 묻고 싶은 것이 있어 항의할 수도 없었다.

"스네이프 교수는 왜 제가 이 지도를 만든 사람들한테서 직접 받았다고 생각하는 거죠?"

"그건……." 루핀은 머뭇거렸다. "이 지도 제작자들은 너를 학교 밖으로 꾀어내고 싶어 했을 테니까. 그 사람들은 그게 굉장히 재밌는 일이라고 생각했을 거다."

"그 사람들을 *아세요*?" 해리가 감탄한 듯 물었다.

"만난 적이 있지." 그가 짧게 말했다. 그는 어느 때보다도 진지한 눈으로 해리를 바라보았다.

"내가 너를 또 감싸 줄 거라고 생각하지 마라, 해리. 내가 무슨 말을 해도 넌 시리우스 블랙 문제를 심각하게 받아들이지 않겠지. 하지만 디멘터들이 가까이 다가올 때 들리는 소리라면 효과가 있을 줄 알았다. 네 부모님은 널 살리려고 목숨을 바치셨어, 해리. 그걸 이런 식으로 갚는 건 형편없는 짓이다. 마법 장난감 몇 개에 그분들의 희생을 걸다니."

그는 가 버렸고, 남겨진 해리는 스네이프의 연구실에 있을 때보다도 기분이 훨씬 나빠졌다. 그와 론은 천천히 대리석 계단을 올라갔다. 해리는 외눈 마녀 조각상 앞을 지나며 투명 망토를 떠올렸다. 망토는 여전히 저 아래 있었지만 감히 가지러 갈 수는 없었다.

"내 잘못이야." 론이 불쑥 말했다. "내가 가자고 했잖아. 루핀 말이 맞아. 멍청한 짓이었어. 그래선 안 되는 거였는데."

그가 말을 멈췄다. 그들은 트롤 경비원들이 걸어 다니는 복도에 다다라 있었다. 헤르미온느가 그들을 향해 걸어왔다. 얼굴을 보니 무슨 일이 일어났는지 들은 게 틀림없었다. 해리의 가슴이 두방망이질 쳤다. 맥고나걸 교수에게 이른 걸까?

"고소하다고 말하려고 왔냐?" 그녀가 앞에 멈춰 서자 론이 사납게 말했다. "아니면 방금 고자질하고 오는 길이야?"

"아니야." 헤르미온느가 말했다. 그녀는 손에 편지 한 장을 들고 있었다. 그녀의 입술이 떨렸다. "그냥 너희도 알아야 할 것 같아서……. 해그리드가 소송에서 졌어. 벅빅은 처형당할 거야."

15장
퀴디치 결승전

"해그리드가…… 해그리드가 나한테 이걸 보냈어." 헤르
미온느가 편지를 내밀면서 말했다.

해리는 편지를 받아 들었다. 양피지는 축축하게 젖어 있
었고, 큼직한 눈물 자국으로 군데군데 잉크가 심하게 번져
서 읽기가 매우 어려웠다.

헤르미온느에게.

우리가 졌어. 녀석을 호그와트로 데려가도 된대. 처형 날짜는 아
직 정해지지 않았지만.

버키는 런던을 좋아했어. 네가 우리를 도와준 거 잊지 않을게.

해그리드

"이럴 수는 없어." 해리가 말했다. "이럴 순 없어. 벅빅은 위험하지 않아."

"말포이네 아빠가 위원회를 겁줘서 이렇게 만든 거야." 헤르미온느가 눈가를 훔치며 말했다. "그 사람이 어떤지는 너도 잘 알잖아. 위원회는 한 무리의 비실비실한 늙은 바보들이고, 겁에 질려 있어. 그래도 항소심이 있을 거야. 항상 그랬으니까. 다만 희망이 보이지 않을 뿐이지……. 더 이상 아무것도 안 바뀔 거야."

"아니, 바뀔 거야." 론이 맹렬하게 말했다. "이번에는 너 혼자 다 할 필요 없어, 헤르미온느. 내가 도와줄게."

"아, 론!"

헤르미온느가 론을 끌어안으며 울음을 터뜨렸다. 론은 제법 겁먹은 표정으로 아주 난처한 듯 그녀의 머리를 토닥거렸다. 마침내 헤르미온느가 물러섰다.

"론, 스캐버스 일은 정말, 정말 미안해……." 그녀가 흐느꼈다.

"아, 어차피 늙었는데, 뭐." 론은 그녀가 자기를 놓아줘서 몹시 안심된다는 표정으로 말했다. "좀 쓸모없기도 했고. 혹시 모르지, 엄마 아빠가 이참에 부엉이를 사 줄지도."

블랙의 두 번째 침입 이후 학생들에게 가해진 안전조치 때문에 해리, 론, 헤르미온느는 저녁에 해그리드를 만나러 갈 수 없었다. 그와 이야기할 유일한 기회는 마법 생명체 돌보기 수업 시간뿐이었다.

해그리드는 판결의 충격으로 넋이 나간 듯했다.

"다 내 잘못이야. 말문이 막혔어. 그 사람들은 모두 검은색 로브를 입고 앉아 있고, 나는 쪽지를 계속 떨어뜨리는 바람에 네가 찾아 준 날짜들을 잊어버렸어, 헤르미온느. 그때 루시우스 말포이가 일어나서 발언하니까 위원회는 그냥 그자가 시키는 대로 했어……."

"아직 항소심이 있잖아요!" 론이 소리 높여 말했다. "절대 포기하지 마세요, 우리가 조사하고 있으니까!"

그들은 다른 학생들과 함께 다시 성으로 향했다. 앞에 말포이가 보였다. 그는 크래브, 고일과 함께 걸어가면서 뒤를 돌아보고 조롱하듯 웃어 댔다.

"소용없어, 론." 그들이 성 계단에 도착했을 때 해그리드가 슬픈 목소리로 말했다. "위원회는 루시우스 말포이의 손바닥 안에 있으니까. 나는 그냥 비키의 남은 시간을 반드시 녀석에게 가장 행복한 시간으로 만들어 줄 생각이야. 그 정도는 해 줘야지……."

해그리드는 손수건에 얼굴을 묻은 채 몸을 돌려 오두막을 향해 황급히 걸어갔다.

"저 엉엉 우는 것 좀 봐!"

말포이, 크래브, 고일이 성문 바로 안쪽에 서서 쭉 듣고 있었다.

"저렇게 한심한 꼴 본 적 있냐?" 말포이가 말했다. "저런 인간이 우리를 가르친다니!"

해리와 론 둘 다 화를 내며 말포이 쪽으로 움직였지만 가장 먼저 도착한 사람은 헤르미온느였다. **철썩!**

그녀가 있는 힘껏 말포이의 얼굴을 후려쳤다. 말포이는 비틀거렸다. 헤르미온느가 다시 손을 들었을 때 해리와 론, 크래브와 고일은 얼이 빠져 멀뚱히 서 있기만 했다.

"감히 해그리드를 한심하다고 말하다니, 이 비열한……못된……."

"헤르미온느." 론이 작은 소리로 말하더니, 그녀가 손을 다시 휘두르자 붙잡고 있으려고 애썼다.

"이거 놔, 론!"

헤르미온느가 마법 지팡이를 꺼냈다. 말포이가 뒷걸음질 쳤다. 크래브와 고일은 완전히 당황해서 지시를 기다리며 말포이를 바라보았다.

"가자." 말포이가 중얼거리자, 다음 순간 셋 모두 지하 감옥 쪽 통로로 사라졌다.

"헤르미온느!" 론이 충격과 동시에 감동을 받은 목소리로 다시 그녀의 이름을 불렀다.

"해리, 퀴디치 결승전에서 저 녀석 꼭 박살 내 버려!" 헤르미온느가 날카롭게 소리쳤다. "반드시 그래야 돼. 슬리데린이 이기는 꼴은 절대 못 봐!"

"일반 마법 시간이야." 론이 여전히 눈을 휘둥그렇게 뜨고 헤르미온느를 보며 말했다. "가는 게 좋겠어."

그들은 플리트윅 교수의 교실을 향해 서둘러 대리석 계단을 올라갔다.

"늦었구나, 얘들아!" 해리가 교실 문을 열자 플리트윅 교수가 꾸짖듯 말했다. "빨리 와서 마법 지팡이 꺼내거라. 오늘은 격려 마법을 해 볼 거야. 이미 둘씩 짝을 나눴는데……."

해리와 론은 얼른 뒷자리로 가서 가방을 열었다. 론이 뒤를 돌아보았다.

"헤르미온느는 어디 갔어?"

해리도 주위를 둘러보았다. 헤르미온느는 교실에 들어오지 않았다. 그가 문을 열 때만 해도 확실히 옆에 있었는데.

"이상하네." 해리가 론을 빤히 바라보며 말했다. "아마…… 아마 화장실에 갔거나 그랬겠지?"

하지만 헤르미온느는 수업 시간 내내 나타나지 않았다.

"헤르미온느한테도 격려 마법이 좀 필요할 텐데." 점심을 먹으러 교실을 나서면서 론이 얼굴 가득 미소를 머금고 말했다. 격려 마법은 그들에게 엄청난 만족감을 남겨 주었다.

헤르미온느는 점심 식사 자리에도 오지 않았다. 애플 파이를 다 먹었을 때쯤에는 격려 마법의 여파가 사라지면서 해리와 론도 서서히 걱정되기 시작했다.

"말포이가 헤르미온느한테 무슨 짓을 한 건 아니겠지?" 그리핀도르 탑을 향해 서둘러 올라가면서 론이 불안한 듯 말했다.

그들은 트롤 경비원들을 지나 뚱뚱한 귀부인에게 암호를 대고("떠버리!") 허둥지둥 초상화 구멍을 지나 휴게실로 들어갔다.

헤르미온느는 탁자에 펼쳐 놓은 숫자점 책에 머리를 묻고 깊이 잠들어 있었다. 그들은 그쪽으로 다가가 그녀의 양옆에 앉았다. 해리가 그녀를 쿡 찔러 깨웠다.

"뭐, 뭐야?" 헤르미온느가 흠칫 놀라 깨더니 정신없이 주위를 둘러보았다. "갈 시간 됐어? 지금 어, 어떤 수업이야?"

"점술. 근데 앞으로 20분 뒤야." 해리가 말했다. "헤르미온느, 일반 마법 수업에는 왜 안 왔어?"

"뭐? 이런, 안 돼!" 헤르미온느가 꺅 소리 질렀다. "일반 마법 수업에 가는 걸 잊어버렸어!"

"하지만 어떻게 잊을 수가 있어?" 해리가 말했다. "교실 문 앞까지는 우리랑 같이 있었잖아!"

"믿을 수가 없어!" 헤르미온느가 울부짖었다. "플리트윅 교수님이 화내셨어? 아, 말포이 때문이야. 걔 때문에 화가 나서 정신이 없었어!"

"저기, 헤르미온느?" 론이 헤르미온느가 베개로 쓰던 커다란 숫자점 책을 내려다보며 말했다. "난 네가 무너지고 있는 것 같아. 너무 많은 걸 하려 들잖아."

"아니, 그렇지 않아!" 헤르미온느가 눈가에서 머리카락을 쓸어 내고 절망적으로 가방을 찾아 두리번거리며 말했다. "그냥 실수했을 뿐이야. 그게 다야! 가서 플리트윅 교수님을 뵙고 사과드려야겠어……. 점술 수업에서 보자!"

헤르미온느는 20분 뒤 트릴로니 교수의 교실로 가는 사다리 아래에서 그들과 만났다. 굉장히 지친 모습이었다.

"격려 마법을 놓치다니 믿을 수 없어! 반드시 시험에 나올 텐데. 플리트윅 교수님이 그럴지도 모른다고 귀띔해 주셨단 말이야!"

그들은 함께 사다리를 올라가 어두침침하고 숨 막히는 탑 꼭대기 방으로 들어갔다. 작은 탁자마다 진주처럼 하얀 빛깔의 안개로 가득한 수정구슬이 반짝이고 있었다. 해리, 론, 헤르미온느는 삐걱거리는 탁자 한곳에 함께 앉았다.

"다음 학기까지는 수정구슬을 시작하지 않을 줄 알았는데." 트릴로니 교수가 근처에 숨어 있을 경우에 대비해 론이 경계하는 눈길로 주위를 둘러보며 중얼거렸다.

"불평하지 마. 손금 보기는 끝났다는 뜻이잖아." 해리가 마주 중얼거렸다. "그 사람이 내 손을 볼 때마다 움찔거리는 데 아주 질렸어."

"안녕!" 꿈꾸는 듯 익숙한 목소리가 말했다. 트릴로니 교수가 평소처럼 어둠 속에서 나타났다. 파르바티와 라벤더는 흥분으로 몸을 떨었다. 두 사람의 얼굴이 수정구슬에서 비치는 우윳빛으로 환하게 빛났다.

"계획했던 것보다 좀 더 일찍 수정구슬을 소개하기로 했단다." 트릴로니 교수가 벽난로를 등지고 자리를 잡더니 주위를 응시하며 말했다. "운명이 내게 너희의 6월 시험이 수정구슬과 관련돼 있다고 알려 줬어. 너희에게 충분한 연습을 시켜 주고 싶어 좀이 쑤시더구나."

헤르미온느가 코웃음 쳤다.

"아니, 진짜…… '운명이 알려 줬다'니……. 시험 내용은 누가 정하는데? 저 사람이 정하잖아! 거 참 놀라운 예측이네!" 그녀가 굳이 목소리를 낮추지도 않고 말했다.

얼굴이 그늘에 가려져 있었으므로 트릴로니 교수가 그 말을 들었는지는 알기 어려웠다. 그녀는 듣지 못한 듯 말을 이었다.

"수정구슬 보기는 굉장히 섬세한 기술이란다." 그녀가 몽롱한 목소리로 말했다. "너희 중 누구도 처음부터 수정구의 무한한 깊이를 들여다보고 예지를 할 수 있을 거라고 기대하진 않아. 의식적인 마음과 외부의 눈을 이완하는 연습부터 시작하자꾸나." 론이 참지 못하고 낄낄대더니 입에 주먹을 쑤셔 넣고서야 간신히 소리를 죽였다. "그래야 내면의 눈과 초의식을 또렷하게 만들 수 있단다. 아마 운이 좋다면 너희 중 몇 명은 수업이 끝나기 전에 예지를 할 수 있을 거야."

그리고 그들은 수정구슬 보기를 시작했다. 적어도 해리는 굉장히 멍청해진 기분으로 멍하니 수정구슬을 들여다보며, '이런 바보 같은 짓을 하다니' 같은 생각이 계속 떠도는 머릿속을 비우려고 무진 애를 썼다. 불쑥불쑥 숨죽여 낄 낄거리는 론과 끊임없이 쯧쯧거리는 헤르미온느는 별로 도움이 되지 않았다.

"뭐 좀 봤어?" 15분간 조용히 수정구슬을 들여다본 끝에 해리가 물었다.

"응, 이 탁자에는 탄 자국이 있어." 론이 손가락으로 짚으 며 말했다. "누가 촛불을 쓰러뜨렸네."

"이건 정말 시간 낭비야." 헤르미온느가 속삭였다. "이 시간에 뭔가 쓸모 있는 걸 연습할 수 있을 텐데. 격려 마법 진도를 따라잡을 수도 있고……."

트릴로니 교수가 바스락거리는 소리를 내며 지나갔다.

"수정구 속 애매한 조짐을 해석하는 데 도움이 필요한 사 람?" 그녀가 짤랑거리는 팔찌 소리를 내며 중얼거렸다.

"도움 필요 없는데." 론이 속삭거렸다. "이게 무슨 뜻인 지는 뻔하지. 오늘 밤에 안개가 많이 낄 거라는 뜻이잖아."

해리와 헤르미온느 둘 다 웃음을 터뜨렸다.

"나 참!" 트릴로니 교수의 말에 모두가 그들 쪽으로 고개 를 돌렸다. 파르바티와 라벤더는 분개한 표정이었다. "너 희는 직관의 떨림을 방해하고 있어!" 트릴로니 교수가 세 사람의 탁자로 다가와 수정구슬을 들여다보았다. 해리는 가슴이 철렁했다. 곧 무슨 일이 벌어질지는 뻔했다…….

"여기 뭔가 있구나!" 트릴로니 교수가 수정구슬 높이까지 얼굴을 낮추고 속삭였다. 그녀의 커다란 안경알에 비쳐 구슬이 두 개가 되었다. "뭔가가 움직이고 있는데…… 뭘까?"

해리는 그게 뭐든 간에 좋은 소식은 아닐 거라는 데에 파이어볼트를 포함해 그가 가진 모든 것을 걸 작정이었다. 과연……

"이런, 애야……." 트릴로니 교수가 해리를 물끄러미 올려다보면서 숨죽여 말했다. "여기에 있구나. 그 어느 때보다도 확실하게…… 애야, 너를 향해 빠르게 다가오고 있어. 점점 더 가까이…… 이건 죽음의……."

"아, 제발 좀!" 헤르미온느가 큰 소리로 말했다. "또 그 말도 안 되는 죽음의 개 얘긴 아니죠!"

트릴로니 교수가 커다란 눈으로 헤르미온느의 얼굴을 올려다보았다. 파르바티가 라벤더에게 뭐라고 속삭였다. 그들도 헤르미온느를 노려보았다. 트릴로니 교수가 일어서더니 화가 난 게 분명한 얼굴로 헤르미온느를 바라보았다.

"이런 말 해서 유감이지만, 애야, 난 네가 이 교실에 도착한 그 순간부터 너에겐 점술이라는 고귀한 기술에 필요한 무언가가 결여돼 있다는 것을 분명히 알았단다. 정말이지,

이렇게까지 세속적인 학생은 한 번도 본 적이 없어."

잠시 침묵이 흘렀다. 그러더니……

"좋아요!" 헤르미온느가 일어나 《미래의 안개 걷어 내기》를 도로 가방에 쑤셔 넣으며 불쑥 말했다. "좋다고요!" 가방을 어깨에 휙 둘러메다가 하마터면 론을 쳐 의자에서 떨어뜨릴 뻔한 그녀가 다시 소리쳤다. "전 포기할게요! 그만둘 거예요!"

헤르미온느는 모든 학생을 놀라게 하며 성큼성큼 걸어가 뚜껑문을 걷어차 열더니 사다리를 내려가 보이지 않게 되었다.

교실이 다시 진정되기까지는 몇 분이 걸렸다. 트릴로니 교수는 죽음의 개를 완전히 잊은 듯했다. 그녀는 갑자기 해리와 론의 탁자에서 고개를 돌리고는 조금 거칠게 숨을 쉬면서 얇게 비치는 숄을 더욱 바짝 끌어당겼다.

"와아아아!" 라벤더가 갑자기 소리를 지르자 모두가 깜짝 놀랐다. "와아아아, 트릴로니 교수님, 방금 생각났어요! 저 애가 그만두는 걸 보신 거 아닌가요? 그러신 거죠, 교수님? '부활절 즈음에 이 중 한 명이 우리 곁을 영영 떠나게 될 거야!' 전에 교수님이 그렇게 말씀하셨잖아요!"

트릴로니 교수가 촉촉한 미소를 지으며 그녀를 바라보

았다.

"그래, 얘야. 나는 사실 그레인저 양이 우리를 떠나리라
는 걸 알았단다. 하지만 한편으로 인간은 자기가 징조를 잘
못 읽었을지도 모른다고 기대하지……. 내면의 눈은 부담
이 되기도 한단다……."

라벤더와 파르바티는 깊은 감명을 받은 표정이었다. 그
들은 트릴로니 교수가 자기들 탁자에 앉을 수 있도록 자리
를 비켜 주었다.

"헤르미온느가 엄청난 하루를 보내는데?" 론이 경이롭다
는 얼굴로 해리에게 중얼거렸다.

"그러게……."

해리는 수정구슬을 힐끗 들여다봤지만, 소용돌이치는 하
얀색 안개 말고는 아무것도 보이지 않았다. 트릴로니 교수
가 정말로 다시 죽음의 개를 본 걸까? 그도 보게 될까? 퀴
디치 결승전이 점점 다가오는 이때 결코 필요 없는 한 가지
가 있다면 그건 바로 또 한 번의 치명적인 사고였다.

부활절 연휴는 그다지 편안하지 않았다. 3학년생들은 여
태껏 그렇게 많은 숙제를 해 본 적이 없었다. 네빌 롱보텀
은 불안해 기절할 지경인 듯했고, 그런 사람은 그뿐만이

아니었다.

"이게 무슨 연휴야!" 어느 날 오후 휴게실에서 셰이머스 피니건이 소리를 질렀다. "시험은 한참 남았는데 이게 무슨 장난질이냐고?"

하지만 헤르미온느만큼 할 일이 많은 사람은 아무도 없었다. 점술을 빼더라도 그녀는 다른 누구보다 많은 과목을 들었다. 그녀는 보통 밤에 휴게실을 가장 마지막으로 떠나는 사람이자 다음 날 아침 도서관에 가장 먼저 도착하는 사람이었다. 그녀는 루핀처럼 눈 밑에 그림자가 드리워졌고, 늘 금방이라도 울음을 터뜨릴 것처럼 보였다.

벅빅의 항소심 준비 임무는 론이 넘겨받았다. 그는 자기 공부를 하지 않을 때면 《히포그리프 심리 안내서》나 《조류인가 오류인가? 히포그리프의 야만성 연구》 같은 제목의 엄청나게 두꺼운 책들을 탐독했다. 너무 몰입해서 크룩생스를 미워하는 것도 잊어버렸다.

한편 해리는 매일매일의 퀴디치 훈련을 중심에 두고 그 사이사이에 숙제할 시간을 끼워 넣어야 했다. 우드와의 끝없는 전술 토론은 말할 것도 없었다. 그리핀도르와 슬리데린의 시합은 부활절 연휴가 지나고 첫 번째 토요일에 열릴 예정이었다. 슬리데린은 정확히 200점 차이로 대회 선두를 달리고 있었다. 이 말은 (우드가 팀 선수들에게 계속 상기 시켰듯이) 그리핀도르가 우승컵을 타려면 그 이상의 점수 차로 시합에서 이겨야 한다는 뜻이었다. 동시에 해리에게 주어진 승리에 대한 부담이 크다는 뜻이기도 했다. 스니치 를 잡으면 150점을 얻기 때문이다.

"그러니까 넌 우리가 50점 이상 앞서고 있을 때만 스니 치를 잡아야 돼." 우드는 해리에게 끊임없이 상기시켰다. "우리가 50점 이상 앞설 때만, 해리. 안 그러면 시합에서는 이겨도 우승컵은 잃게 돼. 이해했지? 스니치를 잡는 건 오 직 우리가……."

"**알아, 올리버!**" 해리가 소리쳤다.

그리핀도르 기숙사 전체가 다가오는 시합에 정신이 쏠렸 다. 그리핀도르는 (론의 둘째 형인) 전설적인 선수 찰리 위 즐리가 수색꾼이었던 시절 이래 한 번도 퀴디치 우승컵을 타지 못했다. 하지만 해리는 우드를 포함해 그들 중 누구라 도 자기만큼 우승하고 싶어 하는 사람이 있는지 의문이었 다. 해리와 말포이 사이의 적대감은 그 어느 때보다도 극 에 달해 있었다. 말포이는 호그스미드에서 벌어진 진흙 투 척 사건으로 여전히 기분 상해 있었고 해리가 처벌을 받지 않고 어떻게든 빠져나갔다는 사실에 더욱 분노했다. 해리는 래번클로와의 시합에서 그를 방해하려고 했던 말포이의 시도를 잊지 않았다. 하지만 전교생 앞에서 말포이를 꺾겠다는 결심을 굳히게 된 것은 무엇보다 벅빅 때문이었다.

그들이 기억하는 한 그토록 격앙된 분위기 속에서 시합 날이 다가온 적은 한 번도 없었다. 연휴가 끝났을 때쯤 양 팀과 기숙사 사이의 긴장감은 터지기 일보 직전이었다. 복도에서 벌어진 수많은 자잘한 몸싸움은 그리핀도르 4학년 생과 슬리데린 6학년생이 귀에서 부추가 자란 채로 병동에 입원해서야 끝이 났다.

해리에게는 유난히 혹독한 시간이었다. 해리가 수업을 들으러 갈 때면 슬리데린 학생들이 어김없이 다리를 쑥 내밀어 그를 넘어뜨리려고 했다. 크래브와 고일은 해리가 가는 곳마다 불쑥불쑥 나타났다가, 그가 사람들에게 둘러싸여 있는 것을 보고 실망한 표정으로 축 처져서 멀어져 갔다. 슬리데린 학생들이 해리를 시합에 나가지 못하게 만들 경우에 대비해, 우드는 해리가 어디에 가든 누군가가 동행해야 한다는 지시를 내렸다. 그리핀도르 기숙사 전체가 이 과업을 열정적으로 받아들였기에 해리는 엄청난 수의 떠들썩한 아이들에게 둘러싸였고 그 때문에 도저히 제시간에 수업에 들어갈 수 없을 지경이었다. 해리는 자기 자신보다도 파이어볼트의 안전이 더 걱정스러웠다. 그는 비행할 때가 아니면 파이어볼트를 커다란 가방에 안전하게 넣어 잠가 두고, 쉬는 시간마다 자주 그리핀도르 탑으로 달려 올라가 파이어볼트가 여전히 제자리에 있는지 확인했다.

시합 전날 밤, 그리핀도르 휴게실에 모인 아이들은 평소에 하던 일들을 포기했다. 심지어 헤르미온느마저 책을 내려놓았다.

"공부를 못 하겠어, 집중이 안 돼." 헤르미온느가 초조한 듯 말했다.

휴게실은 엄청나게 소란스러웠다. 프레드와 조지 위즐리가 어느 때보다도 시끄럽고 활력 넘치게 스트레스를 해소하는 중이었다. 올리버 우드는 구석에서 퀴디치 경기장 모형 위로 몸을 수그린 채 마법 지팡이로 작은 형체들을 쿡 찔러 경기장을 가로지르게 하면서 혼자 중얼거리고 있었다. 앤젤리나, 얼리샤, 케이티는 프레드와 조지의 우스갯소리에 웃음을 터뜨렸다. 해리는 소동의 중심에서 벗어나 론, 헤르미온느와 함께 앉아 있었다. 다음 날에 대해서는 생각하지 않으려고 애썼다. 그 생각을 할 때마다 속이 크게 울렁거릴 만큼 끔찍한 기분이 들었기 때문이다.

"잘할 거야." 분명 겁에 질린 표정이면서도 헤르미온느는 그렇게 말했다.

"너한텐 *파이어볼트*가 있잖아!" 론이 거들었다.

"그래⋯⋯." 해리는 속이 뒤틀리는 기분으로 그렇게 대꾸했다.

우드가 갑자기 일어서더니 "선수들! 침대로!"라고 소리쳐서 다행이었다.

해리는 잠을 설쳤다. 처음에는 늦잠을 자는 바람에 우드가 "너 어디 있었어? 네빌을 대신 내보내야 했잖아!"라고 소리치는 꿈을 꾸었다. 그런 다음에는 말포이와 슬리데린 팀 선수들이 용을 타고 경기장에 나타나는 꿈을 꿨다. 해리는 맹렬한 속도로 비행하며 말포이가 탄 용의 입에서 뿜어져 나오는 불꽃을 피하려고 애쓰다가 파이어볼트를 두고 왔다는 것을 깨달았다. 그는 공중에서 떨어지다가 깜짝 놀라 깨어났다.

잠시 뒤에야 해리는 시합은 아직 열리지 않았고, 그 자신은 침대에 안전하게 누워 있으며, 슬리데린 선수들이 용을 타고 시합에 나오는 게 결코 허락될 리 없다는 사실을 떠올렸다. 목이 무척 말랐다. 그는 되도록 조용히 사주식 침대를 빠져나와 목을 조금 축이려고 창문 밑에 있는 은주전자 쪽으로 다가갔다.

교정은 그저 고요하기만 했다. 금지된 숲의 우듬지를 건 드리는 바람 한 점 없었다. 후려치는 버드나무는 아무런 움 직임 없이 천연덕스러운 모습이었다. 퀴디치 경기를 하기 에 완벽한 날인 것 같았다.

물잔을 내려놓고 막 침대로 돌아가려는데 무언가가 그의 눈길을 사로잡았다. 웬 동물 같은 것이 은빛 잔디밭을 살금 살금 돌아다니고 있었다.

해리는 재빨리 침대 옆 탁자로 달려가 안경을 집어 쓴 다 음 허겁지겁 창문으로 돌아갔다. 죽음의 개일 리 없었다. 지금은, 경기 직전에는 안 돼…….

그는 교정을 다시 내다보며 잠깐 미친 듯이 두리번거린 끝에 그 동물을 발견했다. 놈은 이제 금지된 숲 가장자리를 지나가고 있었다……. 죽음의 개는 절대 아니었다……. 그 것은 고양이였다……. 해리는 안도하여 창턱을 꽉 잡았다 가, 병 닦는 솔처럼 생긴 그 꼬리를 알아보았다. 녀석은 다 름 아닌 크룩섕스였다…….

아니, 정말로 크룩섕스뿐이었을까? 해리는 눈을 가늘게 뜨고 유리창에 코를 바짝 댔다. 크룩섕스는 멈춰 선 듯했다. 해리도 나무 그림자 사이에서 뭔가 움직이는 게 보였다고 확신했다.

다음 순간, 그것이 나타났다. 어마어마한 덩치의 털이 덥수룩한 검은 개가 잔디 위를 은밀하게 나아가고 크룩섕스가 그 옆에서 종종걸음 치고 있었다. 해리는 그 장면을 뚫어지게 바라보았다. 저게 무슨 뜻일까? 크룩섕스도 볼 수 있는데 어떻게 그 개가 해리가 죽을 징조일 수 있을까?

"론!" 해리가 숨죽여 불렀다. "론! 일어나!"

"응?"

"너한테도 저게 보이는지 말해 줘!"

"사방이 깜깜한데, 해리." 론이 쉰 목소리로 중얼거렸다. "무슨 소릴 하는 거야?"

"저 아래……."

해리는 재빨리 창밖을 다시 내다보았다.

크룩섕스와 개는 사라지고 없었다. 해리는 성 그림자 속을 똑바로 내려다보려고 창턱으로 기어올랐다. 하지만 고양이와 개는 거기에 없었다. 어디로 간 걸까?

시끄럽게 코 고는 소리가 들리는 걸 보니 론은 다시 잠든 것 같았다.

다음 날 대연회장에 들어선 해리와 그리핀도르 선수들은 어마어마한 박수갈채를 받았다. 해리는 래번클로와 후플 푸프 식탁에서도 박수를 보내는 모습을 보고 활짝 웃지 않을 수 없었다. 슬리데린 식탁은 그들이 지나갈 때 시끄럽게 야유를 퍼부었다. 해리는 말포이의 얼굴이 평소보다도 더 허옇게 보인다는 것을 눈치챘다.

우드는 아침 식사 시간 내내 본인은 아무것도 건드리지 않으면서 팀 선수들에게만 음식을 먹으라고 닦달했다. 그런 다음 다른 사람들이 식사를 마치기 전에 선수들을 서둘러 경기장으로 내보냈다. 경기 조건을 파악하게 하려는 것이었다. 그들이 대연회장을 떠날 때 모두가 또다시 박수갈채를 보내 주었다.

"행운을 빌어, 해리!" 초 챙이 소리쳤다. 해리는 자기도 모르게 얼굴을 붉혔다.

"됐어……. 이렇다 할 바람은 없고…… 햇빛이 조금 밝아서 시야를 방해할 수 있으니 조심해……. 땅바닥이 꽤 딱딱한데. 좋아, 빠르게 박차고 오를 수 있겠어……."

우드는 경기장을 걸어다니며 뒤따르는 팀 선수들과 함께 주위를 살폈다. 마침내 멀찍이 성 정문이 열리는 것이 보였다. 학생들이 잔디밭으로 우르르 쏟아져 나왔다.

"탈의실로." 우드가 간결하게 말했다.

진홍색 로브로 갈아입는 동안에는 누구도 입을 열지 않았다. 해리는 다들 자신과 같은 기분, 그러니까 아침 식사로 뭔가 극심하게 꿈틀거리는 것을 먹은 듯한 기분일지 궁금했다. 시간이 전혀 흐르지 않은 것 같은데, 우드가 입을 열었다. "좋아, 시간 됐어. 가자……."

그들은 경기장의 해일 같은 소음 속으로 나아갔다. 관중의 4분의 3은 진홍색 장미 장식을 달고 그리핀도르의 사자가 새겨진 진홍색 깃발을 흔들거나 '**그리핀도르 파이팅!**', '**우승컵은 사자에게!**' 같은 응원 문구가 적힌 현수막을 휘두르고 있었다. 반면 슬리데린 골대 뒤에는 초록색 옷을 맞춰 입은 200명이 앉아 있었다. 그들의 깃발에서는 슬리데린의 은색 뱀이 번쩍거렸고, 다른 모두와 마찬가지로 녹색 옷을 걸친 스네이프 교수가 맨 앞줄에 앉아 아주 냉혹한 미소를 머금고 있었다.

"그리핀도르 선수들이 입장합니다!" 평소처럼 중계를 맡은 리 조던이 소리쳤다. "포터, 벨, 존슨, 스피넛, 위즐리, 위즐리, 그리고 우드입니다. 호그와트가 아주 오랜만에 만난 최고의 팀으로 인정받고 있는데요."

리의 중계는 슬리데린 응원석의 "우우우" 하는 야유의

물결에 파묻혔다.

"그리고 슬리데린 선수들이 입장합니다. 주장 플린트가 선두에 있습니다. 플린트는 선발 라인업에 몇 가지 변화를 줬는데 기술보다는 덩치를 앞세운 것 같습니다."

슬리데린 응원석에서 더 많은 야유가 터져 나왔다. 그러나 해리는 리의 말에 일리가 있다고 생각했다. 누가 봐도 슬리데린 팀에서 가장 덩치가 작은 사람은 말포이였고, 나머지 선수들은 어마어마한 거구였다.

"주장들, 악수!" 후치 선생이 말했다.

플린트와 우드가 서로에게 다가가 손을 아주 꽉 움켜쥐었다. 상대방의 손가락을 부러뜨리려는 것처럼도 보였다.

"모두 빗자루에 오르도록!" 후치 선생이 말했다. "셋······ 둘······ 하나······."

열네 자루의 빗자루가 공중으로 솟아오르자 그녀의 호루라기 소리는 관중의 함성 속으로 사라졌다. 해리는 이마를 덮었던 머리카락이 휘날리는 것을 느꼈다. 비행의 전율이 짜릿하게 전해졌다. 힐끗 돌아보니 말포이가 뒤에 따라붙은 것이 보였다. 해리는 스니치를 찾아 속도를 올렸다.

"그리핀도르가 잡았습니다. 그리핀도르의 얼리샤 스피넛이 퀴플을 가지고 슬리데린 골대로 곧장 날아갑니다. 좋아 보이는데요, 얼리샤! 아악, 이럴 수가, 퀴플을 워링턴에게 **빼앗깁니다**. 슬리데린의 워링턴이 경기장을 질주하고 있는데요. **저런!** 조지 위즐리가 멋지게 블러저를 날려 보냅니다. 워링턴이 퀴플을 떨어뜨리고, 잡는 사람은…… 존슨입니다. 그리핀도르가 다시 잡습니다. 서둘러, 앤젤리나. 멋지게 몬태규를 피합니다. *고개 숙여, 앤젤리나, 블러저야!* 골! **그리핀도르가 10 대 0으로 앞섭니다!**"

앤젤리나가 경기장 끝에서 날아오르며 허공에 주먹질을 했다. 아래쪽의 진홍색 바다가 환호성을 내질렀다.

"**아얏!**"

마커스 플린트가 세게 부딪쳐 오는 바람에 앤젤리나는 하마터면 빗자루에서 떨어질 뻔했다.

"미안!" 아래 관중석에서 야유가 터져 나오자 플린트가 말했다. "미안, 못 봤어!"

다음 순간, 프레드 위즐리가 플린트의 뒤통수를 향해 몰이꾼 방망이를 내던졌다. 자신의 빗자루 손잡이에 코를 처박은 플린트가 코피를 흘리기 시작했다.

"그만하면 됐다!" 후치 선생이 날카롭게 소리치며 그들 사이로 붕 날아왔다. "추격꾼이 아무 이유 없이 공격당했으니 그리핀도르에 페널티 슛 기회! 마찬가지로 추격꾼이

고의적인 피해를 입었으므로 슬리데린도 페널티 슛!"

"말도 안 돼요, 선생님!" 프레드가 울부짖었으나 후치 선생은 호루라기를 불었고, 얼리샤가 페널티 슛을 던지려고 앞으로 날아왔다.

"힘내, 얼리샤!" 관중석에 침묵이 내려앉은 가운데 리가 소리 질렀다. "**좋아! 얼리샤가 파수꾼을 제쳤습니다! 그리핀도르가 20 대 0으로 앞섭니다!**"

해리는 파이어볼트의 방향을 홱 돌리고 플린트를 지켜보았다. 그는 여전히 피를 줄줄 흘리며 슬리데린이 얻은 페널티 슛을 던지려고 앞으로 날아가고 있었다. 우드는 턱을 꽉 다문 채 그리핀도르 골대 앞을 맴돌았다.

"우드는 단연코 최고의 파수꾼입니다!" 플린트가 후치 선생의 호루라기 소리를 기다리는 동안 리 조던이 관중에게 말했다. "최고죠! 뚫기 아주 어렵습니다. 어림도 없어요. **그렇지! 믿을 수가 없습니다! 저걸 막았어요!**"

안심한 해리는 쌩 날아가며 스니치를 찾아 주위를 두리번거리면서도 계속해서 리의 중계 한 마디 한 마디를 똑똑히 들으려고 애썼다. 그리핀도르가 50점 이상 앞설 때까지 말포이를 스니치에서 떼어 놓는 게 중요했다…….

"그리핀도르가 쿼플을 잡습니다. 아니, 슬리데린이 잡았네요. 아니! 그리핀도르가 다시 퀘플을 소유합니다. 케이티 벨이군요. 그리핀도르의 케이티 벨이 퀘플을 잡고 쏜살같이 경기장을 날아갑니다. ……**저건 고의잖아!**"

슬리데린 추격꾼 몬태규가 케이티 앞에서 방향을 홱 돌려, 퀘플을 잡는 대신 그녀의 머리를 잡았다. 케이티는 잽싸게 공중에서 옆으로 돌았다. 그 덕에 가까스로 빗자루에서 떨어지지는 않았지만 퀘플을 놓치고 말았다.

후치 선생의 호루라기가 다시 울렸다. 그녀는 높이 날아올라 몬태규에게 호통을 치기 시작했다. 잠시 뒤, 케이티가 슬리데린 파수꾼을 제치고 페널티 슛을 하나 더 넣었다.

"**30 대 0입니다! 맛이 어떠냐. 이 반칙이나 하는 더러운**……."

"조던, 공정한 중계를 못 하겠다면……!"

"있는 그대로 말하는 거예요, 교수님!"

해리는 흥분이 크게 솟구치는 것을 느꼈다. 스니치가 보였다. 그것은 그리핀도르 골대 밑에서 희미하게 빛나고 있었다. 하지만 아직은 잡아선 안 된다. 만약 말포이가 저걸 본다면…….

해리는 돌연 집중하는 표정을 꾸며 내며, 파이어볼트를 잡아당겨 방향을 돌리고 슬리데린 골대를 향해 속도를 냈다. 그 방법은 먹혀들었다. 말포이가 재빨리 그를 뒤쫓아 온 것이다. 해리가 그곳에서 스니치를 봤다고 생각하는 게 틀림없었다…….

휘익.

블러저가 전속력으로 날아가면서 해리의 오른쪽 귀를 스치고 지나갔다. 슬리데린의 거구 몰이꾼인 데릭이 날려보낸 것이었다. 다음 순간……

휘익.

두 번째 블러저가 해리의 팔꿈치를 스쳤다. 또 다른 몰이꾼인 볼이 다가오고 있었다.

찰나의 순간, 볼과 데릭이 곤봉을 치켜들고 빠르게 날아오는 모습이 보였다.

해리는 아슬아슬하게 파이어볼트의 방향을 위로 틀었다. 볼과 데릭이 우지직하는 소름 끼치는 소리를 내면서 정면으로 충돌했다.

"하, 하!" 슬리데린 몰이꾼들이 머리를 감싼 채 휘청거리며 서로에게서 물러나자 리 조던이 소리쳤다. "안됐다, 얘들아! 파이어볼트를 이기려면 그보다는 일찍 일어나야지! 그리고 다시 그리핀도르의 공입니다, 존슨이 쿼플을 잡았는데요……. 플린트가 옆에 있습니다……. 눈을 찔러 버려,

앤젤리나! ……농담이었어요, 교수님, 농담요. ……이런,
안 돼! 플린트가 쿼플을 잡습니다. 플린트가 그리핀도르 골
대를 향해 날아가는데요. 어서, 자, 우드, 막아……!"

하지만 플린트가 득점했다. 슬리데린 쪽에서 환호성이
터져 나왔다. 리가 어찌나 심하게 욕설을 퍼부었던지 맥고
나걸 교수는 그에게서 마법 확성기를 빼앗아 가려고 했다.

"죄송해요, 교수님. 죄송하다니까요! 다시는 안 그럴게
요! 자, 그리핀도르가 앞섭니다. 30 대 10인데요. 공은 그
리핀도르가 가지고 있습니다."

경기는 여태껏 해리가 치렀던 그 어떤 시합보다도 험악
해지고 있었다. 그리핀도르가 그토록 일찍 앞서 나가는 것
에 격분한 슬리데린 선수들은 쿼플을 잡을 수 있다면 조금
의 머뭇거림도 없이 어떤 방법에든 기댔다. 볼은 곤봉으로
얼리샤를 후려치더니 그녀가 블러저인 줄 알았다고 변명
했다. 조지 위즐리는 복수한답시고 볼의 얼굴을 팔꿈치로
찍었다. 후치 선생이 양 팀에 모두 페널티 슛을 주었고, 우
드가 또 한 번 멋지게 막아 내면서 그리핀도르가 40 대 10
으로 앞섰다.

스니치는 또다시 사라졌다. 해리가 경기장 위를 높이 날
아다니며 스니치를 찾아 두리번거리는 내내 말포이는 그

에게 바짝 붙어 있었다. 일단 그리핀도르가 50점 앞서기만
하면…….

케이티가 득점했다. 50 대 10. 프레드와 조지 위즐리는
슬리데린 선수 중 누군가가 보복을 꿈꿀 때를 대비해 곤봉
을 치켜들고 그녀 주위를 빠르게 휙휙 날아다니고 있었다.
볼과 데릭이 프레드와 조지가 없는 틈을 타 블러저 두 개
를 모두 우드에게 겨누었다. 블러저 두 개가 차례로 배를
맞히자 우드는 숨이 턱 막혀 빗자루를 쥔 채 공중에서 데
굴데굴 굴렀다.

후치 선생은 제정신이 아니었다.

"쿼플이 득점 구역 안에 있지 않을 땐 파수꾼을 공격하는
게 아니야!" 그녀가 볼과 데릭에게 날카롭게 소리쳤다. "그
리핀도르 페널티 슛!"

앤젤리나가 득점했다. 60 대 10. 잠시 뒤, 프레드 위즐
리가 워링턴에게 블러저를 날려 보내 그의 손에서 쿼플을
떨어뜨렸다. 얼리샤가 그것을 잡아 슬리데린 골대에 집어
넣었다. 70 대 10.

그리핀도르 관중은 목이 쉬도록 소리를 질렀다. 그리핀
도르가 60점 앞서고 있었다. 해리가 만약 지금 스니치를
잡는다면 우승컵은 그들의 것이었다. 해리는 자기를 따라

다니는 수백 명의 눈길을 만질 수도 있을 것 같았다. 그가
다른 선수들이 경기를 벌이는 곳에서 한참 위로 날아오르
자, 말포이가 뒤에서 따라오며 속력을 냈다.

그때 해리는 보았다. 6미터쯤 위에서 스니치가 반짝거리
고 있었다.

해리는 엄청나게 속도를 올렸다. 바람이 귓가에 휘몰아
쳤다. 그는 손을 뻗었지만 갑자기 파이어볼트의 속도가 느
려졌다.

그는 깜짝 놀라 주위를 둘러보았다. 말포이가 몸을 앞으
로 내밀어 파이어볼트의 꼬리를 있는 힘껏 잡아당기고 있
었다.

"너……."

해리는 너무 화가 나 말포이를 때리려고 했지만 손이 닿
지 않았다. 말포이는 파이어볼트에 매달리려고 용을 쓰며
헐떡거리면서도 두 눈을 악독하게 빛내고 있었다. 그는 바
라던 일을 달성했다. 스니치가 다시 사라진 것이다.

"페널티! 그리핀도르에 페널티 슛 기회! 그런 전술은 본
적도 없다!" 후치 선생이 말포이가 미끄러지듯 다시 님부
스 2001에 올라타는 곳까지 쏜살같이 날아와 꽥 소리쳤다.

"너 이 비열한 쓰레기 자식!" 리 조던이 맥고나걸 교수

의 손이 닿지 않는 곳으로 춤추듯 빠져나가면서 확성기에 대고 악을 썼다. "너 이 더럽고 비열한 개……."

맥고나걸 교수도 굳이 그를 꾸짖지 않았다. 사실 그녀는 말포이를 향해 주먹을 흔들고 있었다. 모자까지 벗겨진 채, 그녀 역시 격분해서 소리소리 질러 댔다.

얼리샤가 그리핀도르가 얻은 페널티 숏을 던졌지만, 너무 화가 난 나머지 몇 센티미터 빗나가고 말았다. 그리핀도르 선수들은 집중력을 잃어 갔고, 말포이가 해리에게 저지른 반칙에 고무된 슬리데린 선수들은 더욱 사기가 올랐다.

"슬리데린이 쿼플을 잡습니다, 슬리데린이 골대로 향합니다……. 몬태규가 득점합니다." 리가 신음했다. "그리핀도르가 70 대 20으로 앞서고 있습니다……."

이제 해리는 말포이를 아주 가까이에서 마크하고 있었고, 그 바람에 둘의 무릎이 계속 서로 부딪쳤다. 해리는 말포이가 스니치 근처에도 가지 못하게 할 작정이었다…….

"비켜, 포터!" 말포이가 방향을 틀려다 진로를 막은 해리를 보고 불만스럽게 소리쳤다.

"그리핀도르의 앤젤리나 존슨이 쿼플을 잡습니다. 힘내, 앤젤리나, **힘내!**"

해리는 주위를 둘러보았다. 말포이를 제외한 슬리데린

선수들 모두, 심지어 파수꾼까지 앤젤리나를 향해 쏜살같이 날아가고 있었다. 모두가 그녀를 막으려는 것이었다.

해리는 파이어볼트의 방향을 틀었다. 몸을 손잡이에 바짝 붙인 채 그는 앞으로 발길질을 했다. 그러고는 총알과 같은 속도로 슬리데린 선수들을 향해 날아갔다.

"으아아아아아악!"

파이어볼트가 빠르게 날아오자 그들은 사방으로 흩어졌다. 앤젤리나의 앞이 뚫렸다.

"골! 앤젤리나가 득점합니다! 그리핀도르가 80 대 20으로 앞섭니다!"

하마터면 관중석에 머리부터 곤두박질칠 뻔했던 해리는 공중에서 끼익 멈춰 선 다음, 뒤돌아 경기장 한가운데로 다시 붕 날아갔다.

그때, 눈에 들어온 광경이 그의 심장을 멎게 했다. 말포이가 승리감에 젖은 얼굴로 급강하하고 있었다. 저 아래 잔디밭 바로 위에서 작은 황금빛 뭔가가 반짝 빛났다.

해리는 다급히 파이어볼트를 아래로 몰았지만 말포이가 훨씬 앞서 있었다.

"빨리! 빨리! 빨리!" 해리가 빗자루를 재촉했다. 말포이에게 점점 가까워지고 있었다……. 볼이 블러저를 날려 보내자 해리는 빗자루 손잡이에 몸을 더욱 바짝 붙였다…….
말포이의 발꿈치까지 쫓아갔다……. 그를 따라잡았다.

해리는 양손을 모두 빗자루에서 떼고 몸을 앞으로 날렸
다. 그리고 말포이의 팔을 쳐냈다.

"좋았어!"

그가 급강하를 멈추고 손을 들어 올리자 관중석에서 함
성이 터져 나왔다. 해리는 관중석 위로 날아올랐다. 귀에서
이상한 소리가 울렸다. 작은 금빛 공이 주먹에 꽉 쥐인 채
손가락 안에서 하염없이 날개를 파닥거렸다.

그때 우드가 얼굴이 눈물로 범벅되어 앞이 잘 보이지 않
는 상태로 빠르게 다가왔다. 그는 해리의 목을 꽉 끌어안더
니 그의 어깨에 얼굴을 묻고 걷잡을 수 없이 흐느껴 울었
다. 프레드와 조지가 차례차례 그들에게 쿵 부딪치는 소리
가 들렸다. 그다음 *"우리가 우승컵을 따냈어! 우리가 우승
컵을 차지했다고!"* 하는 얼리샤와 케이티의 목소리가 들렸
다. 여럿의 팔이 서로를 끌어안으며 얽혔다. 그리핀도르 선
수들은 목이 쉬도록 소리를 지르며 다시 땅으로 내려갔다.

진홍색 옷을 입은 응원단이 물결에 또 물결을 이루며 울
타리를 넘어 경기장으로 쏟아져 들어왔다. 수많은 손이 빗
줄기처럼 선수들의 등을 두드려 댔다. 해리는 소음과 그를

짓눌러 오는 사람들 때문에 정신을 차릴 수가 없었다. 잠시 후 해리와 나머지 선수들은 관중의 어깨 위로 들어 올려졌다. 빛 속으로 돌진하는 와중 해리는 머리부터 발끝까지 온몸을 진홍색 장미 장식으로 뒤덮은 해그리드를 봤다. "네가 재들을 꺾었어, 해리. 네가 꺾은 거야! 벅빅한테 말해 줘야겠다!" 체통을 잊은 채 미친 사람처럼 폴짝폴짝 뛰는 퍼시의 모습도 보였다. 맥고나걸 교수는 커다란 그리핀도르 깃발로 눈물을 닦으며 우드보다도 심하게 흐느꼈다. 그리고 해리를 향해 길을 헤치고 오는 론과 헤르미온느가 있었다. 그들은 아무 말도 하지 못했다. 그저 활짝 웃을 뿐이었다. 해리는 관중석까지 옮겨졌다. 덤블도어가 커다란 퀴디치 우승컵을 든 채 기다리고 있었다.

디멘터 하나라도 근처에 있었으면……. 우드가 울면서 건네준 우승컵을 공중으로 들어 올리던 순간, 해리는 세상에서 가장 강력한 패트로누스를 만들어 낼 수 있을 것 같은 기분이었다.

16장

트릴로니 교수의 예언

마침내 퀴디치 우승컵을 차지한 해리의 행복한 기분은 적어도 1주일 동안 계속되었다. 날씨조차 그들을 축하해 주는 것 같았다. 6월이 다가오면서 날은 구름 한 점 없이 뜨거워졌고, 다들 하고 싶은 일이라고는 얼음을 넣은 호박주스를 들고 교정을 어슬렁거리다가 잔디밭에 털썩 주저앉는 것뿐이었다. 어쩌면 편안하게 곱스톤이나 한 게임 하거나 대왕오징어가 꿈처럼 호수 표면을 가로지르며 나아가는 것을 지켜보면서…….

하지만 그럴 수는 없었다. 시험이 코앞이었기에 학생들은 바깥에서 빈둥거리는 대신 어쩔 수 없이 성안에 머물렀다. 유혹하는 듯한 여름 냄새가 창으로 흘러들어 오는 가운데 그들은 머리를 쥐어짜 집중하려고 애썼다. 심지어 프레드와 조지 위즐리조차 공부하는 모습이 눈에 띄었다. 그들은 머잖아 O.W.L.(보통 마법사 등급) 시험을 치러야 했다. 퍼시는 N.E.W.T.(고약하게 힘든 마법사 시험)라는, 호그와트 최고의 자격시험을 준비 중이었다. 그는 마법 정부에 들어가고 싶어 했기에 최고 점수를 받아야 했다. 퍼시는 날이 갈수록 점점 더 예민해졌으며, 누구든 저녁 시간 휴게실의 조용한 분위기를 흩뜨리는 사람에게는 아주 가혹한 벌을 내렸다. 사실, 퍼시보다 더 초조해 보이는 사람은 헤르미온느뿐이었다.

해리와 론은 그녀에게 어떻게 몇 개의 수업을 동시에 들을 수 있는지 묻다가 포기한 상태였지만, 그녀가 직접 작성한 시험 시간표를 보자 도저히 참을 수가 없었다. 첫 번째 칸에는 이렇게 적혀 있었다.

월요일
9시 숫자점
9시 변환 마법
점심시간
1시 일반 마법

1시 고대 룬문자

"헤르미온느?" 론이 조심스럽게 입을 열었다. 요즘 그녀는 방해를 받으면 금방 화를 냈다. "어…… 이 시간표 맞게 적은 거 확실해?"

"뭐?" 헤르미온느가 시험 시간표를 집어 들고 살펴보며 쏘아붙였다. "응, 당연하지."

"시험 두 개를 어떻게 동시에 치를 거냐고 물어도 아무 소용 없겠지?" 해리가 물었다.

"응." 헤르미온느가 딱 잘라 말했다. "내《수비학과 문법》책 본 사람?"

"아, 그거. 내가 잘 때 읽으려고 빌렸어." 론이 들릴 듯 말 듯한 목소리로 깐죽거렸다. 헤르미온느가 탁자 위 양피지 더미를 옮기며 책을 찾기 시작했다. 바로 그때, 창문에서 바스락거리는 소리가 나더니 헤드위그가 부리에 편지를 꽉 물고 퍼덕거리며 날아들어 왔다.

"해그리드가 보낸 거야." 해리가 편지를 뜯어서 열어 보고 말했다. "벅빅의 항소심이…… 6일로 정해졌대."

"우리 시험이 끝나는 날이네." 헤르미온느가 숫자점 책을 찾느라 여전히 여기저기 뒤적거리면서 말했다.

"그 일로 사람들이 여기에 올 거래." 해리가 계속 편지를 읽으며 말했다. "마법 정부 사람하고…… 사형 집행인이."

헤르미온느가 깜짝 놀라 눈을 들었다.

"항소심에 사형 집행인을 데려온다니! 벌써 판결을 내렸다는 소리잖아!"

"응, 그런 것 같아." 해리가 천천히 말했다.

"그럴 수는 없어!" 론이 울부짖었다. "벅빅을 구하려고 엄청난 시간을 들여서 온갖 걸 읽었는데, 그걸 그냥 전부 무시하면 안 되지!"

하지만 해리는 위험 생물 처분 위원회가 말포이 씨의 말에 따라 그런 결정을 내린 거라는 끔찍한 기분이 들었다. 드레이코 말포이는 퀴디치 결승전에서 그리핀도르가 승리한 이래 눈에 띄게 풀이 죽어 있더니, 이후 며칠 동안 예전의 잘난 척하는 태도를 어느 정도 되찾는 듯했다. 해리가 우연히 들은 비웃음 가득한 그의 발언에 따르면 말포이는 벅빅이 처형당할 거라고 확신했고, 그런 결과를 이끌어 낸 스스로에게 더없이 만족하는 것 같았다. 이런 상황에서 해리가 할 수 있는 일이란 헤르미온느처럼 말포이의 얼굴을 후려치고 싶은 마음을 억누르는 것뿐이었다. 무엇보다 안 좋은 일은, 엄격한 새 안전조치가 해제되지 않아 해그리드를 찾아갈 시간도 기회도 없다는 사실이었다. 해리는 외눈 마녀 조각상 아래 있는 투명 망토를 감히 되찾아 올 생각도 하지 못했다.

시험 주간이 시작되자 성 전체에 부자연스러운 침묵이 내려앉았다. 월요일 점심시간, 3학년들은 어깨를 축 늘어 뜨리고 얼굴은 잿빛이 된 채 변환 마법 교실에서 나왔다. 시험 결과를 비교해 보며 주어진 과제의 어려움을 한탄하는 중이었는데, 그 과제에는 찻주전자를 거북이로 바꿔 놓는 일이 포함되어 있었다. 헤르미온느는 자신의 거북이가 육지 거북보다는 바다 거북과 더 비슷했다고 수선을 피워 다른 학생들의 짜증을 돋웠다. 그들에게는 그보다 훨씬 심각한 문제가 있었던 것이다.

"내 것에는 꼬리 대신 여전히 주전자 주둥이가 달려 있었어. 큰일 났네……."

"거북이가 원래 증기를 뿜나?"

"등딱지에 버드나무 무늬가 그대로 남아 있더라니까. 감점될까?"

이어 급하게 점심을 먹은 뒤에는 곧장 위층으로 올라가 일반 마법 시험을 봐야 했다. 헤르미온느의 말이 맞았다.

플리트윅 교수는 진짜로 격려 마법을 시험 과제로 냈다. 해리가 긴장한 나머지 주문을 약간 과하게 거는 바람에 그의 짝이었던 론은 신경질적인 웃음 발작을 터뜨렸고, 조용한 방에 한 시간 동안 머문 뒤에야 일반 마법 시험을 볼 준비가 되었다. 저녁 식사를 마친 학생들은 서둘러 각자의 휴게실로 돌아갔다. 쉬려는 게 아니라 마법 생명체 돌보기와 마법약, 천문학 시험공부를 시작하려는 것이었다.

해그리드는 정신이 온통 다른 데 가 있는 상태로 다음 날 아침 마법 생명체 돌보기 시험을 감독했다. 하지만 그는 시험에는 아무런 관심이 없는 것 같았다. 그는 학생들에게 생생한 플로버웜이 담긴 커다란 통을 주더니, 한 시간이 지날 때까지 플로버웜이 살아 있으면 시험을 통과하는 거라고 말했다. 플로버웜들은 그냥 내버려 두는 게 가장 좋았으므로 그건 그들이 치른 것 중에서 가장 쉬운 시험이었다. 그 때문에 해리, 론, 헤르미온느가 해그리드와 이야기할 기회도 많이 생겼다.

"비키는 약간 우울해하고 있어." 해그리드가 해리의 플로버웜이 아직 살아 있는지 확인하는 척 몸을 구부리며 말했다. "너무 오래 갇혀 있었거든. 하지만 그래도…… 내일모레면 알게 되겠지, 어느 쪽이든 간에."

오후에는 마법약 시험이 있었는데, 완전한 재앙이었다. 해리는 아무리 애써도 혼돈 혼합물을 걸쭉하게 만들 수 없었고, 스네이프는 보복의 즐거움을 느끼는 듯한 분위기를 풍기며 서서 그를 지켜보다가 노트에 0으로 의심되는 것을 휘갈겨 쓰더니 멀어져 갔다.

이어서 자정에는 가장 높은 탑에서 천문학 시험을 치렀다. 수요일 아침에는 마법의 역사 시험이 있었다. 해리는 플로리언 포테스큐가 중세 마녀 사냥에 대해 이야기해 주었던 내용을 죄다 휘갈겨 쓰며, 이 숨 막히는 교실 안에서 포테스큐의 초코 너트 선디 아이스크림이나 하나 먹으면 얼마나 좋을까 생각했다. 수요일 오후에는 뜨거운 햇빛이 비치는 온실 안에서 시험을 치러야 했고, 그 시험이 끝나자 목 뒤가 햇볕에 따갑게 그을린 채 다시 한 번 휴게실로 돌아가 이 모든 것이 끝날 이튿날 이맘때를 갈망했다.

목요일 아침, 그들은 마지막에서 두 번째 시험 과목인 어둠의 마법 방어법 시험을 치렀다. 루핀 교수는 여태 치른 어떤 시험보다도 특이한 시험을 고안해 냈다. 야외에서 치르는 장애물 달리기 비슷한 것으로, 시험을 치르는 학생은 그린딜로가 있는 깊은 놀이용 수영장을 건너고 레드 캡으로 가득한 구멍들을 지난 뒤, 잘못된 방향을 가르쳐 주는 힝키펑크를 무시하고 습지를 빠르게 통과해 오래된 나무 둥치 속으로 들어가서 새로운 보가트와 싸워야 했다.

"훌륭하구나, 해리." 해리가 나무둥치에서 기어 나오자 루핀이 씩 웃으며 작은 목소리로 덧붙였다. "만점이야."

해리는 해냈다는 기분에 얼굴이 붉게 달아오른 채 그 자리에 남아서 론과 헤르미온느가 시험을 치르는 모습을 지켜보았다. 론은 힝키펑크에 다다르기 전까지는 꽤 잘했다. 힝키펑크는 그를 성공적으로 혼란시켜서 허리 깊이의 진창에 가라앉혀 버렸다. 헤르미온느는 모든 것을 완벽하게 해낸 끝에 보가트가 있는 나무둥치에 이르렀다. 안에 들어가고 약 1분 뒤 그녀가 비명을 지르며 도로 뛰쳐나왔다.

"헤르미온느!" 루핀이 깜짝 놀라 물었다. "왜 그러니?"

"매, 매, 맥고나걸 교수님이에요!" 헤르미온느가 나무둥치를 가리키며 숨을 헐떡거렸다. "매, 맥고나걸 교수님이 제가 전 과목에서 낙제했다고 말씀하셨어요!"

헤르미온느를 진정시키는 데 시간이 조금 걸렸다. 헤르미온느가 마침내 안정을 되찾자 해리와 론은 그녀와 함께 성으로 돌아갔다. 론은 그때까지도 헤르미온느의 보가트를 웃음거리 삼고 있었는데 그들은 계단 꼭대기에서 맞닥뜨린 광경 덕분에 싸움을 피할 수 있었다.

코닐리어스 퍼지가 세로줄무늬 망토 차림에 땀을 약간 흘리며 서서 교정을 바라보고 있었다. 그는 해리를 보고 흠칫 놀랐다.

"안녕, 해리!" 그가 말을 걸었다. "방금 시험을 친 모양이지? 거의 끝났겠구나?"

"네." 해리가 대답했다. 헤르미온느와 론은 마법 정부 총리와 이야기 나누는 사이가 아니었기에 뒤에서 어색하게 서성거렸다.

"오늘따라 날씨가 아주 좋구나." 퍼지가 넌지시 호수 쪽으로 눈길을 던지며 말했다. "안됐어…… 안됐고말고……."

그는 가슴속 깊은 곳에서 나오는 듯한 한숨을 푹 쉬더니 해리를 내려다보았다.

"난 불쾌한 임무를 띠고 여기 온 거란다, 해리. 위험 생물 처분 위원회가 미친 히포그리프를 처형하는 데 증인이 필요하다고 해서 말이야. 블랙 일로 확인할 게 있어 호그와트에 들러야 했는데, 그 참에 참석해 달라는 요청을 받았단다."

"항소심이 벌써 끝났다는 뜻인가요?" 론이 앞으로 나서며 끼어들었다.

"아니지, 아니야. 항소심은 오늘 오후로 예정되어 있다."

퍼지가 호기심 어린 눈으로 론을 바라보며 말했다.

"그러면 사형 집행의 증인이 될 필요가 전혀 없을 수도 있겠네요!" 론이 용감하게 말했다. "히포그리프가 풀려날지도 모르잖아요!"

퍼지가 대답하기도 전에 마법사 두 명이 성문 밖으로 나왔다. 한 명은 어찌나 나이가 많은지 꼭 그들의 눈앞에서 시들어 가는 것처럼 보였다. 다른 한 명은 키가 크고 건장했으며 가느다란 검은색 콧수염을 기르고 있었다. 해리는 그들이 위험 생물 처분 위원회에서 나온 사람들이라는 것을 알아차렸다. 나이 든 마법사가 눈을 가늘게 뜨고 해그리드의 오두막 쪽을 보더니 미약한 목소리로 말했다. "이런, 이런. 이제 이런 일을 하기엔 너무 늦었어……. 2시 맞지요, 퍼지?"

검은 콧수염의 남자가 허리띠에 걸린 무언가를 만지작거렸다. 해리는 그 모습을 보고 남자가 넓적한 엄지로 훑는 것이 번뜩이는 도끼날이라는 것을 알았다. 론이 뭔가 말하려고 입을 열었지만 헤르미온느가 재빨리 그의 옆구리를 쿡 찌르며 고갯짓으로 현관홀 쪽을 가리켰다.

"왜 막은 거야?" 점심을 먹으러 대연회장에 들어가자마자 론이 화를 내며 목소리를 높였다. "그 사람들 보기는 했어? 도끼까지 준비했다고! 이건 공정하지 않아!"

"론, 너희 아빠는 정부에서 일하시잖아. 아빠 상관한테 그런 얘기를 하면 안 되지!" 말은 그렇게 했지만 헤르미온느도 꽤 심란한 표정을 감추지 못했다. "해그리드가 이번에 냉정을 잃지 않고 제대로 주장을 펼치면 저 사람들도 벅빅을 처형할 수 없을 거야……."

하지만 해리가 보기에는 헤르미온느도 본인이 한 말을 진심으로 믿는 것 같지 않았다. 주위에서는 모두 그날 오후 시험이 끝난다는 생각에 즐거워하면서 점심을 먹는 내내 신나게 떠들어 대고 있었지만 해리, 론, 헤르미온느는 해그리드와 벅빅을 걱정하느라 거기에 동참하지 못했다.

해리와 론의 마지막 시험은 점술이었고, 헤르미온느의 마지막 시험은 머글학이었다. 그들은 함께 대리석 계단을 올랐다. 헤르미온느와 2층에서 헤어진 해리와 론은 8층까지 계속 올라갔다. 수업을 같이 듣는 아이들 여러 명이 트릴로니 교수의 교실로 올라가는 나선형 계단에 앉아 막판 벼락치기를 하려 애쓰고 있었다.

"전부 한 명씩 따로따로 시험을 보겠대." 해리와 론이 옆에 가서 앉자 네빌이 알려 주었다. 네빌은 《미래의 안개 걷어 내기》에서 수정구슬 보기에 관한 페이지를 무릎에 펼쳐 놓고 읽던 중이었다. "너 수정구슬에서 뭐라도 본 적 있어?" 그가 비참하게 물었다.

"아니." 론이 퉁명스러운 목소리로 대답했다. 그는 초조한 듯 끊임없이 손목시계를 확인했다. 벅빅의 항소심이 시작될 때까지 얼마나 남았는지 보는 게 분명했다.

교실 밖 줄은 아주 천천히 짧아졌다. 한 명 한 명 은색 사다리를 타고 내려올 때마다 다른 학생들이 소리 죽여 물었다. "뭘 물어봐? 괜찮았어?"

하지만 다들 말하기를 거부했다.

"트릴로니 교수님이 그러는데, 수정구슬을 보니까 내가 너희한테 말해 주면 끔찍한 사고를 당할 거래!" 네빌이 다시 사다리를 타고 내려와 해리와 론을 향해 높은 목소리로 말했다. 해리와 론은 이제 층계참에 다다라 있었다.

"그거 편리하네." 론이 콧방귀를 뀌었다. "뭐랄까, 저 사람에 대해서는…… (그가 엄지로 머리 위의 뚜껑문 쪽을 가리켰다) 헤르미온느가 맞았다는 생각이 슬슬 든다. 아주 제대로 사기꾼이야."

"그러게." 해리가 손목시계를 들여다보면서 말했다. 이제 2시였다. "빨리 좀 하지……."

파르바티가 자랑스러운 듯 얼굴을 빛내며 사다리를 내려

왔다.

"교수님이 내가 진정한 예언자의 자질을 다 갖췄다고 말씀하셨어." 그녀가 해리와 론에게 말해 주었다. "나는 엄청나게 많은 걸 봤거든……. 뭐, 행운을 빌어!"

그녀는 얼른 나선형 계단을 내려가 라벤더가 있는 곳으로 갔다.

"로널드 위즐리." 머리 위에서 꿈꾸는 듯 익숙한 목소리가 들려왔다. 론이 해리에게 얼굴을 잔뜩 찡그려 보이더니 은색 사다리를 올라 시야에서 사라졌다. 이제 시험을 치르기 위해 남아 있는 사람은 해리뿐이었다. 그는 벽에 등을 기대고 바닥에 주저앉아 햇빛이 비치는 창문에서 윙윙대는 파리 소리에 귀를 기울였다. 생각은 교정을 가로질러 해그리드에게 가 있었다.

20분쯤 지나자 마침내 론의 커다란 발이 다시 사다리를 내려오는 것이 보였다.

"어땠어?" 해리가 일어나며 물었다.

"쓰레기 같아." 론이 말했다. "아무것도 안 보여서 그냥 지어냈어. 물론 저 사람은 안 믿는 것 같지만……."

"이따가 휴게실에서 보자." 트릴로니 교수의 목소리가 "해리 포터!"라고 소리치자 해리가 중얼거렸다.

탑 꼭대기 방은 어느 때보다도 후텁지근했다. 커튼은 닫혀 있고, 난롯불이 활활 타오르고 있었다. 이 방에서 늘 나는 역겨운 향기 때문에 기침이 나왔다. 해리는 어수선하게 널려 있는 의자와 탁자 사이로 휘청휘청 걸어갔다. 트릴로니 교수가 큼직한 수정구슬을 앞에 놓고 그를 기다리고 있었다.

"안녕, 애야." 그녀가 부드럽게 말했다. "수정구슬을 들여다보렴……. 자, 천천히……. 그런 다음 안에서 무엇이 보이는지 말해 다오……."

해리는 수정구슬 위로 몸을 구부려 얼굴을 바짝 들이대고 뚫어지게 들여다보았다. 되도록 열심히 응시하며 소용돌이치는 하얀 안개 외에 뭔가가 보이기를 바랐지만 수정구슬에서는 아무 일도 일어나지 않았다.

"자." 트릴로니 교수가 교묘하게 답을 유도했다. "뭐가 보이니?"

열기는 숨 막힐 지경이었고 옆에 있는 벽난로에서 퍼져 나오는 향기 나는 연기 때문에 코가 따끔거렸다. 그는 론이 조금 전 한 말을 떠올리고 지어내기로 결심했다.

"어……." 해리가 머뭇거리며 입을 열었다. "어두운 형상이…… 음……."

"무엇을 닮았지?" 트릴로니 교수가 속삭였다. "자, 생각해 보거라…….”

머리를 이리저리 굴리자 벅빅이 떠올랐다.

“히포그리프요.” 그가 단호하게 말했다.

“그렇단 말이지!” 트릴로니 교수가 무릎에 올려놓은 양피지에 열심히 뭔가를 휘갈기며 속삭였다. “얘야, 넌 가엾은 해그리드가 마법 정부와 겪고 있는 문제의 결과를 보고 있는 건지도 몰라! 조금 더 자세히 보거라……. 그 히포그리프한테…… 머리가 있니?”

“네.” 해리가 확신하듯 말했다.

“정말?” 트릴로니 교수가 재촉했다. “확신하니, 얘야? 히포그리프가 땅에서 몸부림치고 있다거나, 혹시 그 뒤에서 도끼를 치켜들고 있는 어슴푸레한 형상은 보이지 않아?”

“안 보이는데요!” 해리는 살짝 메스꺼움을 느끼며 그렇게 말했다.

“피도? 흐느끼는 해그리드도?”

“그런 거 안 보여요!” 해리가 다시 말했다. 그는 어느 때보다도 이 후끈후끈한 방을 떠나고 싶었다. “괜찮아 보여요, 히포그리프는…… 날아가고 있어요…….”

트릴로니 교수가 한숨을 쉬었다.

“그래, 얘야, 이쯤 하는 게 좋겠구나……. 솔직히 조금 실망스럽긴 하지만…… 네가 최선을 다했다고 믿으마."

마음이 놓인 해리는 일어나서 가방을 들고 돌아가려고 했다. 하지만 그때 그의 뒤에서 귀에 거슬리는 큰 목소리가 들렸다.

"그 일은 오늘 밤에 일어날 것이다."

해리는 빙글 돌아섰다. 트릴로니 교수는 안락의자에 앉은 채 뻣뻣하게 굳어 있었다. 눈에는 초점이 없었고, 입은 헤 벌어져 있었다.

"뭐, 뭐라고 하셨어요?" 해리가 물었다.

하지만 트릴로니 교수는 그의 말을 듣지 못하는 것 같았다. 그녀의 눈알이 빙글빙글 돌기 시작했다. 해리는 겁에 질려 그 자리에 멈춰 섰다. 트릴로니 교수는 발작 비슷한 것을 일으킨 듯 보였다. 그는 병동으로 달려가야 할지 망설였다. 그런데 그때 트릴로니 교수가 전혀 그녀의 목소리 같지 않은, 조금 전과 같은 귀에 거슬리는 목소리로 다시 입을 열었다.

"어둠의 왕은 추종자들에게 버림받고 동료 하나 없이 누워 있다. 그의 부하는 지난 12년간 사슬에 묶여 있었다. 오늘 밤 자정이 되기 전에, 그 부하는 풀려나 주인을 다시 만나러 갈 것이다. 어둠의 왕은 그 부하의 도움으로 어느 때보다도 위대하고 끔찍한 모습으로 다시 일어설 것이다. 오늘 밤…… 자정이 되기 전에…… 부하가…… 주인을…… 다시 만나러…… 갈 것이다…….”

트릴로니 교수의 머리가 앞으로 고꾸라졌다. 그녀는 끙끙거리는 소리를 냈다. 그러다 매우 갑작스럽게 고개를 휙 들었다.

“미안하구나, 얘야.” 그녀가 꿈꾸는 듯한 목소리로 말했다. “날이 하도 뜨거워서 말이야……. 잠깐 잠들었구나…….”

해리는 여전히 그녀를 뚫어지게 바라보며 그 자리에 서 있었다.

“무슨 문제라도 있니, 얘야?”

“교, 교수님이 방금 저한테 어둠의 왕이 다시 일어선다고…… 그자의 부하가 그자에게 다시 돌아갈 거라고 하셨는데요…….”

트릴로니 교수는 굉장히 놀란 표정이었다.

“어둠의 왕? 이름을 말해서는 안 되는 그 사람 말이니? 얘야, 그건 농담으로 할 얘기가 아니란다……. 나 참, 다시 일어선다니…….”

“하지만 교수님이 방금 그러셨어요! 어둠의 왕이 다

시······."

"너도 잠깐 졸았던 게 틀림없구나, 얘야!" 트릴로니 교수
가 말했다. "난 그렇게 터무니없는 일은 절대 예언하지 않
는단다!"

해리는 생각에 잠긴 채 사다리를 내려가 나선형 계단으
로 발걸음을 옮겼다······. 조금 전에 들은 것이 트릴로니 교
수의 진짜 예언이었을까? 아니면 그것도 시험을 인상적으
로 끝내는 그녀만의 독특한 방법이었을까?

5분 뒤, 그는 그리핀도르 탑 출입구 앞에 있는 트롤 경비
원들을 빠르게 통과했다. 트릴로니 교수의 말이 여전히 머
릿속에 맴돌고 있었다. 사람들이 반대 방향으로 성큼성큼
지나갔다. 그들은 웃고 농담을 주고받으면서 오랫동안 기다
려 온 자유를 만끽하러 교정으로 향하고 있었다. 해리가 초
상화 구멍에 도착해 안으로 들어갔을 때쯤에는 휴게실에 사
람은 거의 없고 한구석에 론과 헤르미온느만 앉아 있었다.

해리가 헐떡거렸다. "얘들아, 트릴로니 교수가 방금 나한
테······."

하지만 그는 두 사람의 표정을 보고 문득 말을 멈췄다.

"벅빅이 졌어." 론이 힘없이 말했다. "해그리드가 방금
이걸 보냈어."

해그리드의 이번 편지에 눈물자국 같은 것은 없었다. 하지만 글씨를 쓰면서 손을 심하게 떨었는지 거의 읽을 수가 없었다.

항소에서 졌어. 해 질 녘에 처형한대. 너희가 할 수 있는 일은 아무것도 없어. 여기 오지 마. 너희가 보지 않았으면 좋겠다.

해그리드

"가야 돼." 편지를 다 읽자마자 해리가 말했다. "해그리드 혼자서 사형 집행인을 기다리게 할 수는 없어!"

"근데 해 질 녘이라잖아." 론이 말했다. 그는 멍하니 창밖을 내다보았다. "절대 허락 못 받을걸……. 특히 해리 넌……."

해리는 두 손으로 머리를 감싸고 열심히 생각을 쥐어짰다.

"투명 망토만 있으면……."

"어디 있는데?" 헤르미온느가 물었다.

해리는 외눈 마녀 조각상 밑 통로에 놔두었다고 말했다.

"……내가 다시 그 근처에 있는 걸 스네이프가 보면 문제가 심각해져." 그가 말했다.

"그건 그렇네." 헤르미온느가 일어나며 말했다. "스네이프가 널 보면 그렇겠지……. 마녀의 혹은 어떻게 열어?"

"그건…… 혹을 두드린 다음 '디센디움'이라고 말하면 돼." 해리가 말했다. "하지만……."

헤르미온느는 다음 말을 기다리지 않았다. 그녀는 성큼성큼 걸어가 뚱뚱한 귀부인 초상화를 밀어젖히고 사라졌다.

"투명 망토를 가지러 간 건 아니겠지?" 론이 그녀가 나간 곳을 뚫어지게 바라보며 말했다.

가지러 간 게 맞았다. 헤르미온느는 15분 뒤 자신의 로브 밑에 은빛 투명 망토를 조심스럽게 접어 가지고 돌아왔다.

"헤르미온느, 너 요즘 무슨 바람이 든 건지 모르겠다!" 론이 경악하며 말했다. "처음에는 말포이를 때리더니 그다음에는 트릴로니 수업에서 걸어 나가 버리고."

헤르미온느는 아무 말도 하지 않았지만 자랑스러워하는 눈치였다.

그들은 다른 아이들과 함께 저녁 식사를 하러 내려갔지만 그 뒤에 그리핀도르 탑으로 돌아가지는 않았다. 해리는 로브 앞에 투명 망토를 숨기고 불룩한 부분을 가리느라 팔짱을 껴야 했다. 그들은 현관홀 한쪽에 있는 빈방으로 몰래

들어가 귀를 기울인 끝에 현관홀이 완전히 비었다고 확신
했다. 마지막으로 남아 있던 두 사람이 허둥지둥 현관홀을
가로지르는 소리와 문이 쾅 닫히는 소리가 들렸다. 헤르미
온느가 문 밖으로 고개를 내밀었다.

"됐어." 그녀가 속삭였다. "아무도 없어. 투명 망토 쓰자."

그들은 누구의 눈에도 띄지 않도록 아주 가까이 붙어 서
서 투명 망토를 뒤집어쓰고 까치발로 현관홀을 가로질렀
다. 그런 다음 성 정문 돌계단을 내려가 교정으로 나갔다.
태양은 이미 금지된 숲 너머로 기울어 가면서 우듬지들을
황금빛으로 물들이고 있었다.

그들은 해그리드의 오두막에 다다라 문을 두드렸다. 해
그리드는 한참 만에 문을 열더니, 창백한 얼굴로 부들부들
떨면서 방문객을 찾아 사방을 두리번거렸다.

"우리예요." 해리가 잔뜩 소리 죽여 말했다. "투명 망토
를 걸치고 있어요. 벗을 수 있게 들여보내 주세요."

"오지 말라니까!" 해그리드는 그렇게 말하면서도 물러섰
고 그들은 오두막 안으로 들어갔다. 해그리드가 재빨리 문
을 닫자 해리는 망토를 벗었다.

해그리드는 울고 있지 않았다. 달려들어 그들을 끌어안
지도 않았다. 그는 자기가 어디에 있는지, 뭘 해야 하는지

모르는 사람처럼 보였다. 우는 것보다도 지켜보기 힘든 무기력함이었다.

"차 좀 마실래?" 그가 말했다. 주전자 쪽으로 뻗는 큼직한 손이 부들부들 떨리고 있었다.

"벅빅은 어디 있어요, 해그리드?" 헤르미온느가 머뭇거리며 물었다.

"밖에, 바깥에 놔뒀어." 해그리드가 주전자를 채우다 탁자에 온통 우유를 흘리며 말했다. "호박밭에 묶어 놨어. 녀석이 나무들도 보고, 신선한 공기도 들이마셔야 할 것 같아서…… 그 일이 있기 전까지는…….."

해그리드가 손을 너무 심하게 떠는 바람에 우유 주전자가 그의 손아귀에서 미끄러지더니 바닥에 떨어져 산산조각 났다.

"제가 할게요, 해그리드." 헤르미온느가 얼른 말하고는 황급히 다가가 어질러진 것을 치우기 시작했다.

"찬장에 하나 더 있어." 해그리드가 자리에 앉아 소매로 이마에 맺힌 땀을 닦으며 말했다. 해리는 론을 힐끗 돌아보았다. 론도 절망적인 얼굴로 그를 마주 보았다.

"뭐라도 할 수 있는 게 없을까요, 해그리드?" 해리가 해그리드 곁에 앉으며 절박하게 말했다. "덤블도어 교수님은……."

"애 많이 쓰셨어." 해그리드가 말했다. "안타깝지만 덤블도어 교수님한테는 위원회의 결정을 뒤집을 권한이 없어. 교수님은 그 사람들한테 벅빅이 괜찮은 녀석이라고 말씀하셨지만 그 사람들은 모두 겁에 질려 있었어……. 너도 루시우스 말포이가 어떤 사람인지 잘 알잖냐……. 아마 그 사람들을 협박했을 거야. 게다가 사형 집행인인 맥네어 그 작자는 루시우스 말포이의 오랜 친구고……. 그래도 빠르고 깔끔하게 끝낼 거야……. 또 내가 끝까지 녀석 곁에 있을 테니까……."

해그리드는 침을 꿀꺽 삼켰다. 희망이나 위안 한 조각이나마 찾으려는 듯 그의 눈이 오두막 안을 이리저리 둘러보았다.

"덤블도어 교수님이 와 주시겠다고 했어. 그, 그 일이 벌어질 때 말이야. 오늘 아침에 편지를 보내셨어. 나랑, 나랑 함께 있고 싶으시다고. 훌륭하신 분이야, 덤블도어 교수님은……."

또 다른 우유 주전자를 찾아 해그리드의 찬장을 뒤지던 헤르미온느가 작게 터진 울음을 재빨리 틀어막았다. 그녀는 눈물을 억누르며 두 손으로 새 주전자를 들고 허리를 폈다.

"우리도 같이 있을게요, 해그리드." 그녀가 말했지만 해그리드는 덥수룩한 머리를 절레절레 흔들었다.

"너희는 성으로 돌아가야지. 말했잖아, 너희가 보는 건 싫다고. 그리고 어쨌거나 너희는 여기 와 있으면 안돼……. 네가 허락도 없이 밖에 나와 있는 걸 퍼지 총리랑 덤블도어 교수님이 보면, 해리, 아주 곤란해질 거다."

헤르미온느의 얼굴에 조용히 눈물이 흘러내리고 있었지만 그녀는 해그리드가 보지 못하도록 눈물을 감추고 부산스럽게 차를 준비했다. 잠시 후, 우유를 주전자에 부으려고 우유병을 집어 든 그녀가 날카로운 비명을 질렀다.

"론! 이, 이럴 수가…… 스캐버스야!"

론이 입을 떡 벌리고 그녀를 쳐다보았다.

"무슨 소리야?"

헤르미온느가 우유 주전자를 탁자로 가지고 와서 뒤집었다. 론의 쥐 스캐버스가 미친 듯이 찍찍거리고 다시 안으로 들어가려고 발버둥치면서 탁자 위로 미끄러져 나왔다.

"스캐버스!" 론이 멍하니 소리쳤다. "스캐버스, 여기서 뭐 하는 거야?"

그는 버둥거리는 쥐를 꽉 붙잡고 불빛에 비춰 보았다. 꼴이 말이 아니었다. 전보다 훨씬 말랐고 털이 뭉텅이로 빠져

군데군데 피부가 훤히 드러났다. 녀석은 필사적으로 도망치려는 것처럼 론의 손에서 몸을 마구 비틀었다.

"괜찮아, 스캐버스!" 론이 큰 소리로 말했다. "고양이는 없어! 여기에는 널 해칠 게 아무것도 없단 말이야!"

해그리드가 갑자기 일어섰다. 그의 시선은 창문에 고정되어 있었다. 평소 불그레하던 얼굴이 양피지 색깔로 변해 있었다.

"온다……."

해리, 론, 헤르미온느가 홱 뒤돌아보았다. 한 무리의 남자들이 저 멀리 성 계단을 걸어 내려오고 있었다. 맨 앞에 알버스 덤블도어가 있었다. 저물어 가는 햇살에 그의 은빛 턱수염이 반짝거렸다. 그의 옆에서 종종걸음 치는 사람은 코닐리어스 퍼지였다. 기운 없는 위원회 노인과 사형 집행인 맥네어가 그 뒤를 따르고 있었다.

"너흰 가야 해." 해그리드가 말했다. 그의 온몸이 떨리고 있었다. "너희가 여기 있는 걸 저 사람들한테 들켜선 안돼……. 가라, 이제……."

론은 스캐버스를 주머니에 밀어 넣었고 헤르미온느는 투명 망토를 집어 들었다.

"뒷문으로 내보내 줄게." 해그리드가 말했다.

그들은 해그리드를 따라 뒷마당으로 통하는 문으로 갔다. 해리는 이상하게도 실감이 나지 않았다. 조금 떨어진 곳에서 해그리드의 호박밭 뒤 나무에 묶여 있는 벅빅을 봤을 때는 더 그랬다. 벅빅은 뭔가 일이 벌어지고 있다는 것을 아는 듯했다. 녀석은 뾰족한 머리를 이쪽저쪽으로 돌리며 초조하게 땅을 긁어 대고 있었다.

"괜찮아, 비키." 해그리드가 부드럽게 달래 주었다. "괜찮아⋯⋯." 그는 해리, 론, 헤르미온느에게 고개를 돌렸다. "어서, 가라." 그가 말했다. "빨리 출발해."

하지만 그들은 움직이지 않았다.

"해그리드, 우린⋯⋯."

"우리가 저 사람들한테 실제로 무슨 일이 있었는지 말할게요."

"벅빅을 죽게 내버려 둘 수는 없어요."

"가!" 해그리드가 사납게 말했다. "너희가 아니어도 충분히 골치 아픈 상황이니까!"

어쩔 수 없었다. 헤르미온느가 해리와 론에게 망토를 뒤집어씌운 순간 오두막 바깥에서 목소리들이 들렸다. 해그리드는 세 사람이 방금 사라진 곳을 바라보았다.

"빨리 가라." 그가 잔뜩 쉰 목소리로 말했다. "듣지 말고……."

그때 누군가가 현관문을 두드렸고 그는 오두막으로 성큼성큼 돌아갔다.

해리, 론, 헤르미온느는 충격으로 멍해진 채 천천히, 조용하게 해그리드의 집을 빙 둘러 갔다. 오두막 반대편에 도착했을 때 현관문이 날카롭게 탁 닫히는 소리가 들렸다.

"제발, 서두르자." 헤르미온느가 간절하게 속삭였다. "견딜 수가 없어. 못 참겠어……."

그들은 성으로 향하는 비탈진 잔디밭을 오르기 시작했다. 이제 태양은 빠르게 저물어 가고 있었다. 하늘은 맑고 자줏빛이 감도는 잿빛으로 변했지만 서쪽 하늘에는 루비 색깔 같은 붉은 기운이 남아 있었다.

론이 우뚝 멈춰 섰다.

"아, 부탁이야, 론." 헤르미온느가 입을 열고 절망스러운 말투로 속삭였다.

"스캐버스 때문에 그래. 스캐버스가, 가만히 있질 않아……."

론은 허리를 구부리고 스캐버스를 주머니에 잡아 두려 했지만 쥐는 무엇 때문인지 점점 미쳐 날뛰고 있었다. 스캐버스는 제정신이 아닌 것처럼 찍찍거리고 몸을 비틀고 마구 움직이면서 론의 손을 깨물려 들었다.

"스캐버스, 나야, 이 멍청아. 론이라고." 론이 짜증 나는 듯 낮은 소리로 말했다.

등 뒤에서 문이 열리는 소리와 사람들 목소리가 들렸다.

"아 론, 제발 움직이자. 시작하려나 봐!" 헤르미온느가 숨죽여 말했다.

"알았어. 야, 스캐버스, 가만히 있으라니까……."

그들은 앞으로 나아갔다. 해리도 헤르미온느처럼 등 뒤의 웅성거리는 소리들을 듣지 않으려고 애썼다. 론이 다시 멈췄다.

"잡고 있을 수가 없어. 스캐버스, 조용히 해. 이러다 들키겠어."

쥐가 미친 듯이 찍찍거렸지만 해그리드의 정원에서 흘러나오는 소리를 덮을 만큼 시끄럽진 않았다. 또렷하지 않은 남자 목소리들이 뒤섞이고 침묵이 흐르더니, 아무런 예고도 없이, 잘못 알아들을 수 없는 휙 소리에 이어 쿵 하는 도끼 내리찍는 소리가 들렸다.

헤르미온느가 그 자리에서 비틀거렸다.

"해 버렸어!" 그녀가 해리에게 속삭였다. "미, 믿을 수가 없어. 진짜 해 버리다니!"

17장
고양이와 쥐와 개

　해리는 충격으로 정신이 멍해졌다. 셋은 투명 망토를 뒤집어쓴 채 공포에 질려 꼼짝도 할 수 없었다. 저무는 태양의 마지막 빛이 긴 그림자가 드리워진 교정에 피처럼 붉은 빛을 드리우고 있었다. 그때 뒤에서 거칠게 울부짖는 소리가 들렸다.

　"해그리드야." 해리가 중얼거렸다. 뭘 어쩌겠다는 생각도 없이 돌아서려는데 론과 헤르미온느가 그의 팔을 잡았다.

　"안 돼." 론이 백짓장처럼 하얗게 질린 얼굴로 말했다. "우리가 해그리드를 보러 온 걸 저 사람들이 알면 해그리드가 더 곤란해질 거야……."

　헤르미온느는 가쁜 숨을 내뱉고 있었다.

"어, 어떻게 저, 저럴 수 있지?" 그녀가 목이 메어 말했
다. "어떻게 저럴 수가 있어?"

"가자." 론이 말했다. 그의 이가 딱딱 부딪치는 듯했다.

그들은 성을 향해 출발했다. 투명 망토 아래 몸을 잘 감
추려고 천천히 걸었다. 이제 빛은 빠르게 사라져 갔다. 탁
트인 교정에 도착했을 때쯤에는 어둠이 주위에 마법처럼
내려앉고 있었다.

"스캐버스, 가만히 있어." 론이 손을 가슴에 대고 꽉 누르
며 쉿 소리를 냈다. 쥐는 미친 듯이 몸부림치고 있었다. 론
은 우뚝 멈춰 서서 스캐버스를 억지로 주머니 더 깊숙이 집
어넣으려고 했다. "왜 그래, 이 멍청한 쥐 같으니! 가만있
으라니까. ……**아얏!** 얘가 날 물었어!"

"론, 조용히 해!" 헤르미온느가 다급하게 속삭였다. "조
금 있으면 퍼지 총리가 나올 거야."

"얘가, 가만히, 안 있는다니까."

스캐버스는 분명 겁에 질려 있었다. 녀석은 온 힘을 다해
몸을 비틀어 론의 손아귀에서 빠져나가려고 안간힘을 썼다.

"대체 뭐가 문제야?"

하지만 해리는 방금 보았다. 몸을 바짝 낮추고 어둠 속에
서 커다란 노란 눈을 스산하게 번뜩이며 그들을 향해 살금

살금 다가오고 있는 것은 다름 아닌 크룩섕스였다. 녀석이 그들을 볼 수 있는 건지, 아니면 스캐버스가 찍찍대는 소리를 듣고 따라온 건지는 알 수 없었다.

"크룩섕스!" 헤르미온느가 신음을 내뱉었다. "안 돼, 저리 가, 크룩섕스! 저리 가!"

하지만 고양이는 계속 다가왔다.

"스캐버스…… **안 돼!**"

너무 늦었다. 쥐는 론의 움켜쥔 손가락 사이로 빠져나가 땅바닥에 착지하더니 날쌔게 달아나 버렸다. 크룩섕스가 한 차례 펄쩍 뛰어 쥐를 쫓아갔다. 론은 해리나 헤르미온느가 말릴 새도 없이 투명 망토를 벗고 어둠 속으로 내달렸다.

"론!" 헤르미온느가 신음하듯 말했다.

그녀와 해리는 서로를 바라보다가 론을 쫓아 쏜살같이 달려갔다. 하지만 투명 망토를 뒤집어쓴 채 전속력으로 달리기란 불가능했다. 그들은 망토를 내렸다. 론을 뒤쫓아 달리는 그들 뒤에서 망토가 현수막처럼 나부꼈다. 앞에서 론의 쿵쿵거리는 발소리와 크룩섕스에게 고함치는 소리가 들렸다.

"개한테서 떨어져. 떨어지라니까. 스캐버스, 이리 와."

요란스러운 쿵 소리가 들렸다.

"잡았다! 저리 가, 이 못된 고양이야."

해리와 헤르미온느는 하마터면 론 위로 넘어질 뻔했다. 그들은 쭉 미끄러져 론 바로 앞에 멈춰 섰다. 론은 바닥에 팔다리를 뻗고 엎어져 있었지만 스캐버스는 그의 주머니에 돌아와 있었다. 론은 부들부들 떠는 불룩한 주머니를 양손으로 단단히 잡고 있었다.

"론, 얼른, 망토 안으로 들어와." 헤르미온느가 헐떡거렸다. "조금 있으면, 덤블도어 교수님이랑, 총리가, 돌아올 거야."

하지만 몸을 다시 숨기거나 숨을 고르기도 전에 거대한 발이 부드럽게 땅을 구르는 소리가 들렸다. 뭔가가 어둠 속에서 그들을 향해 튀어나왔다. 커다랗고 엷은 색깔 눈동자를 가진 새까만 개였다.

해리가 마법 지팡이로 손을 가져갔지만 너무 늦었다. 개가 엄청난 높이로 뛰어올라 앞발로 해리의 가슴을 후려쳤다. 해리는 털의 소용돌이 속에서 뒤로 넘어졌다. 놈의 뜨거운 숨결이 느껴졌다. 이빨이 3센티미터는 되어 보였다.

하지만 펄쩍 달려든 힘이 지나쳤던지 개는 해리의 몸을 지나쳐 저 멀리 착지했다. 해리는 멍해진 채 갈비뼈가 부러진 것 같은 기분을 느끼며 일어서려고 애썼다. 놈이 다시 공격하려고 미끄러지듯 몸을 돌리며 으르렁대는 소리가 들렸다.

론이 일어섰다. 개가 다시 훌쩍 뛰어오르는 순간 론이 해리를 옆으로 밀었다. 개는 대신 론이 내뻗은 팔을 물었다. 해리가 달려들어 그 짐승의 털을 한 움큼 쥐었지만 개는 론을 헝겊 인형이라도 되는 양 쉽사리 끌고 갔다.

그때 뭔가가 난데없이 얼굴을 세게 후려치는 바람에 해리는 다시 넘어지고 말았다. 헤르미온느도 아파서 비명을 지르며 넘어지는 소리가 들렸다. 해리는 눈을 깜빡여 피를 떨어내며 마법 지팡이를 찾아 주위를 더듬거렸다.

"루모스." 그가 속삭였다.

마법 지팡이 불빛에 비쳐 두꺼운 나무 몸통이 보였다. 스캐버스를 쫓다가 후려치는 버드나무 그늘로 들어온 것이다. 가지가 세찬 바람에 흔들리듯 삐걱거리며 그들이 가까이 오는 것을 막으려고 앞뒤로 채찍질을 해 댔다.

나무둥치 아래에서는 개가 론을 널찍한 뿌리 틈새로 질질 끌고 들어가고 있었다. 론이 거세게 저항했지만 그의 머리와 몸통은 보이지 않는 곳으로 계속 끌려들어 갔다.

"론!" 해리가 소리치며 쫓아가려고 애썼지만, 묵직한 가지가 무섭게 공기를 가르며 채찍질하는 바람에 어쩔 수 없이 도로 물러나야 했다.

이제 보이는 것은 더 깊은 곳으로 끌려가지 않으려고 뿌리에 걸고 있는 론의 다리뿐이었다. 그때 으적하는 끔찍한 소리가 총성처럼 허공을 갈랐다. 론의 다리가 부러진 것이다. 다음 순간 그의 발마저 보이지 않는 곳으로 사라졌다.

"해리, 가서 도움을 요청해야 해." 헤르미온느가 울부짖었다. 그녀도 피를 흘리고 있었다. 후려치는 버드나무가 그녀의 어깨에 상처를 낸 것이다.

"안 돼! 저놈은 론을 잡아먹을 수 있을 만큼 커. 시간이 없어."

"누가 도와주지 않으면 우리끼리는 절대 아무것도 할 수 없⋯⋯."

또 다른 가지가 그들을 향해 휙 휘둘러졌다. 잔가지들이 마치 주먹을 쥔 듯 단단히 뭉쳐 있었다.

"저 개가 들어갈 수 있다면 우리도 들어갈 수 있을 거야." 해리가 헐떡거렸다. 그는 악랄하게 휘둘러지는 가지들을 지나갈 방도를 찾으려고 애쓰며 시선을 이리저리 돌렸다. 하지만 나무의 공격 범위 안에 들어가지 않고서는 뿌리 근처에 조금도 더 다가갈 수 없었다.

"아, 도와주세요. 도와줘요." 헤르미온느가 제자리에서 맴돌며 미친 듯이 중얼거렸다. "제발 도와줘요⋯⋯."

크룩섄스가 쏜살같이 앞으로 튀어 나갔다. 녀석은 마구 후려치는 가지들 사이를 뱀처럼 요리조리 피하며 나아가더니 나무둥치에 있는 옹이에 앞발을 올려놓았다.

갑자기 나무가 대리석으로 변하기라도 한 것처럼 움직임을 멈췄다. 잎사귀 하나 움찔거리거나 흔들리지 않았다.

"크룩섄스!" 헤르미온느가 소리치더니 멍하니 중얼거렸다. 그녀는 어느새 해리의 팔을 아플 정도로 꽉 움켜쥐고 있었다. "쟤가 어떻게 알았을까……?"

"그 개랑 친하던데." 해리가 험악한 어조로 말했다. "같이 있는 걸 봤어. 가자. 그리고 마법 지팡이 꺼내 놔."

그들은 금방 나무둥치에 접근했지만, 뿌리 틈새에 다다르기도 전에 크룩섄스가 먼저 병 닦는 솔 같은 꼬리를 휘두르며 그곳으로 쏙 들어가 버렸다. 다음으로 해리가 들어갔다. 그는 틈새에 머리부터 집어넣고 기어들어 가서는 매우 깊은 굴 밑바닥이 나올 때까지 비탈진 흙길을 내려갔다. 조금 떨어진 곳에 있는 크룩섄스의 눈이 해리의 지팡이 불빛을 받아 번뜩였다. 잠시 후 헤르미온느가 그의 옆으로 미끄러져 내려왔다.

"론은 어디 있을까?" 그녀가 겁에 질린 채 속삭였다.

"이쪽이야." 해리가 허리를 구부린 채 크룩섄스를 따라

발걸음을 떼며 말했다.

"이 굴을 지나면 어디가 나오지?" 헤르미온느가 뒤에서 목소리를 죽인 채 물었다.

"나도 몰라……. 도둑 지도에 표시되어 있긴 하지만 프레드랑 조지는 여기에 아무도 들어온 적이 없다고 했어. 지도 가장자리에서 길이 사라지긴 했는데, 호그스미드에서 끝나는 것 같았어……."

그들은 허리를 거의 반으로 접은 채 가능한 한 빠르게 움직였다. 앞에서 크룩섕스의 꼬리가 가볍게 흔들리며 보이다 말다 했다. 통로는 계속 이어졌다. 적어도 허니듀크스로 가는 통로만큼 긴 것 같았다. 해리의 머릿속은 온통 론 생각뿐이었다. 그 거대한 개가 론에게 무슨 짓을 하고 있을까. 그는 날카롭고 고통스러운 숨을 헐떡거리며 몸을 움츠린 채 계속 달렸다…….

잠시 후 오르막길이 시작됐다. 다음 순간 길이 휘어지더니 크룩섕스가 사라졌다. 대신 작은 구멍으로 흘러나오는 어스름한 불빛이 보였다.

그와 헤르미온느는 멈춰 서서 숨을 고르며 조금씩 나아갔다. 둘 다 저 너머에 무엇이 있는지 보려고 마법 지팡이를 치켜들었다.

웬 방이 나타났다. 심하게 어질러진 먼지투성이 공간. 벽
에서는 벽지가 벗겨지고 있었고, 바닥은 얼룩투성이였으
며, 가구들은 하나같이 누가 박살 낸 것처럼 부서져 있었
다. 창문은 온통 널빤지로 막혀 있었다.

해리는 헤르미온느를 힐끗 바라보았다. 그녀는 잔뜩 겁
에 질린 표정을 지었으면서도 고개를 끄덕였다.

해리는 구멍 밖으로 몸을 빼내며 주위를 둘러보았다. 방
은 비어 있었지만 어둑어둑한 복도로 이어지는 오른쪽 문
이 열려 있었다. 헤르미온느가 또다시 불쑥 해리의 팔을 잡
았다. 그녀는 휘둥그레진 눈으로 널빤지를 친 창문들을 둘
러보았다.

"해리." 그녀가 속삭였다. "우리 악쓰는 오두막에 와 있
는 것 같아."

해리는 주위를 둘러보았다. 그의 시선이 근처 나무 의자
에 가닿았다. 한쪽이 크게 부서져 있고 다리 하나는 아예
떨어져 나가고 없었다.

"저건 유령들이 한 짓이 아니야." 그가 천천히 말했다.

그 순간 머리 위에서 삐걱거리는 소리가 들렸다. 위층에
서 뭔가가 움직였다. 둘 다 천장을 올려다보았다. 헤르미온
느가 팔을 워낙 꽉 잡고 있어서 해리는 손가락 감각이 없어

질 지경이었다. 그가 헤르미온느를 보며 눈썹을 치켜올렸다. 그녀는 다시 고개를 끄덕이고 손을 놓았다.

그들은 되도록 조용히 복도로 나와 무너질 듯한 계단을 올라갔다. 뭔가가 끌려 올라 가면서 널찍하고 반들반들한 줄이 그어진 바닥만 빼고 모든 것이 두꺼운 먼지로 뒤덮여 있었다.

그들은 어두운 층계참에 다다랐다.

"녹스." 그들이 동시에 속삭이자 마법 지팡이 끝에서 불이 꺼졌다. 문은 하나만 열려 있었다. 살금살금 다가가자 안에서 움직이는 소리가 들렸다. 낮은 신음에 이어 깊고 굵직한 그르렁거림. 그들은 마지막으로 한 번 서로를 보고 고개를 끄덕였다.

해리는 마법 지팡이를 단단히 들어 올린 채 문을 걷어차 활짝 열었다.

먼지투성이 커튼이 달린 근사한 사주식 침대 위에서 크룩섕스가 그들을 보고 큰 소리로 가르랑거렸다. 그 옆의 바닥에는 론이 이상한 각도로 꺾인 다리를 움켜쥐고 있었다.

해리와 헤르미온느가 그에게 달려갔다.

"론, 괜찮아?"

"그 개는 어디 있어?"

"개가 아니야." 론이 신음했다. 고통으로 이를 악다물고 있었다. "해리, 함정이야……."

"무슨……."

"그놈이 그 개야……. 놈은 애니마구스야……."

론은 해리의 어깨 너머를 뚫어지게 바라보았다. 해리는 홱 돌아보았다. 탁 소리를 내며, 어둠 속에 있던 남자가 문을 닫았다.

지저분하고 잔뜩 엉킨 덥수룩한 머리카락이 팔꿈치까지 늘어져 있었다. 깊고 어두운 눈구멍에서 눈이 빛나지 않더라면 시체로 보였을 것이다. 뼈에 밀랍 같은 피부가 딱 달라붙은 모습이 꼭 해골 같았다. 그가 씩 미소 짓자 누런 치아가 드러났다. 시리우스 블랙이었다.

"엑스펠리아르무스!" 그가 론의 마법 지팡이를 그들에게 겨누며 거친 목소리로 외쳤다.

해리와 헤르미온느의 손에서 각각 마법 지팡이가 공중으로 휙 날아가자 블랙은 재빨리 그것들을 잡았다. 그가 한 발짝 다가왔다. 시선은 해리에게 고정되어 있었다.

"네가 친구를 구하러 올 거라 생각했다." 시리우스 블랙이 쉰 목소리로 말했다. 오래전에 사용법을 잊은 것처럼 들리는 목소리였다. "네 아버지도 날 위해서 똑같이 행동했을 거야. 교수를 부르러 가지 않다니, 용감하구나. 고맙다……. 덕분에 모든 게 훨씬 쉬워졌어…….”

아버지를 조롱하는 듯한 그 말은 마치 블랙이 고함이라도 친 것처럼 해리의 귀에 메아리쳤다. 해리의 가슴에서 끓어오르던 증오심이 폭발했다. 두려움은 전혀 없었다. 난생처음 그는 스스로를 지키기 위해서가 아니라 공격하기 위해서…… 죽이기 위해서 마법 지팡이를 되찾고 싶었다. 그는 자기도 모르게 앞으로 걸어가기 시작했지만 양옆에서 갑자기 두 쌍의 손이 그를 붙잡고 끌어당겼다. “안 돼, 해리!” 헤르미온느가 겁에 질려 숨을 헐떡였다. 그러나 론은 블랙을 향해 소리쳤다.

“해리를 죽이려면 우리도 죽여야 할 거야!” 그는 일어서려고 애쓰느라 더욱 핏기가 가신 얼굴로 사납게 소리치고는 살짝 휘청거렸다.

블랙의 그늘진 눈이 번뜩였다.

“누워라.” 그가 조용히 론에게 말했다. “다리가 더 상한다.”

“내 말 들었어?” 똑바로 서 있으려고 해리에게 고통스럽게 매달린 채 론이 힘겹게 외쳤다. “우리 셋 다 죽여야 할 거라고!”

“오늘 밤 이곳에서는 단 한 번의 살인만 일어날 거다.” 블랙이 말했다. 그의 얼굴 가득 미소가 번졌다.

"왜지?" 해리가 론과 헤르미온느에게서 몸을 빼내려고 애쓰며 내뱉었다. "지난번에는 신경도 안 썼잖아. 페티그루를 잡으려고 그 많은 머글을 모조리 죽이는 것도 개의치 않았으면서……. 왜, 아즈카반에서 마음이 약해지기라도 했어?"

"해리!" 헤르미온느가 훌쩍거리며 말했다. "조용히 해!"

"저 자식이 우리 엄마 아빠를 죽였어!" 해리가 소리 질렀다. 그는 엄청난 노력 끝에 헤르미온느와 론의 손을 뿌리치고 앞으로 돌진했다.

마법 같은 건 잊었다. 그 자신은 키 작고 깡마른 열세 살짜리인 반면 블랙은 키 큰 성인 남자라는 사실도 잊어버렸다. 해리는 그저 할 수 있는 한 블랙에게 극심한 고통을 안겨 주고 싶을 뿐이었다. 그 대가로 자신이 얼마나 다치든 상관없었다…….

해리가 그렇게 무모한 짓을 할 거라고는 전혀 생각 못 했는지 블랙은 제때 마법 지팡이를 들어 올리지 못했다. 해리는 한 손으로 블랙의 쇠약한 손목을 움켜쥐고 비틀어 마법 지팡이 끝을 멀리 돌렸다. 주먹을 움켜쥔 다른 쪽 손이 블랙의 머리를 쳤다. 둘은 뒤에 있는 벽 쪽으로 넘어졌다.

헤르미온느가 비명을 내뱉었다. 론은 고함을 질렀다. 눈이 멸 것 같은 빛이 번뜩였다. 블랙이 들고 있던 여러 개의 마법 지팡이에서 불꽃이 튀어나와 해리의 얼굴을 아슬아슬하게 빗나갔다. 해리는 손에 잡힌 앙상한 팔이 미친 듯이 비틀리는 것을 느꼈지만 놓지 않고 다른 한 손으로 블랙의 몸을 마구 때렸다.

하지만 블랙의 자유로운 쪽 손이 해리의 목에 닿았다.

"안 돼." 그가 식식거렸다. "나는 너무 오래 기다렸다……."

손가락이 조여 오자 해리는 숨이 콱 막히는 것을 느꼈다. 그의 안경이 비뚤어졌다.

그때 난데없이 헤르미온느의 발이 휙 날아들었다. 블랙은 고통스럽게 신음하며 해리를 놓아주었다. 론은 마법 지팡이를 든 블랙의 손에 달려들었다. 희미한 덜컥 소리가 들렸다.

해리는 여럿이 뒤엉킨 속에서 겨우 빠져나왔다. 그의 마법 지팡이가 방 저쪽으로 굴러가는 것이 보였다. 그는 마법 지팡이를 향해 다급하게 몸을 날렸지만……

"아악!"

크룩섕스가 싸움에 끼어들었다. 고양이가 앞발을 들어 해리의 팔 깊숙이 날카로운 발톱을 박아 넣었다. 해리는 크룩섕스를 내던졌지만 크룩섕스는 이제 해리의 마법 지팡이를 향해 쏜살같이 달려들고 있었다.

 "그렇게는 안 되지!" 해리가 고함을 지르며 크룩섕스를 향해 발길질을 하자 고양이는 야옹거리며 옆으로 펄쩍 뛰었다. 해리는 마법 지팡이를 집어 들고 돌아서서……

"비켜!" 론과 헤르미온느에게 외쳤다.

 두 번 말할 필요도 없었다. 헤르미온느는 가쁜 숨을 몰아쉬고 입술에 피를 흘리면서 그녀와 론의 마법 지팡이를 움켜쥔 채 허둥지둥 옆으로 비켰다. 창백했던 론의 얼굴은 이제 초록빛을 띠었다. 그는 부러진 다리를 양손으로 움켜잡고 있었다.

 블랙은 벽 앞에 팔다리를 뻗고 쓰러져 있었다. 깡마른 가슴이 빠르게 오르락내리락했다. 그는 그의 심장에 마법 지팡이를 곧장 겨누고 천천히 다가오는 해리를 지그시 바라보았다.

 "날 죽일 거냐, 해리?" 그가 작은 소리로 물었다.

 해리는 블랙 바로 앞에서 멈춰 서서 여전히 마법 지팡이로 블랙의 가슴을 겨눈 채 그를 내려다보았다. 블랙의 왼쪽 눈 주위가 시퍼렇게 부풀어 올랐고 코에서는 피가 흐르고 있었다.

 "당신이 내 부모님을 죽였어." 해리가 말했다. 목소리는 살짝 떨렸으나 마법 지팡이를 든 손은 흔들림이 없었다.

블랙은 푹 꺼진 눈으로 그를 올려다보았다.

"부정하진 않으마." 그가 아주 조용히 말했다. "하지만 네가 상황을 다 알면……."

"상황이라니?" 해리는 블랙이 내뱉은 단어를 되풀이했다. 귓속이 격렬하게 쿵쾅거렸다. "당신이 그분들을 볼드모트한테 팔아넘겼잖아. 내가 알아야 할 건 그것뿐이야!"

"넌 내 얘기를 들어야 해." 블랙이 다시 말했다. 이제 그의 목소리에는 다급한 기색이 깃들어 있었다. "안 그러면 후회할 거다……. 너는 잘못 알고 있어……."

"난 당신이 생각하는 것보다 훨씬 많은 걸 알아." 해리가 말했다. 목소리가 어느 때보다도 떨렸다. "당신은 우리 엄마 목소리를 들은 적 없지? 우리 엄마가…… 나를 죽이려는 볼드모트를 막으려고 애쓰는 목소리……. 당신 때문이야……. 당신이 그렇게 만들었어……."

둘 중 한쪽이 다른 말을 할 겨를이 없이, 적갈색 무언가가 쏜살같이 해리를 스쳐 지나갔다. 크룩섕스가 블랙의 가슴으로 뛰어올라 그의 심장 바로 위에 앉았다. 블랙은 눈을 깜빡이며 고양이를 바라보았다.

"내려가." 그가 중얼거리며 크룩섕스를 밀쳐 내려 했다.

하지만 크룩섕스는 블랙의 로브에 발톱을 박아 넣고 꼼짝하지 않았다. 고양이가 못생기고 찌부러진 얼굴을 해리에게 돌리더니 큼직한 노란 눈으로 그를 올려다봤다. 그의 오른쪽에서 헤르미온느가 더 이상 눈물도 나오지 않는 듯 훌쩍였다.

해리는 마법 지팡이를 더욱 꽉 쥐고 블랙과 크룩섕스를 뚫어지게 내려다보았다. 고양이도 죽여야 하면 어쩌지? 고양이는 블랙과 한패였다……. 녀석이 블랙을 지키려다 죽을 각오가 되어 있다면 해리도 신경 쓸 필요 없었다……. 블랙이 고양이를 구하고 싶어 한대도 그건 그가 해리의 부모님보다 크룩섕스를 더 신경 쓴다는 증거일 뿐이었다…….

해리는 마법 지팡이를 들어 올렸다. 지금이 바로 그 순간이었다. 어머니와 아버지의 원수를 갚을 순간. 그는 블랙을 죽일 것이었다. 죽여야 했다. 지금이 기회였다…….

그 순간이 길어졌다. 해리는 여전히 마법 지팡이를 들어 올린 채 그 자리에 꼼짝 않고 서 있었다. 블랙이 그를 올려다보았다. 크룩섕스는 아직도 그의 가슴 위에 앉아 있었다. 침대가 있는 쪽에서 론의 고르지 못한 숨소리가 들려왔다. 헤르미온느는 무척 조용했다.

그때 새로운 소리가 들렸다.

소리 죽인 발소리가 바닥을 울렸다. 아래층에서 누군가
가 움직이고 있었다.

"여기예요!" 헤르미온느가 불쑥 소리쳤다. **"우린 이 위
에 있어요. 시리우스 블랙이에요, *빨리요!*"**

블랙이 놀라서 움직이는 바람에 크룩섕스가 떨어질 뻔
했다. 해리는 마법 지팡이를 발작적으로 움켜쥐었다. '지금
해!' 머릿속에서 어떤 목소리가 말했다. 쿵쾅거리는 발소리
가 계단을 올라왔고 해리는 여전히 움직이지 않았다.

빨간 불꽃이 비 오듯 쏟아지며 방문이 벌컥 열렸다. 해리
는 홱 돌아보았다. 루핀 교수가 핏기 없는 얼굴로 마법 지
팡이를 치켜든 채 방 안으로 돌진해 들어왔다. 그의 흔들리
는 눈이 바닥에 누워 있는 론에게서 문 옆에 웅크린 헤르미
온느에게로, 블랙 앞에 서서 마법 지팡이를 겨누고 있는 해
리와 쓰러진 채 해리의 발 밑에서 피를 흘리고 있는 블랙에
게로 옮겨 갔다.

"*엑스펠리아르무스!*" 루핀이 소리쳤다.

해리의 마법 지팡이가 또 한 번 날아갔다. 헤르미온느가
들고 있던 마법 지팡이 두 개도 날아갔다. 루핀은 능숙한
손놀림으로 그것 모두를 잡더니 블랙을 뚫어지게 바라보
면서 방 안으로 들어왔다. 블랙의 가슴 위에는 여전히 크룩

샌스가 그를 보호하듯 웅크리고 있었다.

해리는 갑자기 허탈함을 느끼며 그 자리에 가만히 서 있었다. 해내지 못했다. 그럴 배짱이 없었다. 블랙은 다시 디멘터들에게 넘겨질 것이다.

그때 루핀이 감정을 억누르는 듯 떨리는 묘한 목소리로 입을 열었다. "그 녀석은 어디에 있지, 시리우스?"

해리는 빠르게 루핀을 보았다. 루핀의 말이 무슨 뜻인지 알 수 없었다. 누굴 얘기하는 걸까? 해리는 눈을 돌려 다시 블랙을 바라보았다.

블랙의 얼굴에는 아무런 표정이 없었다. 그는 잠깐 동안 꼼짝도 않더니 아무것도 쥐지 않은 손을 천천히 들어 올려 곧바로 론을 가리켰다. 해리는 어리둥절해져서 론을 흘끗 돌아보았다. 론은 당황한 얼굴이었다.

"하지만 그렇다면……." 루핀이 블랙의 마음속을 읽으려는 듯 그를 골똘히 쏘아보며 중얼거렸다. "……왜 지금까지 모습을 드러내지 않은 거지? 설마……." 마치 블랙 너머로 다른 사람은 아무도 볼 수 없는 뭔가를 보고 있는 듯 루핀의 눈이 갑자기 휘둥그레졌다. "설마 그 녀석이…… 설마 너랑 바뀐 건가…… 나한테 말도 없이?"

푹 꺼진 시선을 루핀의 얼굴에서 한 번도 떼지 않은 채,

블랙이 아주 천천히 고개를 끄덕였다.

"루핀 교수님." 해리가 큰 소리로 끼어들었다. "무슨 일……?"

하지만 그는 질문을 끝맺지 못했다. 눈에 들어온 광경에 더 이상 목소리가 나오지 않았다. 루핀이 마법 지팡이를 내렸다. 다음 순간, 루핀은 블랙 앞으로 걸어가 그의 손을 잡고 일으켜 세우더니 마치 형제라도 만난 것처럼 끌어안았다. 블랙의 가슴 위에 있던 크룩섕스가 바닥으로 사뿐히 내려왔다. 해리는 가슴이 철렁 내려앉는 것을 느꼈다.

"이럴 수가!" 헤르미온느가 비명을 질렀다.

루핀이 블랙을 놓고 그녀에게로 돌아섰다. 그녀는 바닥에서 몸을 일으킨 채 사나운 눈길로 쏘아보며 손가락으로 루핀을 가리키고 있었다. "교수님이…… 교수님이……."

"헤르미온느……."

"……교수님이 저 사람이랑!"

"헤르미온느, 진정해라."

"저는 아무한테도 말 안 했어요!" 헤르미온느가 날카롭게 소리쳤다. "저는 교수님을 감싸 줬다고요……."

"헤르미온느, 내 말 좀 들어 보렴. 제발!" 루핀이 외쳤다. "설명해 주마."

해리는 몸이 떨렸다. 두려움이 아닌 새롭게 밀려드는 분노 때문이었다.

"교수님을 믿었는데." 해리가 루핀에게 소리쳤다. 그의 목소리가 자제력을 잃고 떨렸다. "그런데 줄곧 저자의 친구였다니!"

"아니야." 루핀이 말했다. "나는 12년 동안 시리우스의 친구가 아니었다. 하지만 지금은 맞아……. 설명하게 해 다오……."

"안 돼!" 헤르미온느가 소리쳤다. "해리, 저 사람 믿지 마. 저 사람은 블랙이 성으로 들어오도록 도와줬어. 저자도 네가 죽기를 원해. *저 사람은 늑대인간이야!*"

침묵이 울리는 듯했다. 이제 모두의 눈은 루핀을 향해 있었다. 그의 얼굴은 창백하면서도 놀랄 만큼 침착해 보였다.

"네 평소 성적에는 미치지 못하는구나, 헤르미온느." 그가 말했다. "유감스럽게도 셋 중 하나만 맞았다. 나는 시리우스가 성에 들어오도록 도와주지도 않았고 해리가 죽는 것도 결코 바라지 않아……." 그의 얼굴에 묘한 떨림이 스쳤다. "하지만 내가 늑대인간이라는 건 부정하지 않겠다."

론은 다시 벌떡 일어나려 했지만 고통에 신음하며 도로 넘어졌다. 루핀이 걱정스러운 표정으로 그를 향해 다가갔지만 론은 숨을 헉 들이켰다. "저리 가, 늑대인간아!"

루핀은 그 자리에 멈춰 섰다. 그런 다음, 애써 헤르미온 느에게 얼굴을 돌리고 물었다. "언제부터 알았지?"

"한참 됐어요." 헤르미온느가 중얼거리듯 말했다. "스네 이프 교수님이 늑대인간에 관한 작문 숙제를 내줬을 때부 터……."

"스네이프가 기뻐하겠구나." 루핀이 서늘하게 말했다. "스네이프는 내 증상이 뭘 의미하는지 누군가가 깨닫기를 바라며 그 숙제를 낸 거다. 달 도표를 보고 내가 보름달이 뜰 때마다 늘 아프다는 걸 깨달은 거니? 아니면 보가트가 날 봤을 때 달로 변하는 걸 보고 알았니?"

"둘 다요." 헤르미온느가 조용히 말했다.

루핀은 억지로 웃었다.

"너는 내가 만나 본 네 또래 마법사들 중에서 가장 똑똑 해, 헤르미온느."

"그렇지 않아요." 헤르미온느가 속삭이듯 말했다. "제가 좀 더 똑똑했다면 모두에게 교수님 정체를 말했을 테니까요!"

"하지만 다들 이미 알고 있어." 루핀이 말했다. "적어도 교직원들은 그렇단다."

"늑대인간이라는 걸 알면서도 덤블도어가 당신을 고용했

다고?" 론이 헛숨을 들이켰다. "미친 거 아냐?"

"몇몇 교수들도 그렇게 생각했지." 루핀이 말했다. "덤블도어 교수님은 그 사람들에게 내가 믿을 만하다는 걸 납득시키기 위해 엄청난 노력을 기울이셨다."

"그러면 덤블도어 교수님이 틀렸네요!" 해리가 소리쳤다. **"교수님이 내내 저자를 돕고 있었다니!"** 그는 블랙을 가리켰다. 블랙은 방을 가로질러 가서는 사주식 침대에 주저앉아 떨리는 손으로 얼굴을 감쌌다. 크룩섕스가 블랙 옆으로 뛰어오르더니 가르랑거리며 그의 무릎 위로 올라갔다. 론은 다리를 끌며 그 둘에게서 조금씩 떨어졌다.

"나는 시리우스를 돕지 않았어." 루핀이 말했다. "기회를 주면 설명하마. 자······."

그는 해리, 론, 헤르미온느의 마법 지팡이를 각각 그 주인에게 다시 던져 주었다. 해리는 깜짝 놀라 마법 지팡이를 잡아챘다.

"자." 루핀이 자신의 마법 지팡이를 허리띠에 찔러 넣으며 말했다. "너희는 무장한 상태고 우리는 아니야. 이제 들어주겠니?"

해리는 이 상황을 어떻게 받아들여야 할지 알 수 없었다. 속임수일까?

"교수님이 저 사람을 도운 게 아니라면" 하고, 해리가 분노 깃든 시선으로 블랙을 힐끗 보며 말했다. "저자가 여기에 있는 건 어떻게 안 거죠?"

"지도." 루핀이 말했다. "도둑 지도. 내 연구실에서 그 지도를 들여다보고 있었……."

"교수님이 그 지도 사용법을 안다고요?" 해리가 의심스럽다는 듯 물었다.

"당연하지." 루핀이 조바심 나는 듯 손을 내저으며 말했다. "나도 그 지도 만드는 데 한몫했으니까. 내가 무니다. 학창 시절 친구들이 날 부르던 별명이었지."

"교수님이 만들었다뇨……?"

"중요한 건, 내가 오늘 저녁 그 지도를 주의 깊게 지켜보고 있었다는 거야. 해그리드의 히포그리프가 처형당하기 전에 너랑 론, 헤르미온느가 해그리드를 만나러 성을 몰래 빠져나갈지도 모른다고 생각했거든. 그리고 그 생각이 맞았지. 안 그러니?"

그는 그들을 바라보며 천천히 왔다 갔다 하기 시작했다. 그의 발밑에서 드문드문 먼지가 일었다.

"네 아버지의 그 망토를 걸쳤는지도 모르겠구나, 해리."

"교수님이 투명 망토를 어떻게 알아요?"

"제임스가 그걸 뒤집어쓰고 사라지는 걸 몇 번이나 봤는데 모르겠니……." 루핀이 다시 초조한 듯 손을 내저으며 말했다. "요점은, 투명 망토를 뒤집어써도 도둑 지도에는 나타난다는 거다. 나는 너희가 교정을 지나 해그리드의 오두막에 들어가는 걸 봤다. 20분 뒤, 너희는 해그리드의 집에서 나와 성 쪽으로 출발했지. 하지만 그때는 또 다른 사람이 함께 있더구나."

"네?" 해리가 말했다. "아녜요, 그렇지 않았어요!"

"내 눈을 믿을 수가 없었어." 루핀이 끊임없이 왔다 갔다 하면서 해리의 말을 들은 척도 하지 않고 말을 이었다. "나는 지도가 오작동하는 게 틀림없다고 생각했다. 어떻게 그 녀석이 너희와 같이 있을 수 있겠니?"

"우리뿐이었다니까요!" 해리가 소리쳤다.

"그런데 그때 너희를 향해 빠르게 움직이는 또 다른 점이 보였단다. 시리우스 블랙이라는 이름이 붙은……. 나는 시리우스가 너희와 부딪치는 걸 봤고, 그자가 너희 일행 가운데 둘을 후려치는 버드나무로 끌고 가는 것도 봤다."

"우리 중 한 명이겠죠!" 론이 화를 내며 말했다.

"아니야, 론." 루핀이 말했다. "둘이다."

그는 걸어 다니기를 멈추고 론에게로 시선을 옮겼다.

"그 쥐를 좀 봐도 될까?" 그가 담담한 목소리로 물었다.

"네?" 론이 되물었다. "스캐버스가 무슨 상관인데요?"

"매우 상관이 있지." 루핀이 말했다. "봐도 될까? 부탁이다."

론은 망설이다가 로브 안으로 손을 집어넣었다. 스캐버스가 처절하게 몸부림치면서 모습을 드러냈다. 론은 녀석이 도망치지 못하게 막으려고 그 길고 매끈한 꼬리를 붙들고 있어야 했다. 크룩섕스가 블랙의 무릎에서 몸을 일으키면서 작게 쉭쉭대는 소리를 냈다.

루핀은 론에게로 가까이 다가갔다. 스캐버스를 뚫어지게 바라보던 그의 숨이 한순간 멎는 듯했다.

"왜요?" 론이 스캐버스를 자기 쪽으로 바짝 들고 겁에 질린 표정으로 다시 물었다. "내 쥐가 무슨 상관인데요?"

"그건 쥐가 아니야." 시리우스 블랙이 갑자기 쉰 목소리로 말했다.

"뭔 소리야, 당연히 쥐……."

"아니, 쥐가 아니다." 루핀이 조용히 말했다. "이자는 마법사야."

"애니마구스지." 블랙이 말했다. "피터 페티그루라는 이름의."

18장
무니, 웜테일, 패드풋, 프롱스

그것이 얼마나 터무니없는 말인지 충분히 이해하는 데는 조금 시간이 걸렸다. 잠시 후 론이 해리가 생각하고 있던 말을 입 밖으로 내뱉었다.

"둘 다 미쳤네."

"말도 안 돼!" 헤르미온느가 자신 없는 어조로 소리쳤다.

"피터 페티그루는 죽었어요!" 해리가 고함을 질렀다. "저 자가 12년 전에 죽었다고요!"

그가 가리키자 블랙의 얼굴이 경련하듯 움찔거렸다.

"그러려고 했지." 그가 누런 치아를 드러내며 으르렁거리듯 말했다. "하지만 피터 녀석이 나보다 한 수 앞섰다……. 하지만 이번에는 그렇게 안 될 거야!"

다음 순간 블랙이 스캐버스에게 달려들면서 크룩섕스가 바닥으로 내던져졌다. 블랙의 무게가 부러진 다리를 짓누르자 론은 고통스럽게 비명을 내질렀다.

"시리우스, **안 돼!**" 루핀이 달려들어 블랙을 론에게서 끌어내며 소리쳤다. "**기다려!** 이런 식으로 해선 안 돼. 저 아이들도 상황을 알아야지. 설명해 줘야 해."

"설명이야 나중에도 할 수 있어!" 블랙이 루핀을 떨쳐 내려 애쓰며 소리 질렀다. 스캐버스에게 뻗은 그의 한 손이 계속 허공을 움켜쥐었다. 스캐버스는 달아나려고 론의 얼굴과 목을 할퀴어 대면서 새끼 돼지처럼 꾁꾁거렸다.

"쟤들은, 모든 걸, 알, 권리가, 있어!" 여전히 블랙을 말리려고 애쓰며 루핀이 헐떡거렸다. "론은 저 녀석을 곁에 두고 길렀어! 나조차도 이해하지 못하는 부분들이 있다고! 그리고 해리는…… 네가 해리에게 진실을 말해 줘야지, 시리우스!"

공허한 두 눈은 여전히 스캐버스에게 고정되어 있었지만 블랙은 몸부림을 멈췄다. 스캐버스는 깨물리고 할퀴어져 피 흘리는 론의 두 손에 꽉 붙잡혀 있었다.

"알았어, 그럼." 블랙이 쥐에게서 눈을 떼지 않고 말했다. "뭐든 네가 하고 싶은 말을 저 아이들에게 해 줘. 하지

만 빨리 해, 리머스. 어차피 옥살이도 했겠다, 그 원인이 된
살인을 지금이라도 저지르고 싶으니까…….”

“미쳤어, 둘 다.” 론이 좀 거들라는 듯 해리와 헤르미온
느를 돌아보며 부르르 떨었다. “이 정도면 됐어. 난 빠질
거야.”

그는 멀쩡한 다리를 짚고 일어서려 했지만 루핀이 다시
마법 지팡이를 들고 스캐버스를 겨눴다.

“넌 내 이야기를 끝까지 듣게 될 거다, 론.” 루핀이 조용
히 말했다. “듣는 동안 피터나 꽉 붙잡고 있거라.”

“얘는 피터가 아니에요. 스캐버스라고요!” 론이 소리치
며 쥐를 다시 앞주머니에 억지로 넣으려 했지만 스캐버스
는 꽤 심하게 버텼다. 론이 휘청거리다가 균형을 잃자, 해
리가 그를 붙잡아 다시 침대에 앉혔다. 그런 다음 해리는
블랙에게는 눈길도 주지 않고 루핀에게 고개를 돌렸다.

“페티그루가 죽는 걸 본 사람들이 있잖아요.” 해리가 말
했다. “그 거리에 있던 사람들이 다 목격자라고요…….”

“그 사람들은 본 게 아니라 봤다고 생각했을 뿐이야!” 블
랙이 사납게 소리쳤다. 눈으로는 론의 손아귀에서 몸부림
치는 스캐버스를 계속 주시하고 있었다.

“모두 시리우스가 피터를 죽였다고 생각했지.” 루핀이

고개를 끄덕이며 말을 받았다. "나도 그렇게 믿었다. 오늘 밤 지도를 보기 전까진. 도둑 지도는 결코 거짓말을 하지 않으니까……. 피터는 살아 있어. 론이 그 녀석을 들고 있다, 해리."

해리는 론을 내려다보았다. 눈이 마주친 둘은 말없이 의견을 같이했다. 블랙과 루핀 둘 다 제정신이 아니었다. 그들의 이야기는 도무지 말이 되지 않았다. 어떻게 스캐버스가 피터 페티그루일 수 있을까? 아즈카반이 결국 블랙을 미치게 만든 게 틀림없다. 그런데 루핀은 왜 장단을 맞추는 걸까?

그때 헤르미온느가 부들부들 떨면서도 침착하려고 애쓰는 목소리로 입을 열었다. 마치 루핀 교수가 분별력을 되찾게 만들려는 듯했다.

"하지만 루핀 교수님…… 스캐버스가 페티그루일 리 없어요. ……그냥, 그럴 리 없다고요. 불가능하다는 건 교수님도 아시잖아요……."

"왜 그럴 리가 없다는 거지?" 루핀이 침착하게 물었다. 그저 수업 중에 헤르미온느가 그린딜로 실험에서 문제점을 발견하기라도 했다는 듯한 태도였다.

"왜냐하면…… 피터 페티그루가 애니마구스였다면 사람

들이 알았을 테니까요. 맥고나걸 교수님 수업에서 애니마 구스에 대해 배웠거든요. 그래서 숙제를 하다가 찾아봤어 요. 정부에서 동물로 변신할 수 있는 마법사들을 감시하고 있던데요. 그 사람들이 무슨 동물이 되는지, 어떤 특징을 갖고 있는지 등을 보여 주는 명부도 있고요……. 제가 명부 에서 맥고나걸 교수님을 찾아봤어요. 근데 이번 세기에 애 니마구스는 오직 일곱 명뿐이었고 페티그루의 이름은 명 단에 없었어요."

숙제에 쏟는 헤르미온느의 노력에 해리가 내심 감탄할 겨를도 없이 루핀이 웃음을 터뜨렸다.

"이번에도 정답이다, 헤르미온느!" 그가 말했다. "하지만 정부는 미등록 애니마구스 셋이 호그와트를 돌아다니곤 했다는 사실을 결코 알지 못했지."

"저 아이들에게 그 얘기를 해 줘야겠다면 빨리 해, 리머 스." 블랙이 사납게 말했다. 그는 아직도 스캐버스의 처절 한 움직임 하나하나를 지켜보고 있었다. "나는 12년을 기 다렸어. 더 오래 기다리지는 않을 거야."

"알았어……. 하지만 네가 날 도와줘야 해, 시리우스." 루 핀이 말했다. "나는 그 일이 어떻게 시작됐는지밖에 알지 못하니까……."

루핀이 말을 멈췄다. 뒤에서 시끄럽게 삐그덕거리는 소리가 났다. 침실 문이 저절로 열린 것이다. 다섯 명 모두 그 문을 뚫어지게 바라보았다. 잠시 후 루핀이 문을 향해 성큼성큼 걸어가 층계참을 내다보았다.

"아무도 없는데······."

"여긴 유령의 집이에요!" 론이 말했다.

"그렇지 않아." 루핀이 여전히 의아한 듯 문을 바라보며 말했다. "악쓰는 오두막에 유령이 살았던 적은 한 번도 없다······. 마을 사람들이 들었던 비명과 울부짖는 소리는 내가 낸 거야."

그는 눈으로 흘러내린 잿빛 머리카락을 쓸어 올리고 잠시 생각하더니 말했다. "모든 일이 바로 거기에서 시작됐지. 내가 늑대인간이 되면서부터 말이야. 이 모든 게 내가 물리지 않았다면 일어나지 않았을 일이지······. 내가 그토록 무모하지만 않았어도······."

그는 진지하면서도 지쳐 보였다. 론이 끼어들려는 것을 헤르미온느가 말렸다. "쉿!" 그녀는 루핀을 아주 열심히 지켜보고 있었다.

"늑대인간에게 물렸을 당시 나는 아주 어린 소년이었다. 우리 부모님은 할 수 있는 모든 걸 시도했지만, 그 시절에는 별다른 치료법이 없었어. 스네이프 교수가 내게 만들어 주고 있는 마법약은 아주 최근에 발견된 거야. 그 약은 나를 안전하게 만들어 준단다. 보름달이 뜨기 1주일 전부터 그 약을 마시기만 하면 변신을 해도 정신은 유지하지…….연구실에 웅크린 채 온순한 늑대로 달이 이지러지기를 기다릴 수 있어. 그러나 투구꽃(Wolfsbane) 마법약이 발견되기 전까지 나는 한 달에 한 번씩 완전한 괴물이 됐다. 호그와트에 입학하는 건 불가능해 보였지. 다른 학부모들은 자식들이 위험에 노출되길 원하지 않을 테니까. 하지만 그때 덤블도어 교수님이 교장이 됐어. 그분은 호의적이었다. 확실한 예방 조치를 취하기만 하면 내가 학교에 오지 못할 이유는 없다고 하셨지…….” 루핀은 한숨을 쉬며 해리를 똑바로 바라보았다. “몇 달 전에 내가 말했지, 후려치는 버드나무는 내가 호그와트에 온 해에 심은 거라고. 사실 그 나무는 내가 호그와트에 왔기 *때문에* 심은 거다. 이 집은…….”루핀은 비참한 듯 방을 둘러보았다. “여기로 통하는 굴은 내가 쓰도록 만들어진 거야. 나는 한 달에 한 번 몰래 성 밖으로 나와 이곳에 와서 변신했다. 나무는 내가 위험해진 상태에서 아무도 내게 다가오지 못하도록 굴 입구에 심은 거고.”

해리는 이 이야기가 어디로 갈지는 알 수 없었지만 어쨌
든 넋을 잃고 귀를 기울였다. 루핀의 목소리를 빼면 스캐버
스가 겁에 질려 찍찍대는 소리만 들려올 뿐이었다.

"그 시절 내 변신은…… 끔찍했다. 늑대인간으로 변하
는 건 아주 고통스러운 일이야. 나는 사람들을 물지 못하도
록 격리되었기 때문에, 대신 나 자신을 물고 할퀴었지. 마
을 사람들은 그 소음과 비명을 유달리 난폭한 유령들이 내
는 소리라고 생각했다. 덤블도어 교수님이 그 소문을 부추
겼고……. 이 집이 몇 년 동안이나 조용했는데도 마을 사
람들은 지금도 감히 이곳에 접근하지 못해……. 하지만 변
신을 제외하면 평생 어느 때보다도 행복한 시절이었다. 난
생처음 내게도 친구가 생겼으니까. 세 명의 훌륭한 친구들
이. 시리우스 블랙…… 피터 페티그루…… 물론 네 아버지
도 있었다, 해리. 제임스 포터 말이야. 아무튼, 나의 세 친
구들은 내가 한 달에 한 번씩 사라진다는 걸 눈치챌 수밖에
없었지. 난 온갖 이야기를 지어냈단다. 어머니가 편찮으셔
서 집에 가야 한다는 둥……. 내 정체를 아는 순간 친구들
이 나를 버릴까 봐 겁먹었지. 하지만 물론 그 친구들은, 헤
르미온느 너처럼 진실을 알아냈다……. 그런데도 결코 나
를 버리지 않았지. 대신 변신을 견딜 만한 것 정도가 아니

라 내 인생에서 가장 좋은 순간으로 만들어 줄 일을 해 주었단다. 애니마구스가 되어 준 거야."

"우리 아빠도 그랬다고요?" 해리가 경악해서 말했다.

"그래, 그랬다." 루핀이 말했다. "그 친구들이 애니마구스가 되는 방법을 알아내는 데 거의 3년이라는 시간이 걸렸어. 네 아버지와 여기 있는 시리우스는 학교에서 가장 똑똑한 학생이었고, 운이 따라 주기도 했지. 애니마구스 변신은 끔찍한 결과를 초래할 수도 있으니까. 정부에서 그것을 시도하려는 사람들을 가까이에서 감시하는 이유 중 하나야. 피터는 제임스와 시리우스의 도움을 많이 받아야 했어. 마침내, 5학년이 됐을 때 다들 해냈다. 다들 각자 원하는 동물로 마음껏 변신할 수 있게 됐지."

"하지만 그게 교수님한테 무슨 도움이 되는데요?" 헤르미온느가 의아하다는 듯 물었다.

"인간으로서 나와 함께해 줄 수 없었으니 동물로서 나와 함께해 준 거야." 루핀이 말했다. "늑대인간은 사람에게만 위험하거든. 친구들은 매달 제임스의 투명 망토를 뒤집어쓰고 성을 몰래 빠져나와 변신을 했지……. 피터가 가장 작았기 때문에, 공격을 퍼붓는 버드나무 가지 아래로 빠져나가 나무를 꼼짝 못 하게 만드는 옹이를 건드릴 수 있었다.

그런 다음 그 친구들은 굴로 숨어들어 나와 만났단다. 친구들의 영향을 받은 덕분에 나는 덜 위험해졌어. 몸은 여전히 늑대였지만 정신은 친구들과 함께하는 동안 덜 난폭해지는 것 같더구나."

"빨리 해, 리머스." 블랙이 다시 으르렁거렸다. 그는 그때까지도 얼굴에 끔찍한 허기 비슷한 것을 띠고 스캐버스를 노려보고 있었다.

"거의 다 했어, 시리우스. 거의 끝나 가……. 뭐, 모두 변신할 수 있게 됐으니 이제 신날 일만 남았지. 우리는 머잖아 악쓰는 오두막을 나와 한밤중에 교내와 마을을 쏘다녔다. 시리우스와 제임스는 큰 동물로 변신했기에 늑대인간을 저지할 수 있었단다. 호그와트 교내와 호그스미드에 대해 우리보다 많이 알아낸 호그와트 학생은 없을 거야……. 그렇게 우리는 도둑 지도를 만들고, 거기에 우리의 별명을 서명으로 남겼지. 시리우스가 패드풋이야. 피터는 웜테일이고. 제임스가 프롱스였단다."

"어떤 동물……." 해리가 입을 열었지만 헤르미온느가 끼어들었다.

"그래도 정말 위험했어요! 늑대인간이랑 어둠 속을 돌아다니다뇨! 만약에 교수님이 다른 친구들을 따돌리고 누굴

물기라도 했으면요?"

"아직도 그 생각을 하면 괴롭다." 루핀이 무거운 목소리로 말했다. "아슬아슬한 상황도 여러 번 있었어. 나중에 그 일을 놓고 웃기도 했지. 어렸고, 생각이 없었으니까. 우리 자신의 똑똑함에 도취된 거야. 물론 나는 가끔씩 덤블도어 교수님의 믿음을 저버린 것에 죄책감을 느꼈어……. 그분은 나를 호그와트에 받아 줬다. 다른 교장이라면 안 그랬겠지. 그런데 정작 나는 그분이 나와 다른 사람들의 안전을 지키기 위해 만든 규칙을 그분 모르게 어기고 있었던 거야. 덤블도어 교수님은 내가 동급생 셋을 불법으로 애니마구스가 되게 했다는 사실을 전혀 몰랐어. 하지만 다음 달 모험을 계획하려고 친구들과 함께할 때마다 난 애써 죄책감을 외면했다. 그리고 지금까지도 난 변한 게 없구나……."

루핀의 얼굴이 굳었다. 그의 목소리에 자기혐오가 깃들어 있었다. "올해 내내 나는 나 자신과 싸웠단다. 덤블도어 교수님께 시리우스가 애니마구스라는 사실을 말해야 할지 고민하면서 말이야. 하지만 그러지 않았다. 왜냐고? 너무 겁쟁이였으니까. 그건 내가 학교에 다닐 때 그분의 믿음을 저버렸다는 걸, 다른 학생들을 끌어들였다는 걸 인정하는 게 되니까……. 덤블도어 교수님의 믿음은 나한테 모든 것을 의미했어. 그분은 어린 나를 호그와트에 받아 주셨고, 어른이 된 내게는 일자리를 주셨어. 내 정체 때문에 제대로 된 직장을 구하지 못하고 기피 대상이 됐던 그때 말이야. 그래서 나는 시리우스가 학교에 들어올 수 있었던 건 볼드모트에게서 배운 어둠의 마법 덕분이고 애니마구스가 된 거랑은 아무 관계가 없다고 나 자신을 설득했다……. 그러니까, 어떤 면에서는 나에 대한 스네이프의 생각이 줄곧 옳았던 셈이지."

"스네이프?" 블랙이 쉰 목소리로 말하며, 한참 만에 처음으로 스캐버스에게서 눈을 떼고 루핀을 올려다보았다. "스네이프 얘기가 왜 나와?"

"스네이프가 여기에 있어, 시리우스." 루핀이 천천히 말했다. "그 친구도 이 학교 교수야." 루핀은 해리, 론, 헤르미온느를 올려다보았다.

"스네이프 교수는 우리와 함께 학교를 다녔단다. 내가 어둠의 마법 방어법 교수로 임명되는 걸 극심하게 반대했지. 1년 내내 덤블도어 교수님한테 나를 믿어서는 안 된다고 말하더구나. 나름대로 이유가 있었지……. 뭐랄까, 여기 시리우스가 그 녀석에게 장난을 쳐서 하마터면 죽일 뻔했거든. 나도 관련된 장난이었지."

블랙이 비웃는 듯한 소리를 냈다.

"그 녀석은 그런 일을 당해도 쌌어." 그가 경멸하듯 웃었다. "살금살금 돌아다니면서 우리가 뭘 하는지 캐내려 들었잖아……. 우리가 퇴학당하길 바라면서……."

"세베루스는 내가 매달 어디에 가는지 정말 관심이 많았지." 루핀이 해리, 론, 헤르미온느에게 말했다. "우린 같은 학년이었고…… 어…… 서로를 그렇게 마음에 들어 하진 않았어. 스네이프는 특히 제임스를 싫어했어. 내 생각에는 퀴디치 경기장에서 보인 제임스의 재능을 질투했던 것 같아……. 아무튼, 스네이프는 어느 날 저녁 내가 폼프리 선생님과 함께 교정을 가로지르는 걸 봤단다. 내가 변신할 수 있도록 선생님이 나를 후려치는 버드나무로 데려갔거든. 시리우스는, 음…… 재미있을 거라 생각했는지 스네이프한테 나무둥치의 옹이를 긴 막대로 찌르면 나를 따라 들어갈 수 있다고 말했단다. 물론, 스네이프는 그러려고 했고. 만약 이 집에까지 왔으면 완전히 변신한 늑대인간을 만났겠지. 하지만 시리우스가 무슨 짓을 했는지 들은 네 아버지가 쫓아가서 스네이프를 막았다. 목숨이 아주 위험한 상황인데도 말이야……. 하지만 스네이프는 굴 끝에서 나를 얼핏 보고 말았단다. 덤블도어 교수님이 아무에게도 말하지 말라고 하긴 했지만, 그때 이후로 스네이프는 알고 있었어. 내가…….."

"그래서 스네이프가 교수님을 싫어하는 거군요." 해리가 천천히 말했다. "교수님도 그 장난에 동참했다고 생각해서?"

"그래." 루핀 뒤의 벽 쪽에서 차가운 목소리가 비웃듯 말했다.

세베루스 스네이프가 투명 망토를 벗었다. 그의 마법 지팡이가 루핀을 곧장 겨누고 있었다.

19장
볼드모트 경의 부하

헤르미온느가 비명을 질렀다. 블랙이 벌떡 일어났다. 해리는 강한 전기 충격을 받은 것처럼 펄쩍 뛰었다.

"후려치는 버드나무 밑에서 이걸 발견했지." 스네이프가 루핀의 가슴을 곧장 겨눈 마법 지팡이 끝이 흐트러지지 않도록 신경 쓰면서 투명 망토를 옆으로 던지고 말했다. "아주 쓸 만하더구나, 포터. 고맙다⋯⋯."

스네이프는 살짝 가쁘게 숨을 쉬면서도 얼굴에는 승리감을 억누르는 기색이 역력했다. "너희가 여기에 있는 걸 어떻게 알았는지 궁금하겠지?" 스네이프가 눈을 빛내며 말했다. "네 연구실에 갔었다, 루핀. 네가 오늘 밤 마법약 먹는 것을 잊었길래 한 잔 가득 채워서 가져갔지. 정말이지 운이 좋았어……. 내 입장에서는 말이야. 네 책상에 웬 지도가 놓여 있더군. 그걸 한번 보니 내가 알아야 할 건 다 알 수 있었어. 네가 이 통로를 따라 보이지 않는 곳으로 달려가는 걸 봤지."

"세베루스……." 루핀이 입을 열었지만 스네이프는 그를 무시했다.

"나는 교장 선생님께 끊임없이 네가 옛 친구 블랙이 성안에 들어오도록 돕고 있다고 말씀드렸어, 루핀. 여기 그 증거가 있군. 난 네가 이 오래된 집을 은신처로 쓸 만큼 과감할 거라고는 꿈에도 생각 못 했는데."

"세베루스, 실수하는 거야." 루핀이 다급히 말했다. "넌 얘기를 다 못 들었잖아. 내가 설명할 수 있어. 시리우스는 해리를 죽이러 온 게 아니야……."

"오늘 밤 아즈카반에 갈 사람이 두 명 더 있군." 스네이프는 이제 미친 듯이 눈을 번뜩이고 있었다. "덤블도어 교수가 이 일을 어떻게 받아들일지 흥미로운걸……. 덤블도어 교수는 네가 해를 끼치지 않는다고 꽤 확신했으니까 말이야, 루핀……. 길들인 늑대인간이라니……."

"어리석군." 루핀이 부드럽게 말했다. "학창 시절의 원한 때문에 무고한 사람을 아즈카반에 다시 보낼 셈인가?"

펑! 스네이프의 마법 지팡이 끝에서 가느다란 뱀 같은 끈이 튀어나와 루핀의 입과 손목, 발목을 휘감았다. 루핀은 균형을 잃고 바닥에 넘어져 움직이지 못했다. 블랙이 분노 어린 고함을 지르며 스네이프에게 달려들었지만 스네이프는 마법 지팡이를 곧장 블랙의 미간에 겨눴다.

"좋아, 핑계를 만들어 줘." 그가 작은 목소리로 말했다. "핑계만 있으면 맹세코 보내 버릴 테니까."

블랙은 우뚝 멈췄다. 둘 중 누구의 얼굴에 더 많은 증오가 드러나는지 우열을 가리기가 힘들었다.

해리는 그 자리에 꼼짝 않고 서 있었다. 뭘 해야 할지, 누구를 믿어야 할지 알 수 없었다. 그는 론과 헤르미온느를 힐끗 돌아보았다. 론은 해리만큼이나 어리둥절한 표정으로, 여전히 몸부림치는 스캐버스를 붙잡고 있느라 애쓰고 있었다. 반면 헤르미온느는 머뭇거리며 스네이프에게 다가가더니 기어들어 가는 목소리로 말했다. "스네이프 교수님, 저, 저 사람들의 말을 들어 본다고 해서 나쁠 건 없지 않을까요?"

"그레인저 양, 넌 이미 정학감이다." 스네이프가 말했다. "너와 포터, 위즐리는 선을 넘었다. 유죄판결을 받은 살인자에 늑대인간과 함께 있다니. 한 번쯤은 입을 다물도록."

"하지만 만약에…… 만약에 정말로 오해가 있었다 면……."

"조용히 하라고 했다, 머저리 같으니!" 스네이프가 갑자 기 매우 광기 어린 표정을 지으며 버럭 소리쳤다. **"알지도 못하면서 떠들지 마라!"** 마법 지팡이 끝에서 불꽃이 튀었 다. 마법 지팡이는 여전히 블랙의 얼굴을 겨누고 있었다. 헤르미온느는 입을 다물었다.

"복수는 아주 달콤하지." 스네이프가 블랙에게 숨죽여 말했다. "내 손으로 네놈을 잡게 되기를 얼마나 바랐는 지……."

"웃음거리가 될 사람은 이번에도 너야, 세베루스." 블랙 이 으르렁거렸다. "이 소년이 저 쥐를 성으로 데려가기만 하면……." 그는 론 쪽을 휙 고갯짓했다. "나는 조용히 따 라……."

"성으로 간다고?" 스네이프가 번드르르한 말투로 말했 다. "그렇게 멀리까지 갈 필요 없을 것 같은데. 내가 할 일 은 후려치는 버드나무에서 나가자마자 디멘터들을 부르는 것뿐이야. 널 보면 아주 기뻐할 거야, 블랙……. 기쁜 나머 지 가벼운 입맞춤을 선사할지도 모르지……."

블랙의 얼굴에 얼마 남지 않은 핏기가 사라졌다.

"넌…… 너는 내 이야기를 끝까지 들어 봐야 해." 블랙이 잔뜩 쉰 목소리로 말했다. "저 쥐, 저 쥐를 보라고……."

하지만 스네이프의 눈에는 해리가 전에 보지 못한 광기가 번뜩이고 있었다. 이성을 잃은 듯했다.

"따라와라, 너희 모두." 스네이프가 그렇게 말하며 손가락을 딱 퉁기자 루핀을 휘감고 있던 끈의 끝이 그의 손에 날아들었다. "내가 늑대인간을 끌고 가겠다. 아마 디멘터들이 이자에게도 입맞춤을 선사하겠지."

해리는 자기도 모르게 세 걸음 만에 방을 가로질러 문을 막았다.

"비켜라, 포터. 안 그래도 넌 이미 곤란한 처지니까." 스네이프가 으르렁거리듯 말했다. "내가 널 구하러 여기 오지 않았더라면……."

"루핀 교수님한테는 올해 저를 죽일 기회가 백 번쯤 있었어요." 해리가 말했다. "여러 번 저분과 단둘이서 디멘터 방어법 수업을 받았으니까요. 루핀 교수님이 블랙을 돕고 있었다면 왜 그때 저를 끝장내지 않았겠어요?"

"나더러 늑대인간의 머리가 돌아가는 방식을 헤아려 보라고 하지 말아라." 스네이프가 식식댔다. "비켜라, 포터."

"한심하네요!" 해리가 소리쳤다. **"그저 학창 시절에 놀**

림받았다는 이유로 아무 얘기도 들으려고 하지 않……."

"조용! 그런 말버릇은 용납하지 않겠다!" 스네이프가 더욱 광기 가득한 얼굴로 날카롭게 소리쳤다. "부전자전이라더니, 포터! 내가 방금 네 목숨을 구했으니 무릎이라도 꿇고 내게 고마워해야지! 넌 저자의 손에 죽었어도 할 말이 없어! 너도 네 아버지처럼 죽었을 거야. 너무 오만한 나머지 네가 블랙을 잘못 봤을 수도 있다고는 생각 못 했을 테니. 자, 이제 비켜라. 아니면 비키게 만들어 주마. **비켜라, 포터!**"

해리는 그 순간 결심을 굳혔다. 그는 스네이프가 한 발 다가오기도 전에 마법 지팡이를 들어 올렸다.

"엑스펠리아르무스!" 그가 소리쳤다. 단, 소리친 건 그의 목소리만이 아니었다. 폭발이 일어나 문이 경첩에 매달린 채 덜컥거렸다. 스네이프의 몸이 붕 떠오르더니 벽에 처박혀 바닥으로 주르르 미끄러졌다. 정신을 잃고 쓰러진 그의 머리카락 아래로 피 한 줄기가 흘러내렸다.

해리는 주위를 둘러보았다. 론과 헤르미온느 모두 정확히 같은 순간에 스네이프를 향해 무장해제를 시도한 것이다. 스네이프의 마법 지팡이가 곡선을 그리며 높이 날다가 침대 위 크룩섕스 옆에 떨어졌다.

"왜 그랬냐." 블랙이 해리를 보며 말했다. "나한테 맡겼어야지……."

해리는 블랙의 눈을 피했다. 그는 자신이 옳은 일을 한 건지 아직까지도 확신하지 못했다.

"우리가 교수님을 공격했어……. 우리가 교수님을 공격했어……." 헤르미온느가 겁에 질린 눈으로 생기 없는 스네이프를 바라보며 훌쩍거렸다. "아, 우리 이제 큰일 났어."

루핀이 결박을 풀려고 몸부림쳤다. 블랙이 재빨리 허리를 구부려 그를 풀어 주었다. 루핀은 몸을 펴고 밧줄이 파고들었던 팔을 문질렀다.

"고맙다, 해리." 그가 말했다.

"아직 교수님을 믿는단 얘긴 아니에요." 해리가 쏘아붙였다.

"그럼 우리가 증거를 제시할 차례로군." 블랙이 말했다. "거기, 너, 피터를 넘겨라. 당장."

론은 스캐버스를 더 바짝 움켜쥐었다.

"집어치워." 론이 힘없이 입을 열었다. "겨우 스캐버스한테 손을 대려고 아즈카반에서 탈출했다는 거야? 그러니까, 내 말은……." 그는 도움을 바라며 해리와 헤르미온느를 올려다보았다. "좋아, 페티그루가 쥐로 변신할 수 있다고

쳐. 쥐는 수백만 마리나 되잖아. 아즈카반에 갇혀 있던 사람이 자기가 찾는 게 어떤 쥐인지 어떻게 안다는 거야?"

"흠, 시리우스. 합당한 의문인걸." 루핀이 블랙에게 고개를 돌리고 살짝 얼굴을 찌푸리며 말했다. "대체 저 녀석이 어디에 있는지 어떻게 안 거야?"

블랙은 갈고리처럼 생긴 손을 로브에 집어넣어 구겨진 종잇조각을 꺼낸 다음 판판하게 펼쳐서 다른 사람들에게 보여 주었다.

지난여름 《예언자일보》에 실렸던 론의 가족사진이었다. 거기, 론의 어깨 위에 스캐버스가 앉아 있었다.

"이건 어디서 났어?" 루핀이 깜짝 놀라 블랙에게 물었다.

"퍼지한테 얻었지." 블랙이 말했다. "작년에 아즈카반을 시찰하러 왔을 때 총리가 나한테 신문을 줬어. 그런데 거기, 1면에 피터가 있더군. 이 아이의 어깨 위에……. 나는 단번에 놈을 알아봤어. 놈이 변신하는 걸 한두 번 봤나? 게다가 사진 설명에 따르면 이 아이가 호그와트로…… 해리가 있는 곳으로 돌아간다는 거야……."

"세상에." 루핀이 스캐버스에게서 신문 속 사진으로, 다시 스캐버스에게로 시선을 돌리며 조용히 말했다. "앞발이……."

"앞발이 뭐요?" 론이 반항하듯 물었다.

"발가락이 하나 없어." 블랙이 말했다.

"당연히 그렇겠지." 루핀이 숨죽여 말했다. "아주 간단하군……. 굉장히 *기발해*……. 녀석이 직접 자른 건가?"

"변신하기 직전에." 블랙이 말했다. "내가 구석에 몰아넣자 놈은 온 거리에 들리도록 내가 릴리와 제임스를 배신했다고 소리쳤어. 그러더니 내가 저주 마법을 걸기도 전에 등 뒤에 숨겼던 마법 지팡이로 거리를 날려 버리고 반경 6미터 안에 있던 사람들을 모두 죽였다. 그리고 다른 쥐들과 함께 하수도 속으로 재빨리 달아났지……."

"들어 본 적 없니, 론?" 루핀이 말했다. "사람들이 찾아낸 신체 조각 중에서 가장 큰 것이 그 녀석의 손가락이었다."

"저기요, 스캐버스는 아마 다른 쥐랑 싸웠거나 뭐 그랬을 거예요! 스캐버스는 아주 오래전부터 우리 집에 있었다고요. 알겠……."

"12년 있었지, 사실." 루핀이 말했다. "어떻게 그렇게 오래 사는지 궁금하게 여긴 적 없니?"

"우, 우리가 잘 돌봐줬으니까요!" 론이 말했다.

"하지만 지금은 별로 건강해 보이지 않는데?" 루핀이 말했다. "시리우스가 탈옥했다는 얘기를 들은 이후로 몸무게가 계속 줄었을 것 같다만······."

"저놈의 미친 고양이 때문에 겁에 질려서 그런 거예요!" 론이 턱으로 크룩섕스를 가리키며 말했다. 크룩섕스는 여전히 침대 위에서 가르랑거리고 있었다.

하지만 그건 사실이 아니라고, 해리는 문득 생각했다······. 스캐버스는 크룩섕스를 만나기 전부터 안 좋아 보였다······. 론이 이집트에서 돌아온 이후······ 블랙이 탈옥한 뒤부터······.

"이 고양이는 미치지 않았다." 블랙이 쉰 목소리로 말했다. 그가 앙상한 손을 내밀어 크룩섕스의 북슬북슬한 머리를 쓰다듬었다. "이 녀석은 내가 만나 본 고양이 중에서 가장 똑똑해. 단번에 피터의 정체를 알아봤지. 날 봤을 때는 내가 개가 아니라는 걸 알았고. 이 녀석이 나를 믿기까지는 시간이 조금 걸렸지만 결국 나는 녀석에게 내가 뭘 쫓고 있는지 전달할 수 있었고 녀석은 나를 쭉 도와주었다······."

"그게 무슨 말이에요?" 헤르미온느가 숨죽여 물었다.

"녀석은 내게 피터를 데려오려 했지만 그럴 수 없었다······. 그래서 그리핀도르 탑으로 들어가는 암호를 훔쳐다 주었지. 내가 알기로 어떤 소년의 침대 옆 탁자에서 가져왔는데······."

해리는 지금 듣고 있는 이야기의 무게로 뇌가 축 늘어지는 기분이었다. 얼토당토않은 얘기였다……. 하지만…….

"하지만 피터는 낌새를 채고 달아났어……. 이 고양이…… 크룩섕스라고 했나? 이 고양이가 내게 피터가 이불에 핏자국을 남겼다고 말해 주었다……. 스스로를 깨문 것 같은데…… 뭐, 자기 죽음을 꾸며 내는 방법이 한 번은 먹혔으니까……."

그 말에 해리는 퍼뜩 정신을 차렸다.

"그 사람이 왜 자기 죽음을 꾸며 냈겠어?" 그가 분노를 터뜨리며 말했다. "당신이 우리 부모님을 죽인 것처럼 자기도 죽일 거라는 걸 알았으니까 그런 거잖아!"

"아니다." 루핀이 말했다. "해리……."

"그리고 이제 당신이 그 사람을 끝장내러 여기 온 거고!"

"그래, 맞다." 블랙이 악의가 깃든 눈으로 스캐버스를 바라보며 말했다.

"스네이프가 당신을 잡아 가도록 놔뒀어야 했어!" 해리가 소리쳤다.

"해리." 루핀이 다급히 입을 열었다. "모르겠니? 지금까지 우리는 내내 시리우스가 네 부모님을 배신했고 피터가 그런 그를 뒤쫓았다고 생각했어. 하지만 그 반대였다. 정말

모르겠어? *피터가 네 어머니와 아버지를 배신한 거야. 시
리우스는 피터를 뒤쫓은 거고⋯⋯.*"

"**그럴 리 없어요!**" 해리가 소리 질렀다. "**저자가 두 분의
비밀 수호자였어요! 교수님이 나타나기 전에 저자가 말
했어요, 자기가 그분들을 죽였다고!**"

그는 블랙을 가리켰다. 블랙은 천천히 고개를 저었다. 블
랙의 푹 꺼진 두 눈이 갑자기 밝게 빛났다.

"해리⋯⋯ 그 두 사람은 내가 죽인 거나 마찬가지다." 그
가 쉰 목소리로 말했다. "마지막 순간에 나는 릴리와 제임
스에게 피터로 바꾸라고, 나 대신 그놈을 비밀 수호자로
하라고 설득했어⋯⋯. 내 탓이야. 나도 알아⋯⋯. 네 부모
님이 돌아가신 날 밤, 나는 피터를 살펴보려고 했다. 피터
가 여전히 안전한지 확인하려고 말이야. 하지만 은신처에
도착해 보니 놈은 사라지고 없었다. 싸운 흔적도 없었지.
느낌이 좋지 않았어. 난 겁이 났다. 곧장 네 부모님의 집으
로 갔지. 그리고 부서진 집과 두 사람의 시신을 보고⋯⋯
피터가 무슨 짓을 했는지, 내가 무슨 짓을 저지른 건지 깨
달았다."

블랙의 목소리가 갈라졌다. 그는 고개를 돌렸다.

"그만하면 됐어." 루핀이 말했다. 그의 목소리에는 해리

가 한 번도 들어 본 적 없는 단호한 기색이 어려 있었다. "실제로 무슨 일이 일어났는지 증명해 줄 확실한 방법이 하나 있으니까. 론, 그 쥐를 이리 다오."

"드리면 뭘 하실 건데요?" 론이 긴장해서 루핀에게 물었다.

"억지로라도 정체를 드러내게 해야지." 루핀이 말했다. "진짜 쥐라면 아무 해도 없을 거다."

론이 망설인 끝에 한참 만에 스캐버스를 내밀자 루핀은 그 쥐를 받아 들었다. 스캐버스는 몸을 꼬고 비틀며 쉴 새 없이 찍찍거리기 시작했다. 스캐버스의 작디작은 검은 눈이 잔뜩 튀어나와 있었다.

"준비됐어, 시리우스?" 루핀이 물었다.

블랙은 이미 침대에서 스네이프의 마법 지팡이를 가져온 뒤였다. 그는 루핀과 몸부림치는 쥐에게 다가갔다. 블랙의 젖은 두 눈이 돌연 이글이글 타오르는 것처럼 보였다.

"같이 할까?" 그가 조용히 물었다.

"그래야 할 것 같군." 루핀이 한 손에는 스캐버스를, 다른 손에는 마법 지팡이를 꽉 쥐고 말했다. "셋을 세지. 하나, 둘, **셋!**"

두 개의 마법 지팡이에서 새하얀 빛이 터져 나왔다. 스캐버스는 잠깐 동안 공중에 얼어붙은 듯했다가 작고 검은 몸을 미친 듯이 비틀었다. 론이 비명을 질렀다. 쥐는 바닥에 떨어졌다. 또 한 번 눈이 멀 듯한 섬광이 일더니 잠시 후······

나무가 자라는 영상을 빠르게 돌리는 것 같은 장면이 펼쳐졌다. 바닥에서 머리가 쑥 솟아 나왔다. 팔다리가 자라났다. 다음 순간, 스캐버스가 있던 자리에는 한 남자가 몸을 잔뜩 움츠리고 손을 배배 꼬며 서 있었다. 크룩섕스가 털을 곤두세운 채 침대 위에서 하악거리고 그르렁댔다.

그는 키가 해리나 헤르미온느 정도밖에 안 되는 조그만 남자였다. 숱이 적은 엷은 색깔 머리카락은 지저분했고 정수리에는 머리가 뭉텅이로 빠져 있었다. 통통했다가 단기간에 몸무게가 많이 줄어 쭈글쭈글해진 사람의 모습이었다. 피부는 꼭 스캐버스의 털처럼 지저분했고, 뾰족한 코와 작디작은 축축한 눈 주위에는 뭔가 쥐 같은 생김새가 남아 있었다. 그는 가쁜 숨을 쉬며 모두를 둘러보았다. 해리는 그의 눈이 빠르게 문으로 향했다가 돌아오는 것을 보았다.

"이런, 안녕, 피터." 루핀이 기쁘다는 듯 말했다. 자기 주위에서는 쥐들이 옛 학교 친구로 변하는 일이 자주 일어난다는 투였다. "오랜만이군."

"시, 시리우스······. 리, 리머스······." 페티그루는 목소리조차 찍찍대는 것 같았다. 다시 한 번 그의 눈이 빠르게 문쪽을 향했다. "친구들······ 나의 옛 친구들······."

블랙이 지팡이 쥔 손을 들어 올렸지만 루핀은 그의 손목을 잡고 경고하는 눈길을 보낸 뒤, 다시 페티그루에게 돌아섰다. 그의 목소리는 가볍고 태평했다.

"우린 수다를 좀 떨고 있었어, 피터. 릴리와 제임스가 죽은 날 밤에 일어난 일에 대해서 말이야. 저기 저 침대 위에서 찍찍거리느라 자세한 부분들을 놓쳤을지 모르겠는데······."

"리머스." 페티그루가 숨을 들이켰다. 그의 창백한 얼굴에 땀방울이 맺히는 것이 보였다. "설마 저놈을 믿는 건 아니겠지······. 저놈은 날 죽이려 했어, 리머스······."

"우리도 들었어." 루핀이 좀 더 차갑게 말했다. "한두 가지 문제를 확실히 하고 싶은데, 피터, 네가 그렇게······."

"저놈이 다시 나를 죽이러 왔다고!" 페티그루가 갑자기 블랙을 가리키며 새된 소리를 내질렀다. 검지가 없어서 가운뎃손가락을 사용하고 있었다. "저놈이 릴리와 제임스를 죽이고 이제 나까지 죽이려는 거야······. 날 도와줘야 해, 리머스······."

깊이를 알 수 없는 눈으로 페티그루를 쏘아보는 블랙의 얼굴은 어느 때보다도 해골처럼 보였다.

"몇 가지 문제를 해결하기 전까지는 아무도 널 죽이려 들지 않을 거야." 루핀이 말했다.

"몇 가지 문제라니?" 페티그루가 주위를 다시 한 번 사납게 둘러보며 꽥 소리 질렀다. 그의 눈이 널빤지를 친 창문과 유일한 문 사이를 왔다 갔다 했다. "나는 저놈이 날 찾아올 줄 알고 있었어! 나를 잡으러 올 줄 알았다고! 나는 12년 동안 이 순간을 기다려 왔어!"

"시리우스가 아즈카반에서 탈출할 걸 알았다고?" 루핀이 얼굴을 찌푸리며 말했다. "아무도 탈출한 적 없는 곳인데?"

"저놈은 우리는 꿈도 꾸지 못할 어둠의 힘을 갖고 있으니까!" 페티그루가 날카롭게 외쳤다. "그렇지 않으면 거기서 어떻게 나왔겠어? 이름을 말해서는 안 되는 그 사람이 몇 가지 속임수를 일러 줬겠지!"

블랙이 웃음을 터뜨렸다. 즐거운 기색이라고는 없는 끔찍한 웃음소리가 그 공간을 가득 채웠다.

"볼드모트가, 나한테 속임수를 일러 주었다?" 그가 말했다.

페티그루는 블랙이 채찍이라도 휘두른 것처럼 움찔했다.

"왜, 옛 주인의 이름을 들으니 무섭나?" 블랙이 말했다. "탓하진 않을게, 피터. 그자의 추종자들은 너한테 감정이 별로 좋지 않을 테니까. 그렇지?"

"무, 무슨 말인지 모르겠는데, 시리우스⋯⋯." 페티그루가 조금 전보다 가쁘게 숨을 쉬며 중얼거렸다. 이제는 얼굴이 온통 땀으로 번들거렸다.

"너는 12년 동안 날 피해서 숨어 있었던 게 아니야." 블랙이 말했다. "볼드모트의 옛 추종자들을 피해 숨어 있었던 거지. 나도 아즈카반에서 들은 얘기가 있어, 피터⋯⋯. 다들 네가 죽지 않았다면 자기들한테 해명해야 할 거라고 생각하던데⋯⋯. 나는 그자들이 자면서 질러 대는 온갖 비명을 들었어. 그자들은 배신자가 또 배신했다고 생각하는 것 같더군. 볼드모트는 네 얘기를 듣고 제임스와 릴리의 집으로 갔지⋯⋯. 그리고 그곳에서 몰락했어. 그런데 볼드모트의 추종자들이 전부 아즈카반에서 최후를 맞은 건 아니거든? 여기 바깥세상에도 아직 많이 남아 있어. 시간을 벌면서, 자기들이 잘못된 길로 갔던 걸 반성하는 시늉을 하면서 말이야⋯⋯. 그자들이 네가 여전히 살아 있다는 소문을 들으면 말이지, 피터⋯⋯."

"모르겠네⋯⋯ 통 무슨 말인지⋯⋯." 페티그루가 또다시 한층 더 날카로운 목소리로 말했다. 그는 소매로 얼굴을 훔치더니 루핀을 올려다보았다. "이, 이런 미친 소리를 믿는 건 아니지, 리머스?"

"이건 짚고 넘어가야겠는데, 피터. 잘못한 게 없는 사람이 왜 12년 동안 쥐로 살고 싶어 했는지 이해하기가 어렵군." 루핀이 차분하게 말했다.

"잘못한 건 없지만 겁먹은 거지!" 페티그루가 꽥 소리 질렀다. "볼드모트의 추종자들이 나를 쫓고 있다면 그건 내가 그들 중 가장 뛰어난 자를 아즈카반에 집어넣었기 때문이야. 시리우스 블랙이라는 첩자를 말이야!"

블랙의 얼굴이 구겨졌다.

"감히 그런 소리를." 그가 으르렁거렸다. 갑자기 그의 목소리가 곰만 한 개로 변신했을 때와 비슷해졌다. "내가 볼드모트의 첩자라고? 내가 언제 나보다 힘이 세거나 강한 자들에게 굽실댄 적 있나? 하지만 피터 너는…… 애초에 네가 첩자였다는 걸 내가 왜 몰랐는지 이해가 안 된다. 넌 언제나 널 돌봐 줄 힘 있는 친구들을 좋아했어. 안 그래? 한때는 그게 우리였지……. 나와 리머스와…… 제임스……."

페티그루는 다시 얼굴을 훔쳤다. 그는 거의 헐떡이고 있었다.

"내가 첩자라니…… 정신 나갔군……. 정말…… 왜 그런 말을 하는지 모르겠……."

"릴리와 제임스가 너를 비밀 수호자로 한 건 단지 내가 제안했기 때문이었다." 블랙이 악에 받쳐 식식거리자 페티그루는 뒤로 한 걸음 물러났다. "나는 완벽한 계획이라고 생각했어……. 완벽한 속임수라고……. 볼드모트는 당연히 날 찾아올 테니까. 너처럼 나약하고 무능력한 인간을 내세웠을 거라고는 꿈에도 생각 못 했을 테니까……. 볼드모트에게 포터 부부를 넘겨 줄 수 있다고 말할 때가 너의 그 비참한 인생에서 가장 멋진 순간이었겠지."

페티그루는 미친 듯이 중얼거리고 있었다. "억지야"라거나 "정신 나갔네" 같은 말들이 들리긴 했지만, 해리는 잿빛으로 물든 페티그루의 얼굴과 끊임없이 창문과 문 쪽으로 빠르게 움직이는 그의 눈에 더 많은 관심이 갈 수밖에 없었다.

"루핀 교수님?" 헤르미온느가 조심스럽게 입을 열었다. "제, 제가 한마디 해도 될까요?"

"당연하지, 헤르미온느." 루핀이 친절한 어조로 말했다.

"스캐버스는…… 그러니까 이, 이 남자는 3년 동안이나 해리와 같은 침실에서 지냈어요. 이 남자가 '그 사람'을 위해 일하고 있었다면 어떻게 지금까지 한 번도 해리를 해치려 들지 않은 거죠?"

"거 봐!" 페티그루가 손가락이 하나 없는 손으로 헤르미온느를 가리키며 날카롭게 말했다. "고맙다! 알겠지, 리머스? 나는 해리의 머리카락 한 올 건드린 적 없어! 내가 왜 그러겠어?"

"내가 그 이유를 말해 주지." 블랙이 말했다. "왜냐하면 너는 눈에 보이는 이득이 없는 이상 그 누구를 위해서든 결코 아무 일도 하지 않기 때문이야. 볼드모트는 12년 동안 모습을 감추고 있었고, 다들 그자가 죽은 거나 다름없다고 말했지. 너는 모든 힘을 잃어버리고 몰락한 마법사를 위해 알버스 덤블도어의 코앞에서 살인을 저지를 마음이 없었던 거야. 아닌가? 볼드모트가 동네에서 가장 싸움 잘하는 깡패라는 걸 확인한 다음 돌아가고 싶었던 거겠지. 그렇지 않다면 왜 널 받아 줄 마법사 가족을 찾았겠어? 소식을 들으려고 귀를 쫑긋 세운 거 아니야, 피터? 혹시라도 너의 옛 보호자가 힘을 되찾을 때를 대비해서, 그에게 돌아가는 일이 안전해질 때를 대비해서 말이야……."

페티그루는 몇 차례 입을 열었다 닫았다 했다. 마치 말하는 능력을 잃어버린 것처럼 보였다.

"어…… 블랙 씨…… 시리우스라고 불러도 될까요?" 헤르미온느가 머뭇거리며 말했다.

블랙은 그런 호칭에 소스라치게 놀랐다. 그리고 누군가가 이렇게 예의 바르게 말을 걸었던 일 따위는 아주 오래전에 잊었다는 듯 헤르미온느를 뚫어지게 바라보았다.

"실례가 안 된다면 여쭤보고 싶은데요, 그러니까 어떻게…… 어떤 방법으로 아즈카반을 탈출하신 건가요? 어둠의 마법을 쓰지 않았다면요."

"고맙다!" 페티그루가 그녀를 향해 미친 듯이 고개를 끄덕이며 숨을 들이켰다. "바로 그거야! 내가 말하려던……."

하지만 루핀이 시선으로 그를 입 다물게 했다. 블랙은 헤르미온느에게 살짝 눈을 찡그렸지만 화가 난 것 같지는 않았다. 그는 대답을 곰곰이 생각하는 듯했다.

"나도 어떻게 그랬는지 모르겠다." 그가 천천히 말했다. "내가 미치지 않은 이유는 단지 나 자신이 결백하다는 걸 알고 있었기 때문인 것 같아. 행복한 생각은 아니었으니 디멘터들도 나한테서 그 생각을 빨아낼 수 없었지……. 하지만 그 생각 덕분에 나는 제정신을 유지하고 계속 내가 누구인지 인식할 수 있었다……. 내가 힘을 유지하는 데도 도움이 됐고……. 그러다 도저히 버틸 수 없어지면…… 감방 안에서 변신했다……. 개로 변했지. 디멘터들은 눈이 보이지 않거든……." 그는 침을 삼켰다. "그들은 사람의 감정을 감지해서 그쪽으로 움직인다……. 그들은 내 감정이 약해졌다는 걸 알았지……. 개로 변했을 때는 감정이 덜 인간적이고, 덜 복잡하니까……. 하지만 그들은 내가 그곳에 있는 다른 사람들처럼 미쳐 가는 거라고 생각했고 그래서 문제가 되진 않았다. 그렇지만 나는 약했어. 너무 약했지. 마법 지팡이 없이 놈들을 몰아낼 가능성도 없었고……. 그런데 그때 그 사진에서 피터를 본 거다……. 저놈이 해리와 함께 호그와트에 있다는 걸 알았지……. 호그와트는 행동하기에 완벽한 곳이었어. 어둠의 세력이 다시 힘을 모으고 있다는 단 하나의 조짐이라도 보이면……."

페티그루는 고개를 저으며 소리 없이 입을 벙긋거리면서도 최면에라도 걸린 듯 블랙을 뚫어지게 바라보고 있었다.

"……저놈은 동맹이 있다는 걸 확신하는 순간에 공격할 준비를 한 거야. 포터 집안의 마지막 생존자를 그들에게 넘겨주려고 말이다. 해리를 넘기면, 감히 누가 저놈이 볼드모트 경을 배신했다고 말하겠어. 다시 명예롭게 환영받겠지……. 그래서 나는 뭔가를 해야만 했다. 나는 피터가 여전히 살아 있다는 걸 아는 유일한 사람이었으니까…….”

해리는 위즐리 씨가 위즐리 부인에게 했던 말을 떠올렸다. ‘간수들이 블랙이 한동안 잠꼬대를 했다고 말했다더군……. 항상 같은 말이었대……. 놈은 호그와트에 있어.’

“마치 누군가가 머릿속에 불을 밝힌 것 같았다. 디멘터들은 그걸 파괴할 수 없었지……. 그건 즐거운 감정이 아니었으니까……. 집착이었을까……. 하지만 그 생각은 내게 힘을 주었고 정신을 맑게 했다. 그래서 어느 날 밤, 그놈들이 음식을 주려고 내 감방 문을 열었을 때 나는 개로 변신해서 살짝 그들을 지나쳤다……. 동물의 감정을 느끼는게 훨씬 어렵기 때문에 놈들은 혼란스러워했어……. 나는 야위었다. 비쩍 말랐지……. 철창 사이로 빠져나갈 수 있을 만큼……. 나는 개로 변신한 채 육지까지 헤엄쳐 돌아왔다……. 북쪽으로 길을 떠나, 개의 모습으로 슬쩍 호그와트 교정에 들어왔고…… 그 뒤로 쭉 금지된 숲에서 지냈다……. 물론, 퀴디치를 보러 갔을 때를 빼면 말이지…….너는 네 아버지처럼 비행을 잘하더구나, 해리…….”

그가 해리를 보았다. 해리는 이번에는 시선을 돌리지 않았다.

“날 믿어라.” 블랙이 쉰 목소리로 말했다. “날 믿어. 나는 결코 제임스와 릴리를 배신하지 않았다. 두 사람을 배신하느니 차라리 죽었을 거야."

마침내, 해리는 그를 믿었다. 너무 목이 메어 말을 할 수 없었던 그는 고개를 끄덕였다.

"아니야!"

페티그루는 해리의 끄덕임이 사형 판결이라도 되는 양 털썩 무릎을 꿇었다. 그는 기도하듯 양손을 모아 쥐고 무릎을 질질 끌며 기어왔다.

"시리우스, 나야…… 피터야…… 네 친구……. 너 설마…….."

시리우스가 발길질하자 페티그루는 움찔했다.

"네놈이 건드리지 않아도 내 로브는 충분히 더러워." 시리우스가 내뱉듯 말했다.

"리머스!" 페티그루가 새된 비명을 지르며 이번에는 루핀에게 돌아서서 애원하듯 몸부림쳤다. "저 말을 믿는 건 아니지? 작전을 바꿨다면 시리우스가 너한테 말해 주지 않았겠어?"

"내가 첩자라고 생각했다면 말 안 했겠지, 피터." 루핀이 말했다. "그래서 나한테 말해 주지 않은 거 아닌가, 시리우스?" 그가 페티그루의 머리 너머로 태연히 말했다.

"미안해, 리머스." 시리우스가 말했다.

"천만에. 패드풋, 옛 친구여." 루핀이 말했다. 그는 이제 소매를 걷어 올리고 있었다. "그럼 그 보답으로 널 첩자라고 생각했던 날 용서해 주겠어?"

"당연하지." 시리우스가 말했다. 그의 수척한 얼굴에 아주 엷은 미소가 스쳤다. 그 역시 소매를 걷기 시작했다. "같이 저놈을 죽일까?"

"그래, 그래야겠군." 루핀이 으스스하게 말했다.

"너희 설마…… 설마……." 페티그루가 숨을 들이마시며 허둥지둥 론에게 돌아섰다.

"론…… 난 좋은 친구였잖아…… 착한 반려동물 아니었니? 저들이 나를 죽이도록 내버려 두지는 않겠지, 론…… 너는 내 편이지?"

하지만 론은 더없는 혐오가 깃든 눈으로 페티그루를 노려보았다.

"당신을 내 침대에서 재우다니!" 그가 말했다.

"착한 아이야…… 착한 주인님……." 페티그루가 론에게 기어갔다. "저들이 날 죽이게 놔두지 않으실 거잖아요……. 나는 당신의 쥐였어요……. 착한 반려동물이었는데……."

"사람일 때보다 쥐일 때가 더 낫다는 건 별로 자랑할 일이 아니야, 피터." 시리우스가 매몰차게 말했다. 통증으로 얼굴빛이 더욱 창백해진 론이 부러진 다리를 페티그루의 손이 닿지 않는 곳으로 비틀어 돌렸다. 페티그루는 무릎을 꿇은 채 몸을 돌리더니 비틀비틀 앞으로 나아가 헤르미온 느의 로브 자락을 붙잡았다.

"착한 소녀야…… 똑똑한 아이야……. 너, 너는 저 사람 들이 날 죽이게 놔두지 않을 거잖니……. 도와다오……."

헤르미온느는 겁먹은 얼굴로 페티그루의 손에서 로브를 빼내고 뒷걸음질 쳐서 벽에 등을 기댔다.

페티그루는 무릎을 꿇은 채 걷잡을 수 없이 벌벌 떨면서 해리 쪽으로 천천히 고개를 돌렸다.

"해리…… 해리…… 너는 네 아버지랑 똑같구나……. 정 말 닮았어……."

"감히 해리에게 말을 걸다니!" 시리우스가 고함쳤다. **"어떻게 감히 해리를 마주 보지? 어떻게 감히 해리 앞에 서 제임스 얘기를 할 수 있어?"**

"해리." 페티그루가 무릎걸음으로 해리에게 다가와 손을 뻗은 채 속삭였다. "해리, 제임스는 내가 죽길 바라지 않았 을 거야……. 제임스는 이해했을 거다, 해리……. 제임스라 면 나한테 자비를 베풀었을 거야……."

시리우스와 루핀이 앞으로 성큼성큼 나서서 페티그루의 양어깨를 잡아 뒤로 내동댕이쳤다. 피터는 바닥에 쓰러진 채 공포로 움찔거리며 그들을 올려다보았다.

"넌 릴리와 제임스를 볼드모트에게 팔았다." 시리우스가 말했다. 그도 떨고 있었다. "그걸 부인하진 않겠지?"

페티그루가 울음을 터뜨렸다. 머리가 벗어진 커다란 아기가 바닥에 웅크린 듯한 모습이 끔찍해 보였다.

"시리우스, 시리우스, 내가 뭘 할 수 있었겠어? 어둠의 왕은…… 너는 전혀 몰라……. 그자는 네가 상상할 수도 없는 무기들을 가지고 있어……. 나는 무서웠어, 시리우스. 나는 너나 리머스나 제임스처럼 용감했던 적이 없어. 나도 그런 일이 벌어지길 바란 건 아니야……. 이름을 말해서는 안 되는 그 사람이 억지로……."

"거짓말 마!" 시리우스가 소리쳤다. **"넌 릴리와 제임스가 죽기 1년 전부터 그자에게 정보를 주고 있었어! 넌 그자의 첩자였어!"**

"그자가, 그자가 모든 곳을 점령하고 있었어!" 페티그루가 숨을 들이켰다. "그, 그자를 거역해서 얻는 게 뭐가 있겠어?"

"이제껏 존재했던 가장 사악한 마법사와 싸워서 뭘 얻냐고?" 시리우스가 얼굴에 무시무시한 분노를 띠고 말했다.
"무고한 목숨들밖에 더 있겠어, 피터!"

"너는 몰라!" 페티그루가 징징거렸다. "그자는 나를 죽였
을 거야, 시리우스!"

"그럼 죽었어야지!" 시리우스가 소리쳤다. **"친구들을
배신하느니 차라리 죽었어야지. 우린 널 위해 그렇게 했
을 거야!"**

시리우스와 루핀이 나란히 서서 마법 지팡이를 치켜들
었다.

"너는 깨달았어야 했어." 루핀이 조용히 말했다. "볼드모
트가 널 죽이지 않는다면 우리가 죽일 거라는 걸 말이야.
잘 가라, 피터."

헤르미온느가 양손으로 얼굴을 가리고 벽을 향해 돌아
섰다.

"안 돼요!" 해리가 소리쳤다. 그는 앞으로 달려 나가 페티
그루 앞에 서서 마법 지팡이들을 마주 보았다. "이자를 죽
이면 안 돼요." 그가 헐떡이면서 말했다. "그래선 안 돼요."

시리우스와 루핀 둘 다 충격을 받은 얼굴이었다.

"해리, 이 기생충 같은 놈 때문에 네 부모님이 안 계신 거
다." 시리우스가 험악한 목소리로 말했다. "이 비굴한 쓰레

기는 눈 하나 깜짝하지 않고 네가 죽는 것까지 지켜봤을 거
야. 이놈이 하는 말을 들었잖니. 이놈한테는 너희 가족보다
자신의 냄새 나는 몸뚱어리가 더 중요했던 거야."

"저도 알아요." 해리가 헐떡였다. "이자를 성으로 데리
고 가요. 디멘터들한테 넘겨요. 아즈카반에 가면 되잖아
요……. 그냥 죽이진 마세요."

"해리!" 페티그루가 숨을 헉 들이켜더니 양팔을 뻗어 해
리의 무릎을 감싸 안았다. "네가 날…… 고맙구나. 난 그럴
가치가 없는데…… 고마워……."

"이거 놔." 해리는 역겨움에 페티그루의 손을 떨쳐 내며
내뱉었다. "당신 때문에 이러는 거 아냐. 우리 아빠는 가장
친한 친구들이 살인자가 되는 걸 바라지 않았을 것 같아서
그러는 거야. 당신 같은 인간 때문에."

누구도 움직이거나 소리를 내지 않았다. 페티그루가 가
슴을 부여잡은 채 쌕쌕거렸다. 시리우스와 루핀은 서로를
바라보았다. 그러더니 곧바로 마법 지팡이를 내렸다.

"결정할 권한을 가진 건 너뿐이다, 해리." 시리우스가 말
했다. "하지만 생각해 보거라……. 저놈이 한 짓을 생각
해……."

"저 사람은 아즈카반에 가면 돼요." 해리가 다시 말했다.

"그런 곳에 가둬 마땅한 사람이 있다면 바로 저 사람이에요……."

페티그루는 여전히 해리 뒤에서 쌕쌕거리고 있었다.

"그래." 루핀이 입을 열었다. "물러서라, 해리."

해리는 머뭇거렸다.

"저 녀석을 묶으려는 거야." 루핀이 말했다. "그것뿐이야. 맹세하마."

해리는 비켜섰다. 이번에는 루핀의 마법 지팡이에서 가느다란 끈들이 튀어나왔다. 다음 순간 페티그루는 꽁꽁 묶이고 입에는 재갈이 물린 채 바닥에서 꿈틀거렸다.

"하지만 변신을 한다면, 피터." 시리우스가 으르렁거렸다. 그의 마법 지팡이도 페티그루를 겨누고 있었다. "정말로 널 죽일 거다. 동의하지, 해리?"

해리는 바닥에 누운 한심한 형체를 내려다보고 페티그루에게 보이도록 고개를 끄덕였다.

"좋아." 루핀이 돌연 사무적인 태도로 말했다. "론, 나는 뼈를 고치는 솜씨가 폼프리 선생님 발끝도 못 따라가니 병동에 갈 때까지는 다리에 부목을 대는 게 최선일 것 같다."

그는 다급히 론에게 다가가 허리를 구부리고 론의 다리를 마법 지팡이로 가볍게 두드리며 중얼거렸다. "*페룰라*."

붕대가 론의 다리를 둘둘 감으며 부목에 단단히 고정시켰다. 루핀이 그를 일으켜 세웠다. 론은 그 다리에 조심스럽게 몸무게를 싣고도 움찔거리지 않았다.

"훨씬 낫네요." 그가 말했다. "고맙습니다."

"스네이프 교수님은요?" 헤르미온느가 엎어져 있는 스네이프를 내려다보며 작은 소리로 물었다.

"심각할 정도는 아니다." 루핀이 스네이프 위로 몸을 기울이고 맥박을 확인하며 말했다. "그저 너희가 조금……열정이 과했던 것뿐이야. 아직 기절한 상태구나. 음, 성으로 무사히 돌아갈 때까지 깨우지 않는 게 좋을 것 같다. 조용히 데려갈 수 있을 테니……."

그가 "모빌리코르푸스"라고 중얼거렸다. 보이지 않는 끈이 손목과 목, 무릎에 묶인 듯 스네이프는 끌어당겨져 일어선 자세가 되었다. 머리는 기괴한 꼭두각시처럼 기분 나쁘게 늘어진 채였다. 그가 바닥에서 몇 센티미터 위에 뜬 채 늘어진 발을 달랑거렸다. 루핀은 투명 망토를 집어 들고 주머니에 안전하게 밀어 넣었다.

"이놈을 우리 중 두 명과 수갑으로 연결해야겠어." 시리우스가 페티그루를 발끝으로 쿡 찌르며 말했다. "만약을 위해서."

"내가 하지." 루핀이 말했다.

"저도요." 론이 절뚝절뚝 앞으로 나서며 사납게 말했다.

시리우스는 마법으로 허공에 묵직한 수갑을 만들어 냈다. 그리고 곧 페티그루를 일으켜 세워 왼팔은 루핀의 오른팔에, 오른팔은 론의 왼팔에 수갑으로 연결했다. 론의 얼굴은 잔뜩 굳어 있었다. 스캐버스의 진짜 정체를 개인적인 모욕으로 받아들인 듯했다. 크룩섕스가 침대에서 가볍게 뛰어내리더니 앞장서서 방을 나갔다. 병 닦는 솔 같은 꼬리가 의기양양하게 높이 들려 있었다.

20장
디멘터의 입맞춤

해리는 이토록 이상한 일행에 속했던 적이 없었다. 크룩 섕스가 앞장서 계단을 내려갔다. 루핀, 페티그루, 론이 그 뒤를 따랐는데, 마치 이인삼각 경기를 하는 것 같았다. 그 다음으로는 스네이프 교수가 시리우스에 의해 그 자신의 마법 지팡이로 들어 올려진 채 둥둥 떠서 따라오고 있었다. 한 칸 한 칸 내려갈 때마다 그의 발끝이 계단에 부딪쳤다. 해리와 헤르미온느가 맨 뒤에 섰다.

다시 굴을 통과하는 일은 쉽지 않았다. 루핀이 여전히 마법 지팡이로 페티그루를 겨누고 있었기에 그와 페티그루, 론은 옆으로 걸어야 했다. 그들이 한 줄로 서서 힘겹게 천천히 나아가는 모습이 보였다. 크룩섕스가 계속 앞장서고 있었다. 해리는 스네이프를 공중에 띄워서 앞으로 이동시키는 시리우스 바로 뒤에 있었다. 스네이프의 축 처진 머리가 낮은 천장에 계속 부딪치는데도 시리우스는 전혀 개의치 않는 것 같았다.

"이게 무슨 뜻인지 아니?" 굴을 따라 천천히 나아갈 때 시리우스가 불쑥 해리에게 말했다. "페티그루를 넘기는 것 말이다."

"아저씨가 풀려난다는 거죠." 해리가 말했다.

"그래……." 시리우스가 말했다. "그것도 그렇지만 나는 또…… 누가 말해 줬는지 모르겠다만, 네 대부이기도 하다."

"네, 알아요." 해리가 말했다.

"뭐…… 너희 부모님이 나를 네 보호자로 지명했거든." 시리우스가 긴장한 목소리로 말했다. "두 사람에게 무슨 일이 생기면……."

해리는 말이 이어지기를 기다렸다.

"이모, 이모부와 지내고 싶대도 물론 이해한다." 시리우스가 말했다. "하지만…… 뭐…… 생각해 봐라. 일단 내 결백이 증명되면…… 네가 만약…… 다른 가정을 원한다면……."

해리의 가슴속 깊은 곳에서 폭발 비슷한 것이 일어났다.

"그게 무슨…… 아저씨랑 같이 살자고요?" 해리는 엉겁결에 천장에서 튀어나온 바위에 머리를 부딪히고 말했다. "더즐리네 집을 나오라고요?"

"물론, 네가 원하지 않을 줄 알았다." 시리우스가 재빨리 덧붙였다. "이해한다. 단지 내 생각에는 내가……."

"아저씨 제정신이에요?" 해리가 시리우스 못지않게 쉰 목소리로 말했다. "당연히 더즐리네를 나오고 싶죠! 아저씨 집 있으세요? 전 언제 들어갈 수 있는데요?"

시리우스는 그를 홱 돌아보았다. 스네이프의 머리가 천장에 긁히고 있었지만 전혀 신경 쓰지 않는 것 같았다.

"나랑 살고 싶다고?" 그가 물었다. "진심이냐?"

"네, 진심이에요!" 해리가 말했다.

시리우스의 야윈 얼굴이 해리가 그를 본 이래 처음으로 진짜 미소를 띠었다. 그 미소가 만들어 낸 차이는 놀라웠다. 수척한 가면 뒤에서 마치 열 살은 더 젊어진 사람의 얼굴이 환하게 빛나는 듯했다. 잠깐 동안 그는 해리의 부모님 결혼식에서 웃고 있던 그 남자로 보였다.

그들은 통로 끝에 도착할 때까지 다시 입을 열지 않았다. 크룩섕스가 먼저 빠르게 올라갔다. 녀석이 나무둥치의 옹이를 발로 눌렀는지 나뭇가지가 맹렬히 공격을 퍼붓는 소리는 전혀 들리지 않았다. 루핀과 페티그루와 론이 위로 기어올라 갔다.

시리우스는 스네이프가 머리 위 구멍으로 나가는 모습을 지켜본 다음, 해리와 헤르미온느가 지나갈 수 있도록 물러섰다. 마침내 그들 모두 밖으로 나왔다.

교정은 무척 어두워져 있었다. 멀찍이 떨어진 성 창문에서 나오는 불빛이 전부였다. 그들은 말없이 발걸음을 옮겼다. 페티그루는 여전히 씨근대면서 가끔씩 훌쩍거렸다. 해리는 마음이 붕 떴다. 더즐리네 집을 떠난다. 그는 시리우스 블랙, 부모님의 가장 친한 친구와 살 것이다……. 머리가 멍했다……. 더즐리 가족에게 텔레비전에서 본 그 죄수와 함께 살려고 나가겠다고 하면 무슨 일이 벌어질까?

"한 번만 더 엉뚱하게 움직여 봐, 피터." 앞에서 루핀이 위협적으로 말했다. 그의 마법 지팡이는 여전히 페티그루의 가슴을 비스듬히 겨누고 있었다.

그들은 말없이 터벅터벅 교정을 가로질렀다. 성의 불들이 천천히 커졌다. 스네이프는 여전히 시리우스 앞에서 괴이하게 둥둥 떠가고 있었다. 그의 턱이 가슴에 계속 부딪쳤다. 그때……

구름 한 점이 움직였다. 돌연 교정에 어둑한 그림자가 드리워졌다. 일행은 달빛에 휩싸였다.

스네이프가 갑자기 멈춰 선 루핀, 페티그루, 론에게 부딪쳤다. 시리우스는 순간 얼어붙었다. 그가 팔을 휙 뻗어 해리와 헤르미온느를 멈춰 세웠다.

루핀의 윤곽이 보였다. 그가 뻣뻣하게 굳는가 싶더니 팔다리를 부들부들 떨기 시작했다.

"아, 이런……." 헤르미온느가 숨을 헉 들이켰다. "루핀 교수님은 오늘 밤 마법약을 먹지 않았어! 위험한 상태야!"

"뛰어라." 시리우스가 속삭였다. "뛰어! 당장!"

하지만 해리는 뛸 수 없었다. 론이 페티그루, 루핀과 수갑으로 연결돼 있었던 것이다. 시리우스는 앞으로 달려가는 해리의 가슴을 부둥켜안고 뒤로 홱 밀쳤다.

"나한테 맡겨라……. **뛰어!**"

으르렁거리는 소리가 무시무시하게 들렸다. 루핀의 머리가 길어졌다. 몸도 늘어났다. 어깨가 구부러지고, 얼굴과 손에서는 분명 털이 나고 있었다. 손이 오그라들더니 발톱 달린 발로 변했다. 크룩섕스가 털을 다시 한껏 곤두세우고 물러났다.

늑대인간이 긴 주둥이를 딱딱 부딪치며 일어섰을 때 시리우스는 해리 옆에 없었다. 변신한 것이다. 거대한 곰 같은 개가 앞으로 달려 나갔다. 늑대인간이 몸을 비틀어 수갑을 벗겨 내자 개가 그것의 목덜미를 물고 론과 페티그루에게서 멀리 끌어당겼다. 그들은 주둥이를 맞대고 서로를 발톱으로 할퀴며 뒤엉켰다.

해리는 그 광경에 넋을 잃고 서 있었다. 전투에 너무 정신이 팔려서 무슨 일이 일어나는지 전혀 눈치채지 못했다. 그는 헤르미온느의 비명 소리에 퍼뜩 정신을 차렸다.

페티그루가 땅에 떨어진 루핀의 마법 지팡이에 달려든 것이다. 붕대 감은 다리를 불안하게 짚고 서 있던 론이 넘어졌다. 쾅 하는 소리와 함께 빛이 번쩍했다. 론은 미동도 없이 바닥에 쓰러져 있었다. 또 한 번 쾅 소리가 나더니, 이번엔 크룩섕스가 공중으로 날아올랐다가 땅에 떨어져 움직이지 않았다.

"엑스펠리아르무스!" 해리가 마법 지팡이를 페티그루에게 겨누며 소리쳤다. 루핀의 마법 지팡이가 공중 높이 보이지 않는 곳으로 날아갔다. "꼼짝 마!" 해리가 앞으로 달려가며 소리쳤다.

하지만 너무 늦었다. 페티그루가 변신한 것이다. 론의 쭉 뻗은 팔에 연결된 수갑을 휙 빠져나가는 꼬리가 보이더니 잔디밭을 날쌔게 달려가는 소리가 들렸다.

울부짖는 소리와 낮게 으르렁거리는 소리가 들려왔다. 해리는 눈을 돌려 늑대인간이 도망치는 모습을 보았다. 그는 금지된 숲으로 질주하고 있었다.

"시리우스, 그자가 사라졌어요. 페티그루가 변신했다고요!" 해리가 외쳤다.

시리우스는 피를 흘리고 있었다. 코와 등 전체에 깊은 상처가 나 있었는데도 그는 해리의 말에 얼른 몸을 일으켰다. 그가 교정을 가로질러 달려가자 발소리가 순식간에 희미해지다가 사라졌다.

해리와 헤르미온느는 론에게 달려갔다.

"얘한테 무슨 짓을 한 거야?" 헤르미온느가 작은 소리로 말했다. 론의 눈은 반쯤 감겨 있고 입은 헤 벌어져 있었다. 숨소리가 들리는 걸 보니 살아 있는 게 분명했지만 그들을 알아보지 못하는 것 같았다.

"모르겠어."

해리는 절망적으로 주위를 둘러보았다. 시리우스와 루핀 둘 다 사라져 버렸다……. 의식을 잃은 채 둥둥 떠 있는 스네이프 말고는 아무도 없었다.

"이 두 사람을 성으로 데리고 가서 도움을 요청하는 게 좋겠어." 해리는 눈에서 머리카락을 쓸어내고 제대로 생각하려고 애쓰며 말했다. "가자."

하지만 그때, 어둠 속에서 깨갱 짖고 끼끙거리는 소리가 들렸다. 개가 아파하는 소리…….

"시리우스." 해리가 어둠 속을 응시하며 중얼거렸다.

그는 잠시 망설였다. 하지만 그들이 당장 론에게 해 줄 수 있는 건 아무것도 없었고, 소리를 들으니 시리우스는 곤경에 처한 듯했다.

해리는 달리기 시작했다. 헤르미온느가 바짝 뒤따랐다. 끼끙거리는 소리는 호수 근처에서 들려오는 것 같았다. 그들은 호수를 향해 뛰어갔다. 전속력으로 달리는데, 싸늘한 기운이 느껴졌다. 그것이 정확히 뭘 의미하는지는 알 수 없었지만.

끼끙거리는 소리가 갑자기 멈췄다. 그들은 호숫가에 다다라서야 그 이유를 알았다. 시리우스가 사람으로 돌아와 있었다. 그는 양손으로 머리를 감싸고 잔뜩 웅크린 모습이었다.

"안 돼애애애." 시리우스가 신음했다. "안 돼애애애…….
제발……."

그때, 해리는 그들을 보았다. 적어도 백 명은 돼 보이는 디멘터들이 검은 덩어리를 이룬 채 호숫가로 미끄러져 왔다. 해리는 휙 돌아보았다. 얼음장 같은 익숙한 냉기가 온몸을 관통하면서 안개가 시야를 흐리기 시작했다. 사방 어둠 속에서 더 많은 디멘터들이 나타났다. 그들이 주위를 포위하고 있었다.

"헤르미온느, 뭔가 행복했던 일을 떠올려!" 해리가 마법 지팡이를 들어 올리며 소리쳤다. 그는 시야를 맑게 하려고 눈을 격렬하게 깜빡이면서 머릿속에서 시작된 희미한 비명을 떨치기 위해 고개를 흔들었다.

'나는 대부랑 같이 살 거야. 나는 더즐리네 집을 떠날 거야.'

그는 시리우스, 오직 시리우스만 생각하려고 애쓰며 주문을 외우기 시작했다. "엑스펙토 패트로눔! 엑스펙토 패트로눔!"

시리우스가 한차례 부르르 떨더니 아무런 미동도 없이 땅바닥에 쓰러졌다. 얼굴은 죽은 사람처럼 창백했다.

'시리우스는 괜찮을 거야. 나는 나가서 시리우스랑 같이 살 거야.'

"엑스펙토 패트로눔! 헤르미온느, 도와줘! 엑스펙토 패트로눔!"

"엑스펙토······." 헤르미온느가 중얼거렸다. "엑스펙토…… 엑스펙토…….”

하지만 그녀는 해내지 못했다. 디멘터들이 다가오고 있었다. 3미터도 채 떨어져 있지 않았다. 그들은 해리와 헤르미온느 주위에 단단한 벽을 형성한 채 점점 더 가까워지고 있었다.

“엑스펙토 패트로눔!” 해리는 귀에서 들리는 비명 소리를 떨치려고 애쓰며 크게 외쳤다. **“엑스펙토 패트로눔!”**

마법 지팡이에서 가느다란 은색 연기 한 줄기가 튀어나와 안개처럼 눈앞을 맴돌았다. 동시에, 옆에서 헤르미온느가 쓰러지는 것이 느껴졌다. 그는 혼자였다……. 완전히 혼자…….

“엑스펙토…… 엑스펙토 패트로눔…….”

해리의 무릎이 차가운 잔디밭에 닿았다. 안개가 눈앞을 흐렸다. 그는 기억하려고 안간힘을 썼다. *시리우스는 결백해. 아무 죄도 없어. 우린 괜찮을 거야. 나는 시리우스랑 같이 살 거야.*

“엑스펙토 패트로눔!” 그는 숨을 헉 들이켜며 외쳤다.

형체가 불분명한 패트로누스의 빛에 비쳐, 아주 가까운 곳에 있던 디멘터 하나가 멈춰 서는 것이 보였다. 놈은 해리가 불러낸 은빛 안개구름을 뚫고 오지 못했다. 점액으로 뒤덮인 죽은 손이 망토에서 미끄러져 나와 패트로누스를 옆으로 치워 버리려는 듯 움직였다.

"안 돼…… 안 돼……." 해리는 숨이 턱 막혔다. "시리우스는 결백해……. 엑스펙토…… 엑스펙토 패트로눔……."

디멘터들이 지켜보는 것이 느껴졌다. 주위에서 사악한 바람과도 같은 그들의 그르렁대는 숨소리가 들려왔다. 가장 가까이에 있는 디멘터가 그를 뚫어지게 바라보았다. 그러더니 썩어 가는 양손을 들어 올려…… 후드를 내렸다.

눈이 있어야 할 곳에는 잿빛을 띤 딱지투성이 얇은 피부만 텅 빈 구멍 위로 축 늘어져 있었다. 하지만 입은 있었다……. 형체가 또렷하지 않은 구멍이 떡 벌어진 채, 죽어 가는 사람의 목에서 나는 것 같은 가래 끓는 소리를 내며 공기를 빨아들였다.

얼어붙을 듯한 공포가 온몸을 덮쳐서 해리는 움직일 수도, 말을 할 수도 없었다. 그의 패트로누스가 깜빡이다가 사라졌다.

하얀 안개가 그의 눈을 가리고 있었다. 싸워야 했다……. 엑스펙토 패트로눔……. 앞이 보이지 않았다……. 멀리서 익숙한 비명이 들렸다……. 엑스펙토 패트로눔……. 해리는 시리우스를 찾아 안개 속을 더듬었다. 시리우스의 팔이 손에 닿았다……. 저들은 시리우스를 데려가지 못할 것이다…….

그러나 한 쌍의 강하고 축축한 손이 갑자기 해리의 목을 휘감았다. 그 손이 해리의 얼굴을 억지로 들어 올렸다……. 그것의 숨결이 느껴졌다……. 그것은 해리를 먼저 해치울 작정이었다……. 썩은 내 나는 숨결이 느껴졌다……. 어머니가 귓속에서 비명을 질렀다……. 그녀의 목소리가 해리가 마지막으로 듣는 소리가 될 것이다.

그때, 그를 질식시키려는 안개를 뚫고 점점 더 밝아지는 은색의 빛이 보인 것 같았다……. 그의 몸이 잔디 위로 고꾸라졌다.

해리는 얼굴을 아래로 한 채 눈을 떴다. 움직일 기운도 없었고 메스껍고 온몸이 떨렸다. 눈이 멀 듯한 빛이 주위의 잔디밭을 밝혔다……. 비명은 멈췄고 냉기는 사그라들고 있었다…….

뭔가가 그와 시리우스와 헤르미온느 주위를 빙글빙글 돌면서 디멘터들을 몰아내고 있었다……. 그르렁대면서 빨아들이는 소리가 사라져 갔다. 디멘터들이 물러나고 있었다……. 공기가 다시 따뜻해졌다…….

해리는 온 힘을 끌어모아 머리를 살짝 들어 올렸다. 어떤

동물이 빛 속에서 호수를 가로질러 질주하는 모습이 보였
다. 해리는 땀에 젖은 눈으로 그게 뭔지 보려고 애썼다. 그
것은 유니콘처럼 빛나는 존재였다. 해리는 의식을 유지하
려고 안간힘을 쓰면서, 그 존재가 호수 맞은편에 다다라 천
천히 걷다가 멈추는 모습을 지켜보았다. 그 존재가 발하는
빛에 비쳐, 잠깐 그것을 맞이하는 누군가가 보였다……. 그
사람이 손을 들어 그것을 쓰다듬어 주었다……. 이상하게
낯이 익은 사람이었다……. 하지만 그럴 리가…….

　해리는 이해할 수 없었다. 더 이상 생각을 할 수도 없었
다. 마지막 남은 힘마저 빠져나가는 것 같았다. 그는 순간
정신을 잃으면서 땅에 머리가 닿는 것을 느꼈다.

21장

헤르미온느의 비밀

"놀랍군……. 정말이지 놀라워……. 아무도 죽지 않았다 니 기적일세……. 이런 얘기는 들어 본 적도 없어……. 자 네가 거기 있어서 정말 다행이었네, 스네이프……."

"고맙습니다, 총리님."

"내가 보기엔 2급 멀린 훈장감이야. 할 수 있다면 1급 훈 장으로 해 주겠네!"

"정말 고맙습니다, 총리님."

"상처가 심하군……. 블랙의 짓이겠지?"

"실은 포터와 위즐리, 그레인저가 그랬습니다, 총리 님……."

"*그럴 리가!*"

"블랙이 그 애들한테 마법을 걸었더군요. 즉시 알아봤지요. 아이들의 행동으로 보건대 혼돈 마법이었습니다. 아이들은 놈이 결백할 수도 있다고 생각하는 것처럼 보였습니다. 아이들이 한 행동에 책임을 물을 수는 없겠죠. 하지만 아이들이 훼방 놓는 바람에 하마터면 블랙을 놓칠 뻔했습니다……. 자기들이 직접 블랙을 잡을 생각이었던 게 틀림없습니다. 지금까지 온갖 짓을 저지르고도 벌을 받지 않고 빠져나갔으니까요……. 안타깝게도 그 때문에 본인들을 조금 과대평가하게 된 것 같습니다……. 물론, 포터는 전부터 교장 선생님 덕분에 이상할 만큼 자유를 누려 오긴 했지요."

"아, 뭐, 스네이프…… 해리 포터잖나……. 그 애와 관련해서는 우리 모두 조금 무른 구석이 있지."

"그렇다고 해도 말이죠. 그런 특별 대우가 포터에게 유익하겠습니까? 저는 개인적으로 그 애를 다른 학생들과 똑같이 대하려고 노력합니다. 다른 학생이 친구들을 그런 위험에 빠뜨렸다면 최소한 정학이라도 당했을 겁니다. 생각해 보십시오. 교칙을 죄다 어기고, 한밤중에 출입 금지 구역에 들어가 늑대인간과 살인자랑 어울리다니요. 그 애가 규칙을 어기고 호그스미드를 방문했다는 믿을 만한 증거도 있습니다."

"그래, 그래……. 두고 보도록 하지, 스네이프. 두고 보세나……. 그 아이가 어리석은 짓을 한 건 확실하니……."

해리는 눈을 질끈 감은 채 누워서 귀를 기울였다. 몸을 가눌 수 없을 것 같았다. 들려오는 말들이 귀에서 뇌까지 아주 천천히 이동하는 것 같아 이해하기가 어려웠다. 팔다리가 납덩이 같았다. 눈꺼풀은 너무 무거워서 들어 올릴 수가 없을 지경이었다……. 여기 이 편안한 침대에 영원히 누워 있고만 싶었다…….

"무엇보다 나를 놀라게 한 건 디멘터들의 행동이네……. 그들이 뭐 때문에 물러났는지 전혀 모르나, 스네이프?"

"네, 총리님. 제가 정신을 차렸을 때 디멘터들은 이미 원래 자리인 학교 출입구로 돌아가고 있었습니다……."

"놀랍군. 하지만 블랙과 해리, 그 여학생은……."

"제가 도착했을 때는 모두 정신을 잃은 상태였습니다. 저는 당연히 블랙을 묶고 재갈을 물린 뒤 마법으로 들것을 만들어 내서 모두를 즉시 성으로 데리고 왔습니다."

잠시 침묵이 흘렀다. 정신이 조금 맑아진 것 같았다. 그러자 뭔가가 배 속 깊은 곳을 갉아먹는 듯한 느낌이 들었다…….

해리는 눈을 떴다.

모든 게 약간 흐릿하게 보였다. 누군가가 안경을 벗겨 두었다. 그는 어두운 병동에 누워 있었다. 그는 병동 맨 끝에서 자신을 등진 채 다른 침대 위로 몸을 숙이고 있는 폼프리 선생을 알아보았다. 해리는 눈을 가늘게 떴다. 폼프리 선생의 팔 아래로 론의 빨간 머리카락이 보였다.

해리는 베개 위에서 머리를 움직였다. 오른쪽 침대에는 헤르미온느가 누워 있었다. 그녀의 침대는 달빛에 휩싸여 있었다. 그녀도 눈을 뜨고 있었는데, 잔뜩 긴장한 것처럼 보였다. 그녀는 해리가 깬 것을 보더니 입술에 손가락을 갖다 대고 병동 문을 가리켰다. 문이 열려 있었다. 코닐리어스 퍼지와 스네이프의 목소리는 바깥 복도에서 그 문을 통해 들려온 것이었다.

폼프리 선생은 이제 해리의 침대를 향해 어두운 병동을 기운차게 걸어오고 있었다. 그는 고개를 돌려 그녀를 바라보았다. 폼프리 선생은 해리가 여태 본 것 중에서 가장 커다란 초콜릿 덩어리를 들고 있었다. 꼭 작은 바위만 했다.

"아, 깨어났구나!" 그녀가 활기차게 말했다. 그녀는 초콜릿을 해리의 침대 옆 탁자에 내려놓고 작은 망치로 깨뜨리기 시작했다.

"론은요?" 해리와 헤르미온느가 동시에 물었다.

"괜찮을 거야." 폼프리 선생이 엄한 목소리로 말했다. "너희 둘 말이다…… 너희는 내가 됐다고 할 때까지 여기에서 지내야…… 포터, 뭐 하는 거니?"

해리는 몸을 일으켜 앉아 안경을 쓰고 마법 지팡이를 집어 들고 있었다.

"교장 선생님을 뵈어야 돼요." 그가 말했다.

"포터." 폼프리 선생이 달래듯 말했다. "괜찮아. 블랙은 잡혔어. 위층에 갇혀 있단다. 디멘터들이 당장이라도 입맞춤을 실행할 거야."

"뭐라고요?"

해리는 침대에서 뛰쳐나갔다. 헤르미온느도 똑같은 행동을 했다. 하지만 해리의 외침이 복도까지 들렸는지, 다음 순간 코닐리어스 퍼지와 스네이프가 병동에 들어왔다.

"해리, 해리, 대체 무슨 일이냐?" 퍼지가 불안한 얼굴로 물었다. "누워 있어야지. 이 애가 초콜릿은 먹었습니까?" 그가 걱정스러운 듯 폼프리 선생에게 물었다.

"총리님, 제 말 좀 들어 보세요!" 해리가 말했다. "시리우스 블랙은 죄가 없어요! 피터 페티그루가 자기 죽음을 꾸며 낸 거라고요! 저희는 조금 전에 그자를 봤어요. 디멘터들이 시리우스에게 그 짓을 하도록 놔두시면 안 돼요. 시리우스는……."

하지만 퍼지는 얼굴에 살짝 미소를 띠고 고개를 저었다.

"해리, 해리, 많이 혼란스러운가 보구나. 너는 끔찍한 시련을 겪었어. 이제 다시 눕거라, 우리가 모든 걸 잘 관리하고 있으니……."

"아니라니까요!" 해리가 소리쳤다. **"엉뚱한 사람을 잡은 거라고요!"**

"총리님, 들어 주세요, 제발." 헤르미온느가 말했다. 그녀는 다급히 해리의 옆으로 가서 애원하듯 퍼지의 얼굴을 들여다보았다. "저도 봤어요. 론의 쥐였어요. 그 사람은, 그러니까, 페티그루는 애니마구스였고……."

"보셨죠, 총리님?" 스네이프가 말했다. "둘 다 혼돈 마법에 걸린 겁니다……. 블랙이 아이들에게 아주 제대로 마법을 걸었군요……."

"저희는 혼돈 마법에 걸리지 않았어요!" 해리가 고함을 질렀다.

"총리님! 교수님!" 폼프리 선생이 화를 내며 말했다. "나가 주세요. 포터는 제 환자입니다. 스트레스를 받으면 안 된다고요!"

"스트레스를 받은 게 아니에요. 무슨 일이 있었는지 말하려는 거예요!" 해리가 길길이 뛰면서 말했다. "그냥 들어만 주시면……."

하지만 폼프리 선생이 불쑥 해리의 입에 큼직한 초콜릿 덩어리를 쑤셔 넣었다. 그는 목이 메었고, 그녀는 해리를 억지로 다시 침대에 눕힐 기회를 잡았다.

"자, 부탁드릴게요, 총리님. 이 아이들한테는 안정이 필요해요. 부디 나가 주세요."

문이 다시 열렸다. 덤블도어였다. 해리는 입안에 가득한 초콜릿을 힘겹게 삼키고 다시 일어났다.

"덤블도어 교수님, 시리우스 블랙이……."

"원, 세상에!" 폼프리 선생이 신경질적으로 소리쳤다. "여기가 병동 맞나요? 교장 선생님, 제발 부탁드려……."

"미안합니다, 포피. 하지만 포터 군과 그레인저 양이랑 할 얘기가 있어요." 덤블도어가 담담하게 말했다. "방금 시리우스 블랙과 이야기를 나눴는데……."

"그자가 포터의 머릿속에 심은 것과 똑같은 허무맹랑한 얘기를 했을 것 같습니다만?" 스네이프기 내뱉었다. "쥐가 어쨌다느니 페티그루가 살아 있다느니 하는 얘기겠지요."

"실은, 바로 그 얘기라네." 덤블도어가 반달 안경 너머로 스네이프를 바라보며 말했다.

"그럼 제 증언은 전혀 중요하지 않은 겁니까?" 스네이프가 으르렁거리듯 말했다. "피터 페티그루는 악쓰는 오두막에 없었습니다. 교내 어디에도 그자의 흔적은 없었어요."

"그야 기절하셨으니까 그렇죠, 교수님!" 헤르미온느가 간곡한 목소리로 말했다. "교수님은 늦게 도착하셔서 듣기를……."

"그레인저 양, **입 다물지 못해!**"

"자자, 스네이프." 퍼지가 깜짝 놀라서 말했다. "저 꼬마 아가씨는 혼란스러운 상태니 우리가 이해해야지."

"해리랑 헤르미온느하고만 이야기 나누고 싶으니……." 덤블도어가 불쑥 입을 열었다. "코닐리어스, 세베루스, 포피, 나가 주세요."

"교장 선생님!" 폼프리 선생이 식식거렸다. "얘들은 치료가 필요해요. 쉬어야 한……."

"기다릴 수 없는 문제입니다." 덤블도어가 말했다. "꼭 좀 부탁드리지요."

폼프리 선생은 입을 꽉 다물더니 병동 끝에 있는 사무실로 성큼성큼 걸어 들어가 문을 쾅 닫았다. 퍼지는 조끼에 매달려 달랑거리던 커다란 황금색 회중시계를 들여다보았다.

"지금쯤이면 디멘터들이 도착했겠군." 그가 말했다. "내가 가서 맞이하겠소. 덤블도어, 위층에서 봅시다."

그가 문으로 가서 스네이프를 기다리며 문을 잡고 있었지만 스네이프는 움직이지 않았다.

"블랙의 얘기를 믿지 않으시는 게 확실합니까?" 스네이프가 덤블도어의 얼굴에 시선을 고정한 채 속삭이듯 물었다.

"나는 해리와 헤르미온느하고만 이야기 나누고 싶네." 덤블도어가 되풀이했다.

스네이프가 덤블도어 쪽으로 한 걸음 다가섰다.

"시리우스 블랙은 열여섯 살 나이에 살인을 저지를 수 있다는 걸 보여 줬습니다." 그가 숨죽여 말했다. "그 일을 잊으신 건 아니겠죠, 교장 선생님? 놈이 절 죽이려 한 적이 있다는 사실을 잊진 않으셨을 거라 믿습니다."

"내 기억력은 여느 때만큼 괜찮다네, 세베루스." 덤블도어가 조용히 말했다.

스네이프는 발길을 돌려 퍼지가 여전히 잡고 있던 문으로 성큼성큼 걸어 나갔다. 문이 닫히자 덤블도어는 해리와 헤르미온느를 돌아보았다. 둘은 동시에 이야기를 쏟아 냈다.

"교수님, 블랙 말이 사실이에요. 저희가 페티그루를 봤어요."

"루핀 교수님이 늑대인간으로 변했을 때 달아났어요."

"페티그루는 쥐예요."

"페티그루의 앞발은, 그러니까, 손가락은, 자기가 직접 자른 거였어요."

"페티그루가 론을 공격했어요. 시리우스가 한 게 아니고요."

하지만 덤블도어는 손을 들어 쏟아지는 설명을 막았다.

"이제는 너희가 들을 차례다. 부탁이니 내 말을 끊지 말거라. 시간이 별로 없으니까." 그가 조용히 말했다. "블랙의 이야기를 뒷받침해 줄 증거는 조금도 없다. 너희의 말을 제외하면 말이야. 그리고 열세 살짜리 마법사 두 명의 말은 누구도 설득시키지 못할 게다. 거리에 가득했던 목격자들이 시리우스가 페티그루를 죽이는 걸 봤다고 맹세했다. 나부터가 정부에 시리우스가 포터 부부의 비밀 수호자였다고 증언했단다."

"루핀 교수님이 증언해 주실……." 해리가 참지 못하고 입을 열었다.

"루핀 교수는 지금 누구와도 이야기할 수 없는 상태로 금지된 숲 깊숙한 곳에 있다. 루핀 교수가 인간으로 돌아왔을 때쯤에는 이미 늦었을 게다. 시리우스는 죽느니만 못한 상태가 되겠지. 우리 인간들 대부분이 늑대인간을 믿지 못하기 때문에, 루핀의 지지는 별로 도움이 안 될 거라는 말도 덧붙여야겠구나. 루핀과 시리우스가 오랜 친구 사이라는 것도 그렇고…….”

“하지만…….”

“내 말 듣거라, 해리. 너무 늦었어. 알아듣겠니? 너는 스네이프 교수의 상황 설명이 너희가 말한 것보다 훨씬 설득력 있다는 걸 인정해야 한다.”

“스네이프 교수님은 시리우스를 싫어한단 말이에요.” 헤르미온느가 절망스러운 듯 말했다. “단지 시리우스가 자기한테 무슨 멍청한 장난을 쳤다는 이유로…….”

“시리우스도 결백한 사람답게 행동하지 않았다. 뚱뚱한 귀부인을 공격한 일이라든가, 칼을 들고 그리핀도르 탑에 들어오기도 했고……. 살았든 죽었든 간에 페티그루가 없으면 시리우스의 판결을 뒤집을 가능성은 없어.”

“하지만 교수님은 저희를 믿으시잖아요.”

“그래, 믿는다.” 덤블도어가 조용히 말했다. “하지만 나에겐 사람들이 진실을 보게 만들거나, 마법 정부가 내린 결정을 뒤집을 힘이 없단다…….”

해리는 덤블도어의 침통한 얼굴을 올려다보고 발밑의

땅이 무너지는 것 같은 기분을 느꼈다. 그는 덤블도어라면 무엇이든 해결할 수 있으리라는 생각에 익숙해져 있었다. 덤블도어가 기막힌 해결책을 내놓을 거라고 기대한 것이다. 하지만 아니었다……. 그들의 마지막 희망이 사라져 버렸다.

"우리한테 필요한 건……." 덤블도어가 천천히 말했다. 그의 하늘색 눈이 해리에게서 헤르미온느에게로 옮겨 갔다. "시간이란다."

"하지만……." 헤르미온느가 입을 열었다. 그러더니 눈을 휘둥그렇게 떴다. "앗!"

"자, 잘 듣거라." 덤블도어가 아주 나직하고 또렷한 목소리로 말했다. "시리우스는 지금 8층에 있는 플리트윅 교수님 연구실에 갇혀 있단다. 서쪽 탑 오른쪽에서 열세 번째 창문이야. 일이 다 잘된다면, 너희는 오늘 밤 하나 이상의 무고한 목숨을 구할 수 있을 게다. 하지만 둘 다 이건 기억하거라. *절대 목격되어서는 안 돼. 그레인저 양, 규칙을 알 테니 뭐가 위험한지도 잘 알 게다……. 절대, 목격되어선, 안 된다.*"

해리는 무슨 영문인지 감을 잡을 수 없었다. 덤블도어는 문에 다다라 뒤를 돌아보았다.

"나는 너희를 가둘 생각이란다. 지금이……." 그는 손목시계를 보았다. "자정 5분 전이구나. 그레인저 양, 세 번 돌리면 될 게다. 행운을 빈다."

"행운을 빈다고?" 덤블도어가 문을 닫고 나가자 해리가 그의 말을 되풀이했다. "세 번 돌리다니? 무슨 얘기야? 우리더러 어쩌라는 거야?"

하지만 헤르미온느는 말없이 로브의 목 부분을 더듬어 옷 속에서 아주 길고 가느다란 황금 목걸이를 꺼냈다.

"해리, 이리 와." 그녀가 다급히 말했다. "*빨리!*"

해리는 당황해서 어쩔 줄을 모르면서도 헤르미온느 쪽으로 갔다. 그녀는 목걸이를 빼 들고 있었다. 목걸이에 반짝거리며 매달려 있는 조그만 모래시계가 보였다.

"자……."

그녀는 목걸이를 해리의 목에도 감았다.

"준비됐어?" 그녀가 숨죽여 물었다.

"뭐 하는 건데?" 해리는 뭐가 뭔지 전혀 알 수 없었다.

헤르미온느가 모래시계를 세 번 뒤집었다.

어두운 병동이 녹아내렸다. 해리는 아주 **빠르게** 뒤로 날아가는 것 같은 기분을 느꼈다. 흐릿한 색채와 형상 들이 빠르게 지나쳐 갔다. 귀에서 쿵쾅거리는 소리가 들렸다. 그

는 고함을 지르려고 했지만 그 자신의 목소리가 들리지 않
았다.

그때 발아래 단단한 땅이 느껴지더니 다시 모든 것이 똑
똑히 보였다.

그는 아무도 없는 현관홀에서 헤르미온느 옆에 서 있었
다. 열린 성문으로 들어온 황금색 햇빛 한 줄기가 돌이 깔
린 바닥에 드리워졌다. 그는 헤르미온느를 홱 돌아보았다.
그 바람에 모래시계의 줄이 목을 조였다.

"헤르미온느, 무슨……?"

"일단 여기 들어가!" 헤르미온느가 해리의 팔을 잡고 현
관홀 한쪽에 있는 빗자루를 보관하는 벽장으로 끌고 갔다.
그녀는 그 문을 열고 들통들과 대걸레들 사이에 해리를 밀
어 넣더니 자신도 들어와 문을 쾅 닫았다.

"대체 무슨…… 어떻게…… 헤르미온느, 어떻게 된 거
야?"

"우리는 시간을 거슬러 왔어." 어둠 속에서 헤르미온느
가 해리의 목에서 목걸이를 벗겨 내며 속삭였다. "세 시간
전으로……."

해리는 다리를 세게 꼬집었다. 무척 아팠다. 아주 이상한
꿈을 꾸고 있는 건 아닌 것 같았다.

"하지만……."

"쉿! 들어 봐! 누가 오고 있어! 내 생각엔…… 내 생각엔 우리인 것 같아!"

헤르미온느는 귀를 벽장문에 갖다 댔다.

"문으로 향하는 발소리야……. 맞아, 우리가 해그리드한 테 가고 있나 봐!"

"그러니까……." 해리가 목소리를 낮추고 말을 이었다. "우리가 이 벽장 안에도 있고 저 밖에도 있다는 거야?"

"응." 헤르미온느가 귀를 벽장문에 딱 붙인 채 말했다. "틀림없어……. 많아야 세 사람 같아……. 투명 망토를 쓰고 있어서 천천히 걷는 중이야……."

그녀는 말을 멈추고 계속해서 열심히 귀를 기울였다.

"우리가 정문 계단을 내려갔어……."

헤르미온느는 뒤집어진 양동이 위에 앉았다. 해리는 몹시 초조한 표정을 지으며 몇 가지 의문에 대한 답을 구하고자 그녀에게 물었다.

"그 모래시계 같은 건 어디서 났어?"

"이건 타임 터너야." 헤르미온느가 속삭였다. "학기 첫날에 맥고나걸 교수님한테서 받았어. 이번 학기 내내 이걸 쓰면서 그 수업들을 다 들은 거야. 맥고나걸 교수님이 절대 아무한테도 말하지 말라고 하셨어. 나한테 이걸 주려고 마법 정부에 온갖 편지를 보내셔야 했대. 내가 모범생이고, 공부 외의 목적으로는 무슨 일이 있어도 절대 사용하지 않을 거라고 설득해야 했거든……. 나는 타임 터너를 돌려서 지나간 시간을 되풀이할 수 있었어. 그래서 내가 수업 여러 개를 동시에 들을 수 있었던 거야. 알겠지? 근데…… 해리, 난 덤블도어 교수님이 우리한테 뭘 하라는 건지 모르겠어. 왜 세 시간을 거슬러 가라고 했을까? 그걸로 어떻게 시리우스를 구할 수 있지?"

해리는 그녀의 그늘진 얼굴을 뚫어지게 바라보았다.

"지금쯤 무슨 일이 일어난 게 틀림없어. 우리가 그걸 바꿔 주길 바라시는 거야." 그가 천천히 말했다. "무슨 일이 있었지? 세 시간 전에는 해그리드의 오두막으로 걸어가고 있었는데……."

"지금이 세 시간 전이야. 우리는 해그리드한테 가는 중이고." 헤르미온느가 말했다. "방금 우리가 나가는 소리를 들었잖아……."

해리는 얼굴을 찌푸렸다. 집중하느라 뇌를 쥐어짜는 기분이었다.

"덤블도어 교수님이 조금 전에…… 조금 전에 말했잖

아. 우리가 하나 이상의 무고한 목숨을 구할 수 있을 거라고…….” 그때 문득 그 생각이 떠올랐다. “헤르미온느, 우린 벅빅을 구해야 해!”

“하지만…… 그걸로 어떻게 시리우스를 구한다는 거야?”

“덤블도어 교수님이 말해 줬잖아. 플리트윅 교수님 연구실 창문이 어디 있는지! 시리우스가 갇혀 있는 곳! 벅빅을 타고 창문으로 날아가서 시리우스를 구해야 해! 시리우스는 벅빅을 타고 탈출할 수 있을 거야. 둘이 같이 탈출하는 거지!”

해리가 헤르미온느의 표정을 살펴보니 그녀는 겁에 질려 있었다.

“그런 일을 들키지 않고 해내려면 기적을 바랄 수밖에 없어!”

“뭐, 시도는 해 봐야 하지 않을까?” 해리가 말했다. 그는 일어서서 귀를 문에 바짝 댔다.

“아무도 없는 것 같은데……. 자, 가자…….”

해리는 벽장문을 열었다. 현관홀에는 아무도 없었다. 그들은 되도록 조용하고 빠르게 벽장을 빠져나와 돌계단을 내려갔다. 그림자는 벌써 길어지고, 금지된 숲의 우듬지는 다시 한 번 황금빛으로 물들어 있었다.

"혹시라도 누가 창밖을 내다보고 있으면……." 헤르미온느가 등 뒤의 성을 올려다보며 겁먹은 목소리로 말했다.

"죽어라 뛰어야지." 해리가 결연하게 말했다. "금지된 숲까지 곧장. 알았지? 나무 같은 것 뒤에 숨어서 망을 봐야 해."

"알았어. 근데 온실 옆으로 돌아가자!" 헤르미온느가 숨죽여 말했다. "해그리드의 오두막 현관에서 보이지 않는 곳에 있어야 해, 안 그러면 우리가 우리를 볼 테니까! 지금쯤 틀림없이 해그리드의 오두막에 거의 도착했을 거야!"

해리는 여전히 그녀가 한 말의 뜻을 고민하면서 전력 질주하기 시작했고 헤르미온느가 그 뒤를 따랐다. 그들은 채소밭을 가로질러 온실들 쪽으로 달려가 그곳에 잠깐 멈춰서 몸을 숨겼다가 다시 출발했다. 그런 다음 최대한 빠르게 후려치는 버드나무를 지나쳐 금지된 숲으로 숨어들었다…….

무사히 나무 그늘로 들어간 해리가 뒤돌아보았다. 잠시 후, 헤르미온느가 숨을 헐떡이며 그의 옆에 도착했다.

"좋아." 그녀가 가쁜 숨을 내쉬며 말했다. "해그리드의 오두막에 몰래 접근해야 해. 눈에 띄지 않도록 조심해, 해리…….

그들은 숲 가장자리를 벗어나지 않는 범위에서 나무들

사이를 조용히 나아갔다. 해그리드의 오두막 앞을 힐끔 본 그 순간, 문 두드리는 소리가 들렸다. 그들은 재빨리 널찍한 오크나무 뒤에 숨어 각각 양쪽에서 내다보았다. 해그리드가 하얗게 질린 얼굴로 부들부들 떨면서 문 앞에 나타났다. 그는 누가 문을 두드렸는지 보려고 주위를 둘러보았다. 해리는 자기 목소리를 들었다.

"우리예요. 투명 망토를 걸치고 있어요. 벗을 수 있게 들여보내 주세요."

"오지 말라니까!" 해그리드가 말했다. 그는 물러서더니 재빨리 문을 닫았다.

"이렇게 이상한 일은 처음 해 본다." 해리가 기대감 어린 목소리로 말했다.

"좀 움직여 보자." 헤르미온느가 작은 소리로 힘주어 말했다. "벅빅한테 더 가까이 가야 해!"

그들은 해그리드의 호박밭 울타리에 묶여 있는 히포그리프가 보일 때까지 나무 사이로 살금살금 이동했다. 벅빅은 안절부절못하는 듯 보였다.

"지금 할까?" 해리가 속삭였다.

"안 돼!" 헤르미온느가 말했다. "지금 데려가면 위원회 사람들은 해그리드가 벅빅을 놔줬다고 생각할 거야! 그 사람들이 벅빅이 바깥에 묶여 있는 걸 볼 때까지 기다려야 해!"

"그럼 60초 정도밖에 없겠네." 해리가 말했다. 점점 불가능하게 느껴졌다.

그 순간, 해그리드의 오두막 안에서 도자기 깨지는 소리가 들려왔다.

"해그리드가 우유 주전자를 깨뜨리는 소리야." 헤르미온느가 나지막이 말했다. "조금 이따 내가 스캐버스를 발견하겠지……."

아니나 다를까, 몇 분 뒤 헤르미온느의 놀란 비명 소리가 들렸다.

"헤르미온느." 해리가 불쑥 말했다. "만약에 그냥…… 그냥 저기에 뛰어들어 가서 페티그루를 잡으면……."

"안 돼!" 헤르미온느가 겁에 질린 듯 속삭였다. "모르겠어? 우리는 가장 중요한 마법사 법 중 하나를 어기고 있는 거야! 아무도 시간을 바꿔서는 안 돼. 아무도! 너도 덤블도어 교수님 얘기를 들었잖아. 우리가 눈에 띄면……."

"우리를 보게 될 사람은 우리 자신과 해그리드뿐이잖아!"

"해리, 너 자신이 해그리드의 오두막으로 뛰어들어 오는 걸 보면 어떨 것 같아?" 헤르미온느가 물었다.

"그야…… 그야 내가 미쳤다고 생각하겠지." 해리가 대답했다. "아니면 무슨 어둠의 마법에 걸렸다고 생각하거나……."

"바로 그거야! 넌 이해하지 못할 거고, 심지어 너 자신을 공격할지도 몰라! 알겠어? 맥고나걸 교수님은 마법사들이 시간에 간섭했을 때 어떤 끔찍한 일들이 벌어졌는지 말씀해 주셨어……. 그중 아주 많은 사람들이 결국 과거나 미래의 자신을 죽이는 실수를 저질렀단 말이야!"

"알았어!" 해리가 말했다. "그냥 생각해 본 거야. 내 생각엔 그냥……."

하지만 헤르미온느가 그를 쿡 찌르며 성 쪽을 가리켰다. 해리는 저 멀리 호그와트 성의 정문이 또렷이 보이도록 머리를 살짝 움직였다. 덤블도어와 퍼지, 나이 든 위원회 위원과 사형 집행인 맥네어가 계단을 내려오고 있었다.

"우리가 곧 나올 거야!" 헤르미온느가 숨죽여 말했다.

과연 잠시 뒤 해그리드의 오두막 뒷문이 열리고 해리 자신과 론, 헤르미온느가 해그리드와 함께 나오는 모습이 보였다. 나무 뒤에 서서 호박밭에 있는 자기 자신을 지켜보고 있자니 확실히 기분이 이상했다.

"괜찮아, 비키. 괜찮아⋯⋯." 해그리드가 벅빅에게 말했다. 그런 다음 그는 해리, 론, 헤르미온느에게 고개를 돌렸다. "어서, 가라. 빨리 출발해."

"해그리드, 우린⋯⋯."

"우리가 저 사람들한테 실제로 무슨 일이 있었는지 말할게요⋯⋯."

"벅빅을 죽게 내버려 둘 수는 없어요⋯⋯."

"가! 너희가 아니어도 충분히 골치 아픈 상황이니까!"

해리는 호박밭에 있는 헤르미온느가 해리 자신과 론에게 투명 망토를 뒤집어씌우는 모습을 봤다.

"빨리 가라. 듣지 말고⋯⋯."

해그리드의 오두막 현관문을 두드리는 소리가 들렸다. 사형 집행인 일행이 도착한 것이다. 해그리드는 몸을 돌려 오두막으로 돌아가 뒷문을 열어 두었다. 오두막 주변의 잔디가 군데군데 납작 밟히는 것이 보였고, 여섯 개의 발이 멀어져 가는 소리가 들렸다. 그와 론, 헤르미온느는 가 버렸다⋯⋯. 하지만 숲 속에 숨은 해리와 헤르미온느는 뒷문을 통해 이제 오두막 안에서 무슨 일이 벌어지는지 들을 수 있었다.

"짐승은 어디에 있소?" 맥네어의 차가운 목소리가 들려왔다.

"바, 바깥에." 해그리드가 쉰 목소리로 말했다.

맥네어의 얼굴이 해그리드의 오두막 창문에 나타나 벅빅이 있는 곳을 내다보자 해리는 혹시라도 자신이 보일까 봐 얼른 머리를 뒤로 뺐다. 그때 퍼지의 목소리가 들렸다.

"우린, 어…… 자네에게 공식 사형 집행 통지문을 읽어 주어야 하네, 해그리드. 내가 빨리 읽지. 그런 다음에 자네와 맥네어가 서명을 해야 해. 맥네어, 자네도 들어야 하네. 절차가 그래……."

맥네어의 얼굴이 창문에서 사라졌다. 지금 아니면 영영 기회가 없었다.

"여기서 기다려." 해리가 헤르미온느에게 속삭였다. "내가 할게."

퍼지의 목소리가 다시 들리기 시작하자 해리는 숨어 있던 나무 뒤에서 쏜살같이 뛰어나갔다. 그는 울타리를 뛰어넘어 호박밭으로 들어간 다음 벅빅에게 다가갔다.

"위험 생물 처분 위원회의 결정에 따라 6월 6일 해 질 녘에 히포그리프 벅빅, 이하 죄수라 칭함, 의 사형을 집행한다……."

해리는 눈을 깜빡이지 않으려고 신경 쓰며 벅빅의 사나

운 오렌지색 눈을 한 차례 더 빤히 올려다본 다음 꾸벅 인사
했다. 벅빅도 비늘로 뒤덮인 무릎을 굽혔다가 다시 일어섰
다. 해리는 벅빅을 울타리에 매어 둔 밧줄을 풀기 시작했다.

"······참수형을 선고받았으며, 해당 형벌은 위원회에
서 임명한 사형 집행인, 월든 맥네어에 의해 집행될 것임
을······."

"가자, 벅빅." 해리가 중얼거렸다. "어서. 우리가 도와줄
게. 조용······ 조용······."

"······아래와 같이 증명한다. 해그리드, 자네는 여기에 서
명하게······."

해리가 온 무게를 밧줄에 실어 당겼지만 벅빅은 앞발로
버텼다.

"자, 해치웁시다." 해그리드의 오두막에서 위원회 위원
의 새된 목소리가 들렸다. "해그리드, 자네는 안에 머무는
편이 나을지도······."

"아뇨, 저, 저는 녀석과 함께 있고 싶습니다······. 녀석을
혼자 두고 싶지 않아요."

오두막 안에서 발소리가 울렸다.

"벅빅, 움직여!" 해리가 쉿 소리를 냈다.

해리는 벅빅의 목에 감긴 밧줄을 더 세게 잡아당겼다. 히

포그리프는 신경질적으로 날개를 버스럭거리며 걷기 시작했다. 여전히 숲에서 3미터쯤 떨어진, 오두막 뒷문에서 잘 보이는 곳이었다.

"잠깐만 기다려 주겠나, 맥네어." 덤블도어의 목소리가 들렸다. "자네도 서명을 해야 하네." 발소리가 멈췄다. 해리는 밧줄을 세게 잡아당겼다. 벅빅은 부리를 딱딱거리더니 좀 더 빠르게 걸었다.

헤르미온느의 하얗게 질린 얼굴이 나무 뒤에서 삐죽 나왔다.

"해리, 서둘러!" 그녀가 입을 벙긋거렸다.

아직 오두막 안에서 덤블도어의 목소리가 들리고 있었다. 해리는 밧줄을 또 한 번 잡아당겼다. 벅빅은 마지못해 가볍게 달리기 시작했고, 그들은 마침내 숲에 도착했다…….

"빨리! 빨리!" 헤르미온느가 신음했다. 그녀도 나무 뒤에서 뛰어나와 밧줄을 잡고 벅빅이 더 빨리 움직이도록 있는 힘껏 잡아당겼다. 해리는 어깨 너머를 돌아보았다. 그들은 이제 나무에 가려져 있었다. 해그리드의 정원도 전혀 보이지 않았다.

"잠깐." 그가 헤르미온느에게 속삭였다. "저 사람들이 우리 소리를 들을지도 몰라……."

오두막 뒷문이 벌컥 열렸다. 해리, 헤르미온느, 벅빅은 그저 가만히 서 있었다. 히포그리프조차 골똘히 귀 기울이는 듯했다.

침묵에 이어……

"어디에 있지?" 위원회 위원의 새된 목소리가 말했다. "짐승은 어디에 있나?"

"여기에 묶여 있었는데!" 사형 집행인이 길길이 뛰며 말했다. "내가 봤소! 바로 여기 있었어!"

"정말 놀랍군요." 덤블도어가 말했다. 목소리에 즐거워하는 기색이 역력했다.

"비키!" 해그리드가 쉰 목소리로 외쳤다.

휙 하더니 쿵 하는 도끼 소리가 울렸다. 사형 집행인이 화를 참지 못하고 도끼로 울타리를 내리찍은 모양이었다. 울부짖는 소리가 이어지고, 이번에는 흐느끼는 사이사이로 해그리드가 말하는 소리가 들렸다.

"가 버렸어! 가 버렸어요! 그 작은 부리에 축복이 있기를. 녀석이 가 버리다니! 스스로 밧줄을 풀고 도망친 게 틀림없어요! 비키, 이 영리한 녀석!"

벅빅이 해그리드에게 돌아가려고 밧줄을 당기기 시작했

다. 해리와 헤르미온느는 벅빅이 그쪽으로 가지 못하게 하기 위해 밧줄을 쥔 손에 더욱 힘을 주며 발꿈치로 땅바닥을 딛고 버텼다.

"누가 놈을 풀어 준 거요!" 사형 집행인이 으르렁거리듯 말했다. "교내를 수색해야 합니다. 금지된 숲도……."

"맥네어, 실제로 누가 벅빅을 데려갔다고 치세. 자넨 정말로 그 도둑이 벅빅을 데리고 걸어갔을 것 같나?" 덤블도어가 여전히 즐거워하는 목소리로 말했다. "정 수색을 해야겠다면 하늘을 찾아보게……. 해그리드, 차 한 잔 주겠나? 아니면 브랜디라도 한 잔."

"아, 물론입니다, 교수님." 해그리드가 말했다. 그의 목소리가 행복에 겨워 부드러워졌다. "들어오세요, 들어오세요……."

해리와 헤르미온느는 열심히 귀를 기울였다. 발소리들과 사형 집행인이 씩씩대며 욕설을 내뱉는 소리, 문이 탁 닫히는 소리가 들리더니 다시 한 번 침묵이 흘렀다.

"이제 어떻게 하지?" 해리가 주위를 둘러보며 속삭였다.

"여기 숨어 있어야지." 헤르미온느가 말했다. 그녀는 겁먹은 표정을 짓고 있었다. "저 사람들이 성으로 돌아갈 때까지 기다려야 해. 그리고 나서 벅빅을 시리우스가 있는 연구실 창문으로 안전하게 날려 보낼 수 있을 때까지 기다려야 하고. 시리우스는 한두 시간 뒤에야 그 방에 올 테니……. 아, 점점 어려워지네……."

그녀는 초조하게 어깨 너머로 금지된 숲 깊은 곳을 돌아보았다. 이제 해가 지고 있었다.

"가야겠어." 해리가 열심히 머리를 굴리며 말했다. "후려치는 버드나무가 보이는 곳으로 가야 해. 안 그러면 무슨 일이 벌어지고 있는지 알 수 없을 테니까."

"그래." 헤르미온느가 벅빅의 밧줄을 더 단단히 쥐며 말했다. "하지만 우린 눈에 띄어선 안 돼, 해리. 명심해……."

그들은 사방에 어둠이 짙게 깔리고 있는 숲 가장자리를 따라 움직였다. 나무 덤불 뒤에 숨은 그들은 그 틈새로 후려치는 버드나무를 바라보았다.

"저기 론이다!" 해리가 불쑥 말했다.

어두운 형체가 잔디밭을 가로질러 전력 질주하고 있었다. 그 형체가 내지른 고함이 고요한 밤공기 속에서 메아리쳤다.

"걔한테서 떨어져. 떨어지라니까. 스캐버스, 이리와……."

이어서 갑자기 두 개의 형체가 더 나타났다. 해리는 자신

과 헤르미온느가 헐레벌떡 론을 뒤쫓아가는 장면을 지켜
보았다. 잠시 후 론이 몸을 날리는 모습이 보였다.

"잡았다! 저리 가, 이 못된 고양이야."

"저기 시리우스야!" 해리가 말했다. 후려치는 버드나무
뿌리에서 거대한 개의 형상이 튀어나왔다. 시리우스가 해
리를 넘어뜨리고 론을 붙드는 것이 보였다…….

"여기서 보니까 더 심한데?" 그 개가 론을 나무뿌리 안으
로 끌고 들어가는 모습을 지켜보며 해리가 말했다. "아이
코, 봐, 내가 방금 나무에 얻어맞았어. 너도 맞았고. 이거
이상한걸……."

후려치는 버드나무가 삐걱거리며 아래쪽 가지들을 휘둘
러 댔다. 그들은 이리저리 몸을 날리며 나무둥치에 다다르
려고 애쓰는 자신들의 모습을 보았다. 그리고 잠시 후 나무
가 움직임을 멈췄다.

"크룩섕스가 옹이를 누른 거야." 헤르미온느가 말했다.

"그리고 저기 우리가 간다……." 해리가 중얼거렸다. "들
어갔어."

그들이 사라지자마자 나무가 다시 움직이기 시작했다. 잠
시 뒤, 꽤 가까운 곳에서 발소리가 들렸다. 덤블도어와 맥네
어, 퍼지와 나이 든 위원회 위원이 성으로 향하고 있었다.

"우리가 통로로 내려간 직후잖아!" 헤르미온느가 말했다. "덤블도어 교수님이 우리랑 같이 *가기만* 했어도……."

"맥네어랑 퍼지도 같이 갔겠지." 해리가 씁쓸하게 말했다. "퍼지는 틀림없이 맥네어한테 그 자리에서 시리우스를 죽이라고 했을걸……."

그들은 네 사람이 성 계단을 올라 시야에서 사라지는 모습을 지켜보았다. 잠깐 동안 주위에는 아무도 없었다. 그리고……

"루핀 교수님이 온다!" 또 다른 형체가 돌계단을 달려 내려와 다급히 후려치는 버드나무로 뛰어가는 모습을 보고 해리가 말했다. 해리는 하늘을 올려다보았다. 구름이 달을 완전히 가리고 있었다.

그들은 땅에서 부러진 가지를 집어 들고 나무둥치의 옹이를 찌르는 루핀을 보았다. 나무가 몸부림을 멈추자 루핀도 뿌리 틈새로 사라졌다.

"루핀 교수님이 투명 망토를 가져가기만 했어도." 해리가 말했다. "바로 저기에 있는데……."

그가 헤르미온느를 돌아보았다.

"그냥 내가 지금 달려가서 저걸 가져오면 스네이프는 절대 투명 망토를 가질 수 없을……."

"해리, 우리는 눈에 띄어선 안 돼!"

"이걸 어떻게 참아?" 그가 헤르미온느에게 사납게 물었다. "그냥 여기 서서 일이 벌어지는 걸 지켜보자는 거야?" 그는 망설이다 말했다. "망토를 가지러 가야겠어!"

"해리, 안 돼!"

헤르미온느가 가까스로 해리의 로브 뒷자락을 움켜잡았다. 바로 그때, 우렁찬 노랫소리가 들렸다. 해그리드였다. 그는 목청껏 노래 부르며 성으로 비틀비틀 걸어가고 있었다. 손에 들린 커다란 병이 흔들거렸다.

"알겠어?" 헤르미온느가 숨죽여 말했다. "무슨 일이 일어날 뻔했는지 봤지? 눈에 띄지 않도록 조심해야 돼! 안 돼, 벅빅!"

히포그리프가 다시 해그리드에게 가려고 발버둥쳤다. 해리도 벅빅을 잡아 놓으려고 밧줄을 꽉 붙들었다. 그들은 해그리드가 얼근히 취해서 성을 향해 갈지자로 나아가는 모습을 지켜보았다. 그가 사라지자 벅빅도 버둥거림을 멈췄다. 녀석의 머리가 애처롭게 축 늘어졌다.

2분도 채 되지 않아 성문이 또 한 번 활짝 열리더니 스네이프가 뛰어나와 후려치는 버드나무로 질주했다.

미끄러지듯 나무 앞에 멈춰 서서 주위를 둘러보는 스네

이프를 지켜보며 해리는 주먹을 꽉 쥐었다. 스네이프가 투명 망토를 집어 들었다.

"그 더러운 손 치워." 해리가 숨을 죽이고 으르렁거렸다.

"쉿!"

스네이프는 루핀이 나무를 멈추게 할 때 썼던 나뭇가지를 집어 옹이를 찌른 다음 투명 망토를 뒤집어쓰고 시야에서 사라졌다.

"이제 됐어." 헤르미온느가 조용히 말했다. "우린 다 저 밑에 있고…… 이제 다시 올라올 때까지 기다리기만 하면 돼……."

그녀는 벽빅에게 연결된 밧줄 한 끝을 잡아 가장 가까운 나무에 단단히 묶은 뒤 마른 땅에 앉아 무릎을 감싸 안았다.

"해리, 이해가 안 되는 게 있어……. 디멘터들이 어째서 시리우스를 잡아가지 않았을까? 디멘터들이 오던 건 기억나는데, 그다음엔 내가 기절한 것 같아……. 디멘터가 굉장히 많았어……."

해리도 앉아 자기가 본 것을 설명했다. 가장 가까운 곳에 있던 디멘터가 해리의 입에 그 자신의 입을 갖다 댄 일, 은빛을 띤 커다란 뭔가가 호수 건너편에서 질주해 와서 디멘터들을 물리친 일.

해리가 말을 마쳤을 때쯤 헤르미온느의 입은 살짝 벌어져 있었다.

"그런데 그게 뭐였을까?"

"디멘터들을 물러나게 만들 수 있는 건 하나뿐이야." 해리가 말했다. "진짜 패트로누스. 강력한 패트로누스 말이야."

"하지만 그걸 누가 불러냈을까?"

해리는 아무 말도 하지 않았다. 그는 호수 건너편 기슭에서 보았던 사람을 다시 떠올렸다. 그게 누구라고 생각했는지야 분명했지만…… 어떻게 그럴 수가 있단 말인가?

"어떻게 생겼는지 봤어?" 헤르미온느가 기대에 차서 물었다. "교수님 중 한 분이었니?"

"아니." 해리가 말했다. "교수님은 아니었어."

"하지만 그 디멘터들을 다 몰아낸 걸 보면 정말 강력한 마법사였을 게 틀림없어…… 패트로누스가 그렇게 밝게 빛났다면 그 빛이 그 사람을 비췄겠지? 넌 못 본 거야?"

"아니, 봤어." 해리가 천천히 말을 이었다. "하지만…… 내가 상상한 걸지도 몰라……. 제대로 생각할 수 없었거든……. 나도 곧바로 기절해서……."

"누구라고 생각했는데?"

"내 생각엔……." 이 말이 얼마나 이상하게 들릴지 알았기에 해리는 꿀꺽 침을 삼켰다. "내 생각엔 우리 아빠 같았어."

해리는 헤르미온느를 힐긋 쳐다보았다. 이제 그녀의 입은 완전히 벌어져 있었다. 헤르미온느가 놀라움과 안타까움이 뒤섞인 표정으로 그를 지그시 바라보았다.

"해리, 너희 아빠는, 음…… 돌아가셨잖아." 그녀가 조용히 말했다.

"나도 알아." 해리가 재빨리 말했다.

"그분의 유령을 본 걸까?"

"모르겠어……. 아니야……. 형체가 분명했는데……."

"하지만 그렇다면……."

"환영을 본 건지도 몰라." 해리가 말했다. "하지만…… 내가 보기엔…… 아빠 같았어……. 아빠 사진이 있거든……."

헤르미온느는 해리가 제정신인지 걱정된다는 듯한 얼굴로 여전히 그를 바라보고 있었다.

"나도 미친 소리처럼 들린다는 거 알아." 해리가 딱 잘라서 말했다. 그는 벅빅에게로 고개를 돌렸다. 녀석은 벌레를 찾는 듯 부리로 땅을 파헤치고 있었다. 하지만 해리는 사실 벅빅을 보고 있지 않았다.

그는 아버지와 아버지의 가장 오랜 친구 세 사람을 생각하고 있었다……. 무니, 웜테일, 패드풋, 프롱스……. 오늘 밤, 그들 네 사람 모두 교정에 나타났던 걸까? 다들 죽었다고 생각한 웜테일은 오늘 저녁에 다시 나타났다. 아버지가 나타나는 건 아예 불가능한 일일까? 해리가 호수 건너편에서 환영을 본 걸까? 그 형상은 너무 멀어 또렷이 보이지 않았다……. 하지만 해리는 의식을 잃기 전 잠깐 동안 확신을 품었다…….

산들바람에 머리 위 나뭇잎들이 희미하게 바스락거렸다. 움직이는 구름 뒤로 달이 보였다 안 보였다 했다. 헤르미온느는 후려치는 버드나무 쪽으로 얼굴을 돌리고 앉아 기다리고 있었다.

그때 마침내, 한 시간도 더 지나서야……

"우리가 나온다!" 헤르미온느가 작게 소리쳤다.

그녀와 해리는 자리에서 일어섰다. 벅빅이 고개를 들었다. 불편하게 뿌리 구멍에서 기어 나오는 루핀, 론, 페티그루가 보였다. 의식을 잃은 스네이프가 기괴하게 둥둥 뜬 채 그 뒤를 따랐다. 다음으로 해리, 헤르미온느, 시리우스가 나왔다. 그들 모두 성을 향해 걷기 시작했다.

심장이 거세게 뛰기 시작했다. 해리는 하늘을 힐끗 올려다보았다. 당장이라도 저 구름이 지나가고 달이 모습을 드러낼 것이다…….

"해리." 헤르미온느가 그의 생각을 정확히 읽기라도 한 듯 중얼거리며 말했다. "가만히 있어야 돼. 눈에 띄면 안 돼. 우리가 할 수 있는 일은 아무것도 없어……."

"그래, 그냥 페티그루가 다시 도망치게 놔둬야 한다는 말이지……." 해리가 조용히 대꾸했다.

"어둠 속에서 어떻게 쥐 한 마리를 찾겠다는 거야?" 헤르미온느가 쏘아붙였다. "우리가 할 수 있는 건 아무것도 없어! 우리는 시리우스를 구하러 돌아온 거야. 다른 일은 아무것도 해선 안 돼!"

"알았어!"

달이 구름 뒤에서 미끄러져 나왔다. 그들은 교정을 걸어가는 조그마한 형체들이 멈춰 서는 것을 보았다. 잠시 뒤 뭔가가 움직였다.

"저기 루핀 교수님이야." 헤르미온느가 속삭였다. "변신하고 있어."

"헤르미온느!" 해리가 갑자기 말했다. "여기 있으면 안 돼!"

"안 돼. 말했잖……."

"끼어들자는 게 아니야! 루핀 교수님이 금지된 숲으로, 우리 쪽으로 곧장 달려올 거라고!"

헤르미온느가 숨을 헉 들이켰다.

"빨리 피해야 돼!" 그녀가 쏜살같이 달려가 벅빅을 풀어 주며 신음했다. "빨리! 어디로 가지? 어디에 숨어? 금방이라도 디멘터들이 올 텐데……."

"해그리드의 오두막으로 돌아가자!" 해리가 말했다. "거긴 지금 비어 있어. 어서!"

그들은 있는 힘껏 달렸다. 벅빅이 그들을 따라 가볍게 달려왔다. 뒤에서 늑대인간이 울부짖는 소리가 들렸다…….

해그리드의 오두막이 보였다. 해리가 미끄러지듯 달려가 문손잡이를 비틀어 열자 헤르미온느와 벅빅이 그를 획 지나갔다. 해리는 얼른 그들을 뒤따라 들어간 다음 문에 빗장을 걸었다. 사냥개 팽이 시끄럽게 짖어 댔다.

"쉿, 팽, 우리야!" 헤르미온느가 재빨리 다가가 녀석의 귀를 긁어 조용히 시키며 말했다. "정말 아슬아슬했어!" 그녀가 해리에게 말했다.

"그러게……."

해리는 창밖을 내다보았다. 여기에서는 무슨 일이 벌어지는지 살피기가 훨씬 힘들었다. 벅빅은 해그리드의 집에 돌아와 매우 기쁜 듯했다. 난로 앞에 엎드려 만족스러운 듯 날개를 접는 걸 보니 한숨 잘 준비를 하는 것 같았다.

"저기, 다시 나가는 게 좋을 것 같아." 해리가 천천히 말했다. "뭐가 어떻게 되어 가는지 볼 수가 없어. 언제 뭘 해야 하는지 알 수가 없잖아."

헤르미온느가 눈을 들었다. 그녀의 얼굴에 의심스러운 표정이 떠올라 있었다.

"끼어들지 않을게." 해리가 재빨리 덧붙였다. "근데 무슨 일이 벌어지는지를 못 보면 어떻게 시리우스를 구할 타이밍을 잡겠어?"

"뭐…… 좋아, 그럼…… 나는 벅빅이랑 여기서 기다릴게……. 하지만 해리, 조심해. 저 바깥에는 늑대인간이 있어. 디멘터들도 있고."

해리는 다시 밖으로 나가 오두막 주위를 천천히 돌았다. 멀찍이서 깽깽거리는 소리가 들렸다. 디멘터들이 시리우스에게 다가가고 있다는 뜻이었다……. 곧 그와 헤르미온느가 시리우스에게 달려갈 것이다…….

해리는 호수 쪽을 바라보았다. 가슴속에서 드럼을 마구 두드리듯 심장이 두근거렸다. 이제 곧 패트로누스를 보냈던 누군가가 나타날 것이다.

그는 잠깐 동안 망설이며 해그리드의 오두막 문 앞에 서 있었다. *목격되어선 안 돼.* 하지만 그는 목격되고 싶은 게 아니었다. 목격하고 싶었다……. 알아야만 했다…….

디멘터들의 모습이 보였다. 사방의 어둠 속에서 나타난 그들은 스르르 움직이며 호숫가를 맴돌고 있었다…….그것들이 해리가 서 있는 곳 맞은편 기슭으로 멀어져 갔다……. 그들 가까이 갈 필요는 없었다…….

해리는 달리기 시작했다. 머릿속에는 오로지 아버지 생각밖에 없었다……. 그 사람이 아버지라면…… 정말로 아버지라면……. 그는 알아야 했다. 알아내야만 했다…….

호수가 점점 가까워졌지만 아무도 보이지 않았다. 맞은편 기슭에서 아주 작고 희미한 은색의 빛이 보였다. 패트로누스를 불러내려고 시도하는 그 자신…….

호수 가장자리에 덤불이 있었다. 해리는 그 뒤에 몸을 숨기고 절실한 마음으로 나뭇잎 사이로 내다보았다. 맞은편 기슭에서 희미하게 빛나던 은빛이 갑자기 사라졌다. 오싹한 흥분이 해리의 몸을 휩쓸었다. 이제 조금만 있으면…….

"얼른요!" 그는 주위를 둘러보며 중얼거렸다. "어디 있어요? 아빠, 어서요……."

하지만 아무도 오지 않았다. 해리는 고개를 들어 디멘터들이 모여 있는 호수 건너편을 바라보았다. 그중 하나가 후드를 내리고 있었다. 구원자가 나타날 시간이었다. 하지만 이번에는 아무도 도와주러 오지 않았다.

그때 퍼뜩 떠올랐다. 이제 알았다. 그는 아버지를 본 게 아니었다. 그가 본 것은 그 자신이었다.

해리는 덤불 뒤에서 뛰쳐나가 마법 지팡이를 꺼냈다.

"엑스펙토 패트로눔!" 그가 외쳤다.

마법 지팡이 끝에서 형체 없는 안개구름이 아닌, 눈이 멀 듯 찬란한 은빛 동물이 튀어나왔다. 그는 그것이 무엇인지 보려고 힘겹게 눈을 떴다. 말처럼 생긴 그것은 조용히 그에게서 멀어져 어두운 호수 위를 질주하기 시작했다. 그것이 머리를 숙인 채, 몰려드는 디멘터들에게 돌진하는 모습이 보였다……. 어느새 패트로누스는 땅 위의 어두운 형체들 주위를 질주하고 또 질주했다. 디멘터들은 뒤로 넘어지고 흩어지고 어둠 속으로 물러나다가…… 사라졌다.

패트로누스가 방향을 틀었다. 패트로누스는 고요한 수면을 건너 다시 해리를 향해 가볍게 달려오고 있었다. 그것은 말이 아니었다. 유니콘도 아니었다. 수사슴이었다. 그것은 머리 위의 달처럼 밝게 빛나고 있었다……. 그것이 해리에게 돌아오고 있었다…….

패트로누스는 기슭에서 멈춰 섰다. 커다란 은빛 눈으로 해리를 빤히 바라보면서도 그것은 부드러운 땅에 발자국 하나 남기지 않았다. 그것이 뿔이 난 머리를 천천히 숙였다. 그리고 해리는 깨달았다…….

"프롱스." 그가 속삭였다('prong'은 가지처럼 갈라진 사슴 뿔을 가리키기도 한다—옮긴이).

하지만 떨리는 손끝을 뻗자 그 생명체는 순식간에 사라져 버렸다.

해리는 여전히 손을 뻗은 채 그 자리에 서 있었다. 잠시 후 뒤에서 발굽 소리가 들려오자 가슴이 철렁했다. 몸을 홱 돌리니 헤르미온느가 벅빅을 끌고 달려오는 모습이 보였다.

"뭘 한 거야?" 그녀가 사납게 물었다. "그냥 망만 보겠다고 했잖아!"

"내가 방금 우리 목숨을 구했어……." 해리가 말했다. "이리 와, 이 덤불 뒤로. 설명해 줄게."

헤르미온느는 방금 무슨 일이 일어났는지를 들으며 입을 다물지 못했다.

"누가 널 봤어?"

"그래. 내 말 못 들었어? *내가* 나를 봤다니까. 하지만 우리 아빠라고 생각했으니 괜찮아!"

"해리, 믿을 수가 없어. 그 디멘터들을 다 몰아낸 패트로누스를 불러낸 게 너였다니! 그건 진짜, *진짜* 고급 마법이란 말이야…….."

"이번에는 할 수 있을 줄 알았어." 해리가 말했다. "이미 한 거니까. ……말이 되나?"

"모르겠어. 해리, 스네이프 좀 봐!"

그들은 같이 덤불에서 고개를 내밀고 다른 쪽 기슭을 보았다. 스네이프가 의식을 되찾았다. 그는 허공에 들것들을 만들어 내서 해리와 헤르미온느와 시리우스의 축 늘어진 몸을 그 위에 싣고 있었다. 론을 실은 게 분명한 네 번째 들것은 이미 스네이프 옆에 둥둥 떠 있었다. 잠시 후 스네이프는 마법 지팡이를 앞으로 들어 올리고 그들을 성 쪽으로 이동시키기 시작했다.

"좋아, 시간 다 됐어." 헤르미온느가 긴장한 채 손목시계를 보면서 말했다. "덤블도어 교수님이 병동 문을 잠글 때까지 45분 정도 남았어. 우리가 사라진 걸 누가 알아채기 전에 시리우스를 구출하고 병동으로 돌아가야 해…….."

그들은 호수에 비친 구름의 움직임을 보며 기다렸다. 옆에 있는 덤불이 산들바람에 속삭거렸다. 지루해진 벅빅은 다시 벌레들을 찾고 있었다.

"아직 안 올라갔을까?" 해리가 손목시계를 확인하며 말했다. 그는 성을 올려다보며 서쪽 탑 오른쪽에서부터 창문수를 헤아리기 시작했다.

"저길 봐." 헤르미온느가 소곤거렸다. "저게 누구지? 누가 성에서 나오고 있어!"

해리는 어둠 속을 응시했다. 어떤 남자가 다급히 교정을 가로질러 학교 출입구 중 한 곳으로 향하고 있었다. 그의 허리띠에서 무언가가 번뜩였다.

"맥네어야!" 해리가 말했다. "그 사형 집행인! 디멘터들을 데리러 간 거야! 지금이야, 헤르미온느."

헤르미온느가 벅빅의 등에 양손을 올리자 해리가 그녀의 다리를 받쳐 주었다. 그런 다음 해리는 덤불의 낮은 가지를 딛고 헤르미온느 앞에 올라탔다. 그는 밧줄을 벅빅의 목 뒤로 가져다가 벅빅의 목을 감은 줄에 묶고 고삐처럼 잡았다.

"준비됐어?" 그가 헤르미온느에게 속삭였다. "날 꽉 붙잡아."

그는 발꿈치로 벅빅의 옆구리를 쿡 찔렀다.

벅빅은 곧장 어둠 속으로 날아올랐다. 해리는 양 무릎으로 벅빅의 옆구리를 힘껏 조였다. 힘차게 날아오르는 거대한 날개가 느껴졌다. 헤르미온느는 해리의 허리를 꽉 붙들고 있었다. 그녀가 중얼거리는 소리가 들렸다. "아, 안돼……. 싫다……. 아, 나 이거 정말 싫어……."

해리는 벅빅을 앞으로 몰았다. 그들은 조용히 성 위로 미끄러져 갔다……. 해리가 왼손에 쥔 밧줄을 세게 당기자 벅빅이 방향을 틀었다. 해리는 휙휙 지나가는 창문들을 헤아리려고 애썼다.

"워어!" 그가 있는 힘껏 밧줄을 잡아당기며 소리쳤다.

벅빅이 속도를 늦추는가 싶더니 이내 멈췄다. 벅빅이 공중에 계속 떠 있으려고 날개를 퍼덕이는 바람에 그들은 1, 2미터쯤 솟아올랐다가 가라앉기를 반복했다.

"저기 있다!" 창문 옆으로 떠올랐을 때 해리가 시리우스를 가리키며 말했다. 해리는 손을 뻗고 있다가 벅빅의 날개가 아래로 내려간 순간 유리창을 세차게 두드렸다.

시리우스가 눈을 들었다. 그의 입이 떡 벌어졌다. 시리우스가 의자에서 벌떡 일어나 다급히 다가왔다. 그는 창문을 열려고 했지만 잠겨 있었다.

"물러서요!" 헤르미온느가 소리치며 마법 지팡이를 꺼냈다. 왼손으로는 여전히 해리의 로브 뒷자락을 꽉 쥔 채였다.

"알로호모라!"

창문이 벌컥 열렸다.

"어떻게…… 어떻게……?" 시리우스가 히포그리프를 빤히 바라보며 힘없이 중얼거렸다.

"타세요. 시간이 별로 없어요." 해리는 벅빅이 움직이지 않도록 매끈한 목을 단단히 붙잡고 말했다. "여기서 나가야 돼요. 디멘터들이 올 거예요. 맥네어가 데리러 갔어요."

시리우스가 창틀 양쪽을 짚고 머리와 어깨를 내밀었다. 그토록 마른 게 천만다행이었다. 잠시 후 그는 한쪽 다리를 벅빅의 등에 올려놓고 헤르미온느 뒤에 올라탈 수 있었다.

"좋아, 벅빅. 날아올라!" 해리가 밧줄을 흔들며 말했다. "탑으로 올라가, 어서!"

히포그리프가 힘차게 날개를 한 번 퍼덕이자 그들은 다시 위로, 서쪽 탑 꼭대기까지 높이 솟아올랐다. 벅빅이 흉벽에 털썩 내려앉자 해리와 헤르미온느는 곧바로 벅빅의 등 위에서 미끄러져 내려왔다.

"시리우스, 어서 가세요." 해리가 헐떡였다. "그 사람들이 곧 플리트윅 교수님 연구실에 들이닥칠 거예요. 아저씨가 사라진 걸 알게 될 거라고요."

벅빅이 뾰족한 머리를 홱 젖혔다.

"다른 아이는 어떻게 됐냐? 론이었던가?" 시리우스가 다급히 물었다.

"걔는 괜찮을 거예요. 아직 의식은 없지만, 폼프리 선생님이 고쳐 줄 수 있대요. 빨리요. 가요!"

하지만 시리우스는 여전히 해리를 내려다보고 있었다.

"이 고마움을 어떻게……."

"가세요!" 해리와 헤르미온느가 동시에 버럭 소리쳤다.

시리우스는 탁 트인 하늘을 향해 벅빅을 돌려세웠다.

"다시 만나게 될 거다." 그가 말했다. "넌…… 정말 네 아버지의 아들이구나, 해리……."

그는 벅빅의 옆구리를 발꿈치로 지그시 눌렀다. 거대한 날개가 다시 한 번 펼쳐지자 해리와 헤르미온느는 얼른 물러섰다……. 히포그리프가 공중으로 날아올랐다……. 해리가 가만히 바라보는 동안 히포그리프와 시리우스의 모습이 점점 작아졌다……. 구름 한 점이 달을 지나갔다……. 이윽고 그들은 사라졌다.

22장
다시, 부엉이 우편

"해리!"

헤르미온느가 손목시계를 보며 해리의 소매를 잡아당겼다. "우리는 정확히 10분 뒤에 아무에게도 들키지 않고 다시 병동에 가 있어야 해. 덤블도어 교수님이 문을 잠그기 전에⋯⋯."

"알았어." 해리가 하늘에서 시선을 억지로 돌리며 말했다. "가자⋯⋯."

그들은 뒤에 있는 문으로 살짝 빠져나가 가파른 나선형 돌계단을 내려갔다. 계단을 다 내려가자 목소리들이 들렸다. 그들은 벽에 몸을 바짝 붙이고 귀를 기울였다. 퍼지와 스네이프 같았다. 그 두 사람은 계단 밑에 있는 복도를 빠르게 걸어가고 있었다.

"……덤블도어 교수님이 문제 제기만 안 하길 바랄 뿐입니다." 스네이프가 말했다. "입맞춤은 바로 시행됩니까?"

"맥네어가 디멘터들을 데리고 오는 대로 실시할 걸세. 블랙과 관련된 이 모든 일은 굉장히 당혹스러웠어. 《예언자일보》에 우리가 마침내 놈을 잡았다고 알리게 되기를 얼마나 기다렸는지 말이 안 나올 정도야……. 그쪽에서 자네를 인터뷰하고 싶어 할지도 몰라, 스네이프……. 꼬마 해리도 정신을 되찾는 대로 《예언자일보》에 자네가 자기를 어떻게 구해 주었는지 정확히 설명하고 싶어 할 테고……."

해리는 이를 악물었다. 스네이프와 퍼지가 해리와 헤르미온느가 숨어 있는 곳을 지나칠 때 언뜻 스네이프의 히죽거리는 미소가 보였다. 그들의 발소리가 멀어졌다. 해리와 헤르미온느는 그들이 완전히 사라질 때까지 기다렸다가 반대 방향으로 달리기 시작했다. 계단 하나, 또 하나, 그다음 또 다른 복도를 달리고 있을 때 앞에서 낄낄거리는 웃음소리가 들렸다.

"피브스야!" 해리가 헤르미온느의 손목을 잡으며 중얼거렸다. "여기에 들어가자!"

그들은 아슬아슬하게 왼쪽의 빈 교실로 뛰어들어 갔다.

피브스가 배꼽 빠져라 웃으며 맹렬한 기세로 복도를 통통 튀어 다니고 있는 것 같았다.

"아, 끔찍한 녀석이야." 헤르미온느가 문에 귀를 대고 작은 소리로 말했다. "디멘터들이 시리우스를 끝장내러 오는 걸 알고 잔뜩 신이 난 게 틀림없어……." 그녀가 손목시계를 확인했다. "3분 남았어, 해리!"

그들은 피브스의 즐거워하는 목소리가 멀리 사라질 때까지 기다렸다가 교실을 살짝 빠져나가 또 한 번 달리기 시작했다.

"헤르미온느, 만약 덤블도어 교수님이 문을 잠그기 전에 안에 들어가지 못하면…… 그럼 어떻게 되는 거야?" 해리가 헐떡이며 물었다.

"생각하고 싶지 않아!" 헤르미온느가 다시 한 번 손목시계를 확인하며 신음했다. "1분!"

그들은 병동 출입구가 있는 복도 끝에 도착했다. "됐어, 덤블도어 교수님 목소리가 들려." 헤르미온느가 긴장해서 말했다. "빨리, 해리!"

그들은 살금살금 복도를 나아갔다. 문이 열렸다. 덤블도어의 등이 보였다.

"나는 너희를 가둘 생각이란다. 지금이……." 그가 말하는 소리가 들렸다. "자정 5분 전이구나. 그레인저 양, 세 번 돌리면 될 게다. 행운을 빈다."

덤블도어는 뒷걸음질로 병동에서 나와 문을 닫은 뒤 마법을 써서 잠그려고 마법 지팡이를 꺼냈다. 해리와 헤르미온느는 겁에 질린 채 앞으로 내달렸다. 덤블도어가 눈을 들었다. 긴 은빛 콧수염 아래 미소가 번졌다. "음?" 그가 짤막하게 물었다.

"해냈어요!" 해리가 숨이 차서 말했다. "시리우스는 떠났어요, 벅빅을 타고⋯⋯."

덤블도어가 활짝 미소 지었다.

"잘했다. 내 생각엔⋯⋯." 그는 병동 안에서 무슨 소리가 들리는지 골똘히 귀를 기울였다. "그래, 내 생각엔 너희도 간 것 같구나. 들어가거라. 문을 잠그마."

해리와 헤르미온느는 병동으로 슬쩍 들어갔다. 여전히 꼼짝없이 맨 끝 침대에 누워 있는 론을 빼면 그곳은 텅 비어 있었다. 뒤에서 찰칵 문이 잠기는 소리가 나자 해리와 헤르미온느는 다시 각자의 침대로 기어들었다. 헤르미온느는 타임 터너를 도로 로브 안에 밀어 넣었다. 다음 순간, 폼프리 선생이 사무실에서 성큼성큼 걸어 나왔다.

"교장 선생님 나가시는 소리가 들리던데? 이젠 환자들을 돌봐도 되려나?"

그녀는 기분이 몹시 언짢은 상태였다. 해리와 헤르미온느는 잠자코 초콜릿을 받아먹는 게 최선이라고 생각했다. 폼프리 선생이 그들을 내려다보고 서서 초콜릿을 먹는지 확인했다. 하지만 해리는 좀처럼 삼킬 수가 없었다. 그와 헤르미온느는 신경을 곤두세운 채 귀를 기울이며 기다렸다……. 잠시 후, 두 사람이 폼프리 선생에게서 네 개째의 초콜릿 조각을 받아 들었을 때 저 위 어딘가에서 분노 어린 고함 소리가 메아리쳤다…….

"무슨 소리지?" 폼프리 선생이 놀라서 말했다.

화난 목소리들은 이제 점점 더 커지고 있었다. 폼프리 선생이 문을 빤히 바라보았다.

"나 원 참, 저러다 사람들 다 깨우겠네! 무슨 생각으로 저러는 거야?"

해리는 뭐라고 하는지 들으려고 애썼다. 소리가 점점 가까워지고 있었다.

"순간이동으로 달아난 게 틀림없네, 세베루스. 역시 그자를 혼자 두는 게 아니었는데. 이 얘기가 새어 나가면……."

"**순간이동을 한 게 아닙니다!**" 스네이프가 으르렁거리듯 말했다. 목소리는 이제 아주 가까이에서 들려오고 있었다. "성안에서는 순간이동으로 나타날 수 없고 사라질 수도 없습니다! 이건, 분명, 포터와, 무슨, 관계가, 있을, 겁니다!"

"세베루스, 이성적으로 생각하게. 해리는 잠긴 병동 안에……."

쾅.

병동 문이 벌컥 열렸다.

퍼지, 스네이프, 덤블도어가 병동 안으로 성큼성큼 들어왔다. 덤블도어 혼자만 침착해 보였다. 사실, 그는 꽤 즐거워하는 표정이었다. 퍼지는 화난 얼굴이었고, 스네이프는 아예 정신 줄을 놓은 듯했다.

"말해라, 포터!" 스네이프가 고함쳤다. **"무슨 짓을 한 거냐?"**

"스네이프 교수님!" 폼프리 선생이 날카롭게 소리쳤다. "진정하세요!"

"이보게, 스네이프. 정신 차리게." 퍼지가 말했다. "이 문은 잠겨 있었네. 우리가 방금 봤……."

"저 애들이 그자의 탈출을 도운 겁니다. 제가 압니다!" 스네이프가 해리와 헤르미온느를 가리키며 소리 질렀다. 얼굴이 일그러지고, 입에서는 침방울이 튀고 있었다.

"진정하게, 이 사람아!" 퍼지가 꾸짖었다. "자네는 헛소리를 하고 있어!"

"총리님은 포터를 모르십니다!" 스네이프가 악에 받쳐 소리쳤다. **"저 녀석이 한 짓이에요. 저 녀석이 한 짓이라는 걸 저는 압니다."**

"그 정도면 됐네, 세베루스." 덤블도어가 조용히 말했다. "자네가 지금 무슨 말을 하는 건지 생각해 보게. 이 문은 내가 10분 전 병동을 떠난 이래 계속 잠겨 있었어. 폼프리 선생님, 이 학생들이 침대를 떠난 적이 있나요?"

"당연히 없죠!" 폼프리 선생이 발끈하며 말했다. "교장 선생님이 나가신 뒤로 제가 계속 같이 있었는걸요!"

"뭐, 그렇다는군, 세베루스." 덤블도어가 담담하게 말했다. "해리와 헤르미온느가 동시에 두 곳에 있을 수 있다고 주장하는 게 아니라면, 유감이지만 더 이상 이 아이들을 괴롭힐 이유는 없는 것 같네."

스네이프는 속을 부글부글 끓이며 그 자리에 서서, 그의 행동에 완전히 충격을 받은 듯한 퍼지와 안경 너머로 눈을 반짝이는 덤블도어를 차례로 바라보았다. 스네이프는 로브가 펄럭일 정도로 홱 돌아서서 병동을 뛰쳐나갔다.

"저 친구 상당히 불안정해 보이는군." 퍼지가 스네이프의 뒷모습을 뚫어지게 바라보며 말했다. "나라면 저 친구를 경계하겠소, 덤블도어."

"아, 불안정한 게 아닙니다." 덤블도어가 조용히 말했다. "그저 엄청나게 실망했을 뿐이지."

"어디 저 친구만 그렇겠소!" 퍼지가 씩씩거렸다. "《예언자일보》가 잔치라도 벌이겠소이다! 블랙을 구석에 몰아넣었는데 놈이 또 한 번 손가락 사이로 빠져나가다니! 그놈의 히포그리프가 탈출한 이야기까지 새어 나가면 난 웃음거리가 될 거요! 아무튼…… 가서 정부에 알리는 게 좋겠군……."

"그럼 디멘터들은?" 덤블도어가 물었다. "학교에서 철수할 거라 믿소만?"

"아, 그렇지. 디멘터들은 철수해야지." 퍼지가 마음이 산란한 듯 머리를 쓸어 넘기며 말했다. "그자들이 아무 죄 없는 아이에게 죽음의 입맞춤을 시행할 거라고는 생각도 못 했소……. 완전히 통제를 벗어났어……. 그럼 안 되지. 오늘 밤 그들을 아즈카반으로 돌려보내겠소. 아마 학교 입구에 용들을 배치하는 걸 고려해 봐야 할 것 같군요……."

"해그리드가 좋아하겠군요." 덤블도어가 해리와 헤르미온느에게 살짝 미소 지어 보이며 말했다. 그와 퍼지가 병동

298

을 나가자 폼프리 선생이 얼른 가서 다시 문을 잠갔다. 그
녀는 화가 나서 혼잣말을 중얼거리며 사무실로 돌아갔다.

병동 저 끝에서 나지막한 신음이 들렸다. 론이 깨어난
것이다. 그는 일어나 앉아 머리를 문지르며 주위를 둘러보
았다.

"무, 무슨 일이야?" 그가 앓는 소리를 냈다. "해리? 우리
가 왜 여기 있어? 시리우스는 어디에 있고? 루핀 교수님
은? 뭐가 어떻게 된 거야?"

해리와 헤르미온느가 서로를 바라보았다.

"네가 설명해." 해리가 초콜릿을 좀 더 먹으며 말했다.

해리, 론, 헤르미온느는 다음 날 정오에 병동을 나왔다.
성은 거의 비어 있었다. 날씨가 찌는 듯 덥고 시험이 끝났
다는 건, 모두가 또 한 번의 호그스미드 방문이라는 혜택
을 온전히 누리고 있다는 뜻이었다. 하지만 론도 헤르미온
느도 딱히 가고 싶은 마음이 없었으므로 그들은 해리와 함
께 지난밤에 있었던 사건들에 대해 이야기하고, 시리우스
와 벅빅이 지금쯤 어디에 있을지 궁금해하면서 교정을 거
닐었다. 호수 근처에 앉아 대왕오징어가 물 위로 느릿느릿
촉수를 흔들어 대는 모습을 지켜보던 해리는 맞은편 기슭

을 바라보다가 대화를 놓치고 말았다. 그 수사슴은 바로 어젯밤 저기서부터 그에게로 질주해 왔다…….

문득 그들 위로 그늘이 드리워졌다. 고개를 들자, 눈을 게슴츠레하게 뜨고 있는 해그리드가 보였다. 그는 식탁보만 한 손수건으로 땀에 젖은 얼굴을 닦으며 그들을 내려다보면서 활짝 미소 짓고 있었다.

"좋아해선 안 된다는 거 알아. 어젯밤에 그런 일이 있었는데." 그가 말했다. "그러니까 블랙이 다시 도망치고, 뭐 그런 일들 말이야. 그런데 무슨 일이 있었는지 아니?"

"뭔데요?" 그들은 궁금한 척하며 물었다.

"비키 말이야! 비키가 도망쳤어! 자유로워졌다고! 밤새 축배를 들었지!"

"정말 잘됐네요!" 헤르미온느가 금방이라도 웃음을 터뜨릴 것 같은 론을 나무라듯 쏘아보며 그렇게 말했다.

"그래…… 녀석을 제대로 묶어 놓지 않았나 봐." 해그리드가 기분 좋게 교정 저편을 바라보며 말했다. "오늘 아침에는 걱정이 되더라고……. 녀석이 교내에서 루핀 교수를 만났을까 봐 말이야. 하지만 루핀 교수는 어젯밤에 아무것도 먹지 않았다더구나……."

"네?" 해리가 재빨리 물었다.

"이런, 얘기 못 들었냐?" 해그리드가 말했다. 그의 미소가 살짝 흐려졌다. 근처에 아무도 없었지만 그는 목소리를 낮 췄다. "어…… 스네이프 교수가 오늘 아침 슬리데린 학생들 한테 말해 줬거든……. 지금쯤이면 모두가 알 거라 생각했 는데……. 그게, 루핀 교수는 늑대인간이었어. 게다가 어젯 밤에는 교정에서 변신했고. 당연히 지금 짐을 싸고 있지."

"*짐을 싼다고요?*" 해리가 놀라서 물었다. "왜요?"

"떠나려는 거 아니겠냐?" 해리가 그런 질문을 했다는 것 에 놀란 듯 해그리드가 말했다. "오늘 날이 밝자마자 사직 했어. 다시 그런 위험을 무릅쓸 수는 없다면서."

해리는 허둥지둥 일어섰다.

"교수님을 만나야겠어." 해리가 론과 헤르미온느에게 말 했다.

"하지만 사직하셨다면……."

"우리가 할 수 있는 일은 아무것도 없을 것 같은데……."

"상관없어. 그래도 뵙고 싶어. 이따가 여기서 다시 만나 자."

루핀의 연구실 문은 열려 있었다. 이미 짐을 거의 싸 놓 은 상태였다. 그린딜로의 빈 수조가 낡아 빠진 오래된 여행 가방 옆에 놓여 있고 가방은 꽉 찬 채 열려 있었다. 루핀은 몸을 숙이고 책상 위에 있는 뭔가를 보고 있다가 해리가 문을 두드리자 고개를 들었다.

"네가 오는 걸 봤다." 루핀이 미소를 머금으며 말했다. 그는 들여다보고 있던 양피지를 가리켰다. 도둑 지도였다.

"방금 해그리드를 만났어요." 해리가 말했다. "해그리드 말이, 교수님이 사직하셨다고 하던데요. 사실이 아니죠? 그렇죠?"

"미안하지만 사실이란다." 루핀이 말했다. 그는 책상 서랍을 열어 내용물을 꺼내기 시작했다.

"왜요?" 해리가 물었다. "설마 마법 정부에서 교수님이 시리우스를 도왔다고 생각하는 건가요?"

루핀은 가까이 다가와 해리를 들여보내고 문을 닫았다.

"아니야. 덤블도어 교수님께서 내가 너희 목숨을 구하려 했다고 퍼지 총리를 간신히 설득하셨단다." 그가 한숨을 쉬었다. "세베루스한테는 그게 결정타였지. 멀린 훈장을 받지 못하게 된 게 큰 충격이었던 것 같다. 그래서 세베루스가, 음…… 오늘 아침 식사 시간에 실수로 내가 늑대인간이라는 말을 해 버렸단다."

"고작 그런 이유로 떠나시다뇨!" 해리가 말했다.

루핀은 쓴웃음을 지었다.

"내일 이 시간쯤이면 학부모들이 보낸 부엉이가 속속 도착할 거다. 그들은 늑대인간이 자기 자식들을 가르치길 바라지 않을 거야, 해리. 어젯밤 이후로 나도 그 사람들을 이해하게 됐고. 나는 너희 중 누구라도 물 수 있었어……. 그런 일은 결코 다시 일어나선 안 돼."

"교수님은 여태껏 우리가 만났던 어둠의 마법 방어법 교수님 중에서 최고란 말이에요!" 해리가 말했다. "가지 마세요!"

루핀은 고개를 저으며 말을 아꼈다. 그는 계속 서랍만 비웠다. 해리가 그를 붙잡을 만한 말을 생각해 내려 애쓰고 있는데 잠시 후 루핀이 입을 열었다. "오늘 아침 교장 선생님한테 들었는데 어젯밤에 네가 많은 생명을 구했더구나, 해리. 내게 뭔가 자랑스러워할 만한 일이 있다면 그건 네가 참 많은 걸 배웠다는 거다. 네 패트로누스 이야기 좀 해 봐라."

"그건 어떻게 아셨어요?" 해리는 무엇보다 그 말에 정신이 팔렸다.

"그게 아니면 뭐가 디멘터들을 몰아냈겠니?"

해리는 무슨 일이 있었는지 루핀에게 이야기해 주었다. 그가 이야기를 마치자 루핀은 다시 미소 지었다.

"그래, 네 아버지는 언제나 수사슴으로 변신했지." 그가 말했다. "네가 추측한 게 맞다……. 그래서 우린 제임스를 프롱스라고 불렀지."

루핀은 마지막으로 책 몇 권을 가방에 던져 넣고 책상 서랍을 닫은 뒤 고개를 돌려 해리를 바라봤다.

"자, 어젯밤 악쓰는 오두막에서 가져왔다." 그가 해리에게 투명 망토를 돌려주며 말했다. "그리고……." 그는 망설이다가 도둑 지도도 내밀었다. "더 이상 네 선생이 아니라서 그런지 이것까지 돌려준다고 해서 죄책감이 들지는 않는구나. 나한테는 소용이 없지만, 너랑 론이랑 헤르미온느한테는 쓸모가 있을 거다."

해리는 지도를 받아 들고 씩 웃었다.

"교수님은 무니, 웜테일, 패드풋, 프롱스가 저를 학교 밖으로 꾀어내고 싶어 할 거라고 하셨잖아요……. 그 사람들은 그걸 재미있어할 거라고요."

"우리라면 실제로 그랬을 거야." 루핀이 이제 손을 아래로 뻗어 가방을 닫으며 말했다. "자기 아들이 성 밖으로 나가는 비밀 통로 하나 찾아내지 못했다면 제임스는 분명 굉장히 실망했을 거다."

문 두드리는 소리가 났다. 해리는 얼른 도둑 지도와 투명 망토를 주머니에 쑤셔 넣었다.

덤블도어 교수였다. 그는 해리가 있는 것을 보고도 놀라지 않은 듯했다.

"자네를 태울 마차가 교문 앞에 와 있네, 리머스." 그가 말했다.

"고맙습니다, 교장 선생님."

루핀은 낡은 가방과 빈 그린딜로 수조를 집어 들었다.

"그럼, 잘 있어라, 해리." 그가 미소를 머금으며 말했다. "너를 가르칠 수 있어서 정말 즐거웠다. 언젠가 꼭 다시 만날 거라는 느낌이 들어. 교장 선생님, 교문까지 바래다주실 필요 없습니다. 혼자 갈 수 있어요……."

해리는 루핀이 가능한 한 빨리 떠나고 싶어 한다는 느낌을 받았다.

"그럼 잘 가게, 리머스." 덤블도어가 담담하게 말했다. 루핀은 그린딜로 수조를 살짝 움직여 덤블도어와 악수했다. 그런 다음 마지막으로 해리에게 고개를 끄덕이고 아주 잠깐 미소 지어 보이더니 연구실을 나갔다.

해리는 루핀의 연구실 빈 의자에 앉아 침울하게 바닥을 내려다보다가 문 닫히는 소리를 듣고 고개를 들었다. 덤블도어가 아직 거기에 있었다.

"왜 그렇게 슬퍼하는 게냐, 해리?" 그가 조용히 물었다.
"어젯밤 일을 생각하면 아주 자랑스러워해야 마땅한데."

"달라진 게 아무것도 없어요." 해리가 씁쓸하게 말했다.
"페티그루가 도망쳤잖아요."

"달라진 게 아무것도 없다고?" 덤블도어가 조용히 말했
다. "세상에 그렇게 달라진 일도 없을 거다, 해리. 너는 진
실을 밝히는 데 도움을 주었다. 끔찍한 운명에 처한 무고한
목숨을 구했어."

'끔찍한'. 그때 뭔가가 해리의 기억을 뒤흔들었다. '어느
때보다도 위대하고 끔찍한…….' 트릴로니 교수의 예언!

"덤블도어 교수님, 어제 점술 시험을 볼 때 트릴로니 교
수님이 정말, 아주 이상했어요."

"그래?" 덤블도어가 말했다. "흠, 평소보다 더 이상했다
는 말이지?"

"네…… 아주 낮은 목소리로 눈알을 굴리면서 말했어
요……. 자정이 되기 전에 볼드모트의 부하가 그자에게 돌
아갈 거라고요……. 트릴로니 교수님 말로는 그 부하가 볼
드모트가 힘을 되찾도록 도와줄 거래요." 해리는 덤블도어
를 올려다보았다. "그러더니 트릴로니 교수님이 뭐랄까,
원래대로 돌아왔는데 자기가 한 말을 전혀 기억하지 못하

더라고요. 그건…… 교수님이 진짜 예언을 한 걸까요?"

덤블도어는 깊은 인상을 받은 표정이었다.

"글쎄다, 해리. 그럴지도 모르겠구나." 그가 생각에 잠겨서 말했다. "누가 생각이나 했겠니? 트릴로니 교수가 진짜 예언을 한 게 그걸로 두 번째구나. 봉급이라도 올려줘야겠는걸……."

"하지만……." 해리는 경악해서 그를 바라보았다. 덤블도어는 어떻게 이 말을 그토록 태연하게 받아들일 수 있을까?

"하지만…… 제가 시리우스랑 루핀 교수님이 페티그루를 죽이지 못하게 했어요! 그러니까 볼드모트가 돌아온다면 그건 제 잘못이에요!"

"그렇지 않다." 덤블도어가 조용히 말했다. "타임 터너를 통해 과거로 돌아가는 경험을 하면서 아무것도 배우지 못했니, 해리? 우리가 한 행동의 결과는 늘 너무나 복잡하고 다양해서 미래를 예측한다는 건 정말이지 아주 어려운 일이란다……. 딱하게도 트릴로니 교수가 바로 그 살아 있는 증거야. 페티그루의 목숨을 살려 주었으니 너는 아주 고귀한 일을 한 거다."

"하지만 그자의 도움으로 볼드모트가 힘을 되찾기라도

한다면……!"

"페티그루는 너에게 목숨을 빚졌다. 너는 너에게 빚을 진 사람을 볼드모트에게 보낸 거야. 한 마법사가 다른 마법사의 목숨을 구해 주면 그 둘 사이에는 어떤 연대가 생긴단다……. 그리고 볼드모트가 해리 포터에게 빚을 진 부하를 좋아한다면 내가 그자를 잘못 안 거겠지."

"저는 페티그루와 연대하고 싶지 않아요!" 해리가 말했다. "그 사람은 제 부모님을 배신했어요!"

"이건 가장 심오하고 헤아릴 수 없는 마법이란다, 해리. 하지만 나를 믿거라……. 언젠가는 네가 페티그루의 목숨을 구해 줘서 다행이라고 생각할 때가 올 거야."

해리는 그때가 언제일지 상상할 수 없었다. 덤블도어는 해리가 무슨 생각을 하고 있는지 안다는 듯한 표정이었다.

"나는 네 아버지를 아주 잘 안다. 호그와트 시절에도, 그 이후에도 말이야, 해리." 그가 부드럽게 말했다. "네 아버지였더라도 페티그루를 살려 줬을 거야. 그건 확신한다."

해리는 그를 올려다보았다. 덤블도어라면 웃지 않을 것이기에 말할 수 있었다…….

"어젯밤에…… 저는 아빠가 패트로누스를 불러낸 거라고 생각했어요. 그러니까 호수 맞은편에서 저 자신을 봤을 때 말이에요……. 아빠를 봤다고 생각했어요."

"그럴 수도 있지." 덤블도어가 부드럽게 말했다. "아마 이런 말을 듣는 것도 지겹겠지만, 너는 놀랄 만큼 제임스를 빼닮았단다. 눈을 빼면 말이야……. 눈은 어머니를 닮았지."

해리는 고개를 저었다.

"멍청했어요, 아빠라고 생각했다니." 그가 중얼거렸다. "그러니까, 아빠가 돌아가셨다는 건 저도 아는데 말이에요."

"너는 우리가 사랑했던 사람들이 죽어서 정말로 우리 곁을 떠난다고 생각하니? 엄청난 곤경에 처해 있을 때 그들을 어느 때보다도 선명하게 떠올리는 것 같지 않아? 네 아버지는 네 안에 살아 계신다, 해리. 그리고 네가 아버지를 필요로 할 때 가장 선명하게 모습을 드러내지. 그게 아니면 네가 어떻게 하필 그 패트로누스를 만들어 낼 수 있었겠니? 어젯밤에는 프롱스가 다시 나타난 거야."

해리는 잠시 뒤에야 덤블도어의 말이 무슨 뜻인지 깨달았다.

"시리우스가 어젯밤 나한테 자기들이 애니마구스가 된 얘기를 모두 들려주었단다." 덤블도어가 미소를 머금으며 말했다. "대단한 성취지. 특히, 나한테 비밀로 한 것 말이다. 그제야 래번클로와의 퀴디치 시합에서 말포이 군에게 돌진한 네 패트로누스가 굉장히 특이한 모습을 하고 있었던 게 떠오르더구나. 그러니 어젯밤 너는 네 아버지를 본 게 맞아, 해리⋯⋯. 네 안에서 아버지를 발견한 거란다."

그러더니 덤블도어는 해리를 아주 혼란스러운 생각 속에 남겨 둔 채 연구실을 나갔다.

해리, 론, 헤르미온느와 덤블도어 교수를 제외하면 호그와트에서 시리우스와 벅빅과 페티그루가 사라진 날 밤 일어난 일의 진실을 아는 사람은 아무도 없었다. 학기 말이 다가오자, 정말은 이랬다는 온갖 추측이 해리의 귀에 들려왔지만 그중 진실에 가까운 이야기는 하나도 없었다.

말포이는 벅빅 때문에 화가 나서 길길이 뛰었다. 해그리드가 히포그리프를 안전한 곳으로 빼돌릴 방법을 찾아냈다고 확신한 그는 자신과 자신의 아버지가 일개 숲지기에게 한 방 먹었다는 사실에 분통이 터지는 듯했다. 한편 퍼시 위즐리는 시리우스가 도망친 사건에 관해 할 말이 많았다.

"정부에 들어가면 마법 사법부에 제안할 게 아주 많아!" 그가 귀를 기울여 주는 유일한 사람인 여자 친구 페넬러피에게 말했다.

날씨는 완벽했고, 분위기는 쾌활했고, 시리우스를 탈출

시킨다는 불가능에 가까운 일을 해냈다는 것도 알고 있었지만, 해리는 어느 때보다 좋지 않은 기분으로 학년 말을 맞았다.

루핀 교수가 떠나는 것을 보고 안타까워한 사람은 확실히 해리뿐만이 아니었다. 어둠의 마법 방어법 수업을 듣는 학생 모두가 루핀의 사직을 안타까워했다.

"다음에는 또 어떤 인간을 들이밀려나." 셰이머스 피니건이 우울하게 말했다.

"뱀파이어일지도 모르지." 딘 토머스가 기대에 차서 말을 받았다.

해리의 마음을 짓눌러 오는 건 루핀 교수와의 이별만이 아니었다. 트릴로니 교수의 예언도 계속 생각하지 않을 수 없었다. 그는 페티그루가 지금 어디에 있을지, 그가 볼드모트와 함께할 피난처를 찾았을지 끊임없이 궁금해했다. 하지만 무엇보다도 해리의 기분을 처지게 만드는 것은 더즐리네 집으로 돌아가야 한다는 사실이었다. 30분쯤 될까, 그 눈부신 시간 동안 해리는 이제부터 시리우스와 살게 될 거라 믿었다……. 부모님의 가장 친한 친구와……. 그건 아버지를 되찾는 것에 버금가는 일이었으리라. 그래서 해리는 자신에게 집이 생겼을지도 모른다는 사실이나, 이제 그

것이 불가능하다는 생각을 떠올리면 어쩔 수 없이 비참한 기분이 들었다. 시리우스에게서 아무 소식이 없다는 건 그가 무사히 숨었다는 뜻인 만큼 확실히 희소식이었는데도 그랬다.

시험 성적은 학기 마지막 날에 나왔다. 해리, 론, 헤르미온느는 모든 과목을 통과했다. 해리는 마법약을 통과한 것을 보고 놀랐다. 스네이프가 고의로 그를 낙제시키지 못하도록 덤블도어가 개입했을지도 모르겠다는 날카로운 의심이 들었다. 지난 한 주 해리를 대하는 스네이프의 태도는 경악스러울 정도였다. 그보다 더 심해질 수는 없을 거라 생각했는데, 그에 대한 스네이프의 증오는 실제로 더 심해졌다. 해리를 볼 때마다 스네이프의 가느다란 입술 한끝이 불쾌하게 움찔거렸다. 해리의 목을 움켜쥐고 싶어 근질거린다는 듯 끊임없이 손가락을 구부리기도 했다.

퍼시는 N.E.W.T. 최고 등급을 받았다. 프레드와 조지도 턱걸이로 O.W.L. 등급을 몇 개 따냈다. 한편 그리핀도르 기숙사는 퀴디치 시합에서의 우수한 성적에 크게 힘입어 3년 연속으로 기숙사 챔피언십에서 우승했다. 이는 종강 연회가 진홍색과 금색 장식들에 에워싸인 채 열릴 것이며, 모두가 축하하는 와중에 그리핀도르 식탁이 가장 시끄러울 것이라는 뜻이었다. 해리도 다른 아이들과 함께 먹고 마시고 웃고 떠들며 다음 날 더즐리네로 돌아가는 일을 잊을 수 있었다.

이튿날 아침 호그와트 급행열차가 기차역을 출발하자 헤르미온느가 해리와 론에게 조금 놀라운 소식을 전해 주었다.

"오늘 아침, 식사 직전에 맥고나걸 교수님을 만나러 갔었어. 머글학 수강을 취소할 생각이야."

"하지만 넌 그 과목 시험 성취도가 320퍼센트나 되잖아!" 론이 말했다.

"나도 알아." 헤르미온느가 한숨을 쉬었다. "하지만 다음 학기에도 이런 식으로 했다간 못 버틸 거야. 그 타임 터너 말이야, 그것 때문에 미칠 것 같아. 교수님께 돌려드렸어. 머글학과 점술을 빼면 다시 정상적인 시간표가 될 거야."

"나는 아직도 네가 우리한테 그 얘기를 안 했다는 게 믿어지지 않아." 론이 심통스럽게 말했다. "친구라고 생각했는데."

"아무한테도 말하지 않기로 약속했대도." 헤르미온느가 엄격한 목소리로 대꾸했다. 그녀는 고개를 돌려 해리를 보았다. 그는 호그와트 성이 산 뒤로 사라지는 모습을 지켜보고 있었다. 저 성을 다시 보기까지는 두 달이 통째로 남아 있었다…….

"이런, 기운 내, 해리!" 헤르미온느는 그런 그가 안쓰러운 듯했다.

"괜찮아." 해리가 재빨리 말했다. "그냥 방학을 생각하고 있었어."

"그래, 나도 방학 생각을 하고 있었어." 론이 말했다. "해리, 너 우리 집에서 같이 지내자. 내가 엄마 아빠랑 얘기해 보고 너한테 연락할게. 이젠 존하기를 어떻게 쓰는지 알아……."

"*전화기야*, 론." 헤르미온느가 말했다. "진짜, *너야말로* 다음 학기에 머글학을 들어야겠다…….."

론은 헤르미온느의 말을 못 들은 척했다.

"올여름에 퀴디치 월드컵이 열려! 어때, 해리? 우리 집에 와서 같이 지내다가 월드컵을 보러 가는 거야! 보통 아빠가 직장에서 표를 구해 오시거든."

이 제안은 확실히 해리의 기운을 북돋워 주었다.

"그래…… 더즐리 가족은 나를 기꺼이 보내 줄 거야…….. 내가 마지 고모한테 한 짓이 있으니 더더욱……."

훨씬 기운을 차린 해리는 론, 헤르미온느와 폭발하는 카드 게임을 몇 판 하고, 간식 수레를 끄는 마법사가 도착하자 거한 점심을 샀다. 단, 초콜릿은 전혀 들어 있지 않은 것으로.

하지만 그를 정말로 행복하게 만든 일은 늦은 오후가 되어서야 일어났다…….

"해리." 헤르미온느가 해리의 어깨 너머를 바라보며 불쑥 말했다. "창밖에 저거 뭐야?"

해리는 창밖을 보려고 고개를 돌렸다. 아주 작은 회색빛 뭔가가 유리창 너머에서 위아래로 움직이며 보였다 안 보였다 하고 있었다. 그는 자세히 보기 위해 자리에서 일어났다. 그것은 몸집에 비해 너무 큰 편지를 물고 있는 작디작은 부엉이였다. 사실 그 부엉이는 너무 작아 끊임없이 공중에서 데굴데굴 구르고 기차의 속력에 이리저리 휩쓸리고 있었다. 해리는 재빨리 창문을 열고 팔을 뻗어 부엉이를 잡았다. 녀석은 아주 북슬북슬한 스니치 같았다. 그는 부엉이를 조심스럽게 안으로 들여놓았다. 부엉이는 해리의 자리에 편지를 떨어뜨리고는 객실 안을 쌩 날아다니기 시작했다. 임무를 마쳐서 매우 기쁜 듯했다. 헤드위그가 위엄이 깃든 못마땅한 기색으로 부리를 딱딱거렸다. 크룩섕스가 자리에 똑바로 앉더니 큼직한 노란 눈으로 그 부엉이를 쫓았다. 눈치를 챈 론이 부엉이를 얼른 안전하게 잡아챘다.

해리는 편지를 집어 들었다. 그 앞으로 온 편지였다. 그가 편지를 뜯어서 열더니 소리쳤다. "시리우스한테서 온 거야!"

"뭐라고?" 론과 헤르미온느가 흥분해서 외쳤다. "소리 내서 읽어 봐!"

해리에게.

네가 이모네 집에 도착하기 전에 이 편지를 받았으면 좋겠다. 그 사람들이 부엉이 우편에 익숙한지 잘 몰라서 말이야.

벅빅과 나는 은신처에 있단다. 어디인지는 알려 주지 않으마. 이 편지가 엉뚱한 사람 손에 들어갈 때를 대비해야 하니까. 이 부엉이를 믿을 수 있는지 좀 의심이 들긴 하지만, 내가 찾을 수 있는 녀석 중에서는 제일 나았다. 일에 대한 열의도 무척 강해 보였고.

디멘터들이 아직 나를 찾고 있는 것 같다만 여기라면 놈들이 나를 찾아낼 가능성은 없어. 나는 머지않아 호그와트에서 멀리 떨어진 곳에 있는 머글들에게 살짝 모습을 드러낼 계획이다. 호그와트 성의 보안 조치가 해제되도록 말이야.

우리의 짧은 만남 동안 너에게 말해 줄 기회가 전혀 없었던 일이 한 가지 있다. 너에게 파이어볼트를 보낸 사람은 나였단다.

"하!" 헤르미온느가 의기양양해서 말했다. "봤지! 내가 뭐랬어. 시리우스가 보냈댔잖아!"

"그래, 그런데 저주를 걸진 않았잖아?" 론이 대꾸했다.

"아얏!"

론의 손에 들려 즐겁게 부엉부엉 울던 작은 부엉이가 자기 딴에는 애정 어린 방식으로 그의 손가락을 살짝 깨물었다.

크룩섄스가 나 대신 부엉이 우체국에 주문서를 가져다주었다. 네 이름을 쓰긴 했지만 돈은 그린고츠 711번 금고, 그러니까 내 금고에서 가져가라고 했다. 부디 네 대부가 보내는 지난 열세 번의 생일 선물 대신이라고 생각해 다오.

작년에 네가 이모부의 집을 나온 날 밤에 널 놀라게 했던 것도 사과하고 싶다. 나는 단지 북쪽으로 떠나기 전에 너를 잠깐 보고 싶었을 뿐인데 내 모습이 너를 놀라게 한 것 같더구나.

다른 것도 동봉한다. 아마 그게 내년 너의 호그와트 생활을 더 즐겁게 만들어 줄 거다.

언제든 내가 필요하면 편지를 보내거라. 네 부엉이가 나를 찾아낼 테니. 곧 다시 편지하마.

시리우스

해리는 허겁지겁 봉투 안을 들여다보았다. 또 한 장의 양피지가 들어 있었다. 그는 양피지를 빠르게 읽어 내렸다. 뜨거운 버터맥주 한 병을 단숨에 들이켠 것처럼 갑자기 따뜻한 만족감이 몰려왔다.

해리 포터의 대부인 나, 시리우스 블랙은 해리가 주말에 호그스미드를 방문하는 것을 허락한다.

"덤블도어 교수님은 이거면 충분히 허락하실 거야!" 해리가 즐거워하며 말했다. 그는 편지 뒷면을 보았다.
"잠깐, 추신이 있어……."

네 친구 론이 이 부엉이를 갖고 싶어 할지 어떨지 모르겠구나. 그 친구의 쥐가 없어진 건 내 탓이니까.

론의 눈이 휘둥그레졌다. 조그만 부엉이는 여전히 신이 나서 부엉부엉 울고 있었다.

"애를 가지라고?" 그가 머뭇거리며 말했다. 그는 잠시 부엉이를 가까이서 들여다보더니, 해리와 헤르미온느에게는 무척 놀랍게도, 크룩섕스한테 내밀어 냄새를 맡게 했다.

"어떤 것 같아?" 론이 고양이에게 물었다. "부엉이가 확실해?"

크룩섕스가 가르랑거렸다.

"그럼 됐어." 론이 기쁜 듯 말했다. "이 녀석은 내 거야."

해리는 킹스크로스역으로 가는 내내 시리우스가 보낸 편지를 읽고 또 읽었다. 론, 헤르미온느와 함께 9와 4분의 3번 승강장 벽을 지날 때까지도 편지를 손에 꼭 쥐고 있었다. 해리는 단번에 이모부를 발견했다. 그는 위즐리 부부에게서 멀찌감치 떨어져 서서 의심스러운 눈으로 그들을 바라보고 있었다. 위즐리 부인이 해리를 반갑게 끌어안자, 버넌 이모부가 품었던 최악의 의혹이 확인된 듯했다.

"월드컵 때 전화할게!" 해리가 론과 헤르미온느에게 작별 인사를 한 다음 여행 가방과 헤드위그의 새장을 실은 수레를 버넌 이모부 쪽으로 돌렸을 때 론이 그의 등 뒤에 대고 소리쳤다. 버넌 이모부는 평소 방식대로 해리를 환영했다.

"그건 뭐냐?" 그가 여전히 해리의 손에 쥐여 있던 편지 봉투를 노려보며 으르렁댔다. "내가 서명해야 할 또 다른 서류라면, 넌 또 한 번……."

"아닌데요." 해리가 명랑하게 말했다. "제 대부가 보낸 편지예요."

"대부?" 버넌 이모부가 침을 튀겼다. "너한테 대부가 어딨어!"

"아뇨, 있어요." 해리가 밝은 목소리로 말했다. "우리 엄마 아빠의 가장 친한 친구였어요. 유죄판결을 받은 살인자지만, 마법사 감옥에서 탈출해서 도주 중이에요. 그래도 저랑은 연락하며 지내고 싶어 하시네요……. 제 소식도 계속 듣고…… 제가 잘 지내는지 확인도 하고요……."

해리는 버넌 이모부의 얼굴에 겁에 질린 표정이 떠오르는 것을 보고 씩 웃으며, 수레 위에서 덜컹거리는 헤드위그의 새장을 앞세운 채 역 출구로 향했다. 지난번보다는 훨씬 나은 여름을 기대하며.

(제4권 《해리 포터와 불의 잔 1》에서 계속됩니다.)

GRYFFINDOR

☀ 패트로누스 ☀

◆ 그리핀도르 ◆

점점 다가오는 디멘터의 그르렁거리는 숨소리와 후드로 가려진 불길한 얼굴은 노련한 오러조차 등줄기가 오싹해지게 만들 수 있습니다. 마법사들에게 알려진 가장 어려운 마법 중 하나인 패트로누스 마법은 아즈카반의 디멘터들을 상대하는 유일한 마법으로, 이때 쓰는 주문인 '엑스펙토 패트로눔'은 '나는 수호자를 기다린다'라는 뜻입니다.

고도의 전문 기술인 이 방어 마법은 디멘터를 비롯한 해로운 생명체들을 막아 주는 마법의 방패를 만들어 냅니다. 하지만 이 마법은 좋은 기분과 행복한 기억(디멘터들이 먹고사는 바로 그것)을 이용해야 쓸 수 있으므로, 무자비하게 영혼을 빨아내는 그 생명체들이 덤벼들 때는 걸기가 쉽지 않습니다.

사실, 마법사 세계에서 완전한 형태의 패트로누스를 만들어 낼 수 있는 사람은 몇 없습니다. 루비우스 해그리드처럼 기복이 심한 마법 능력을 가진 마법사들은 꿈도 꾸기 힘든 마법이지요. 헤르미온느 그레인저조차 호그와트 급행열차에서 루핀 교수가 패트로누스를 소환하는 것을 처음 보았을 때나, 이후 덤블도어가 그리핀도르와 후플푸프의 퀴디치 시합에서 디멘터 무리를 물리치고자 어쩔 수 없이 패트로누스를 만들어 냈을 때, 이 드문 종류의 마법을 알아보지 못했습니다.

미숙한 마법사가 이 주문을 시도하면 마법 지팡이 끝에서 은빛의 안개나 증기만 만들어질 뿐인데, 이런 안개나 증기는 주문을 건 사람을 조금밖에 보호해 주지 못합니다. 진정한 패트로누스는 동물의 형상을 취하는데(이런 패트로누스를 '실체를 갖춘 패트로누스'라고 합니다), 대체로 주문을 건 사람의 성격에서 가장 내면적인 본질을 드러내는 동물이나 주문을 건 사람이 아주 좋아하는 동물의 모습입니다. 그것의 정확한 형태는 사람마다 다릅니다. 예컨대 그리핀도르 출신인 알버스 덤블도어의 패트로누스는 그가 아주 특별한 관계를 맺고 있는, 놀라운 마법 능력을 가진 희귀한 생명체인 불사조입니다. 그의 남동생 애버포스의 패트로누스는 염소로, 애버포스는 이런 시절부터 유난히 염소를 좋아했습니다.

하지만 뛰어난 마법사는 자신의 진짜 패트로누스를 위장하기 위해, 마음만 먹으면 실체가 없는 패트로누스를 불러낼 수도 있습니다. 예컨대 루핀 교수는 늑대 형상인 자신의 패트로누스가 늑대인간이라는 그의 정체를 드러낼지 모른다는 두려움에 실체가 없는 패트로누스를 씁니다. 동물의 크기가 패트로누스의 능력을 나타내는 지표가 아니라는 점은 짚어 두어야겠습니다. 셰이머스 피니건의 여우 같은 작은 동물도 지니 위즐리의 말처럼 비교적 큰 생명체와 동등한 힘을 갖습니다.

이런 마법의 수호자를 불러내는 일에는 행복을 느꼈던 강렬한 기억이 필요하므로, 종종 사랑이 패트로누스의 이면에 있는 기억의 원천이 되곤 합니다. 해리가 아버지인 제임스 포터에게서 물려받은 수사슴 패트로누스는 가족에 대한 그의 사랑을 표현합니다. 덤블도어 교수가 해리에게 짚어 주었듯이, 해리의 아버지가 남기고 간 일부는 사실 한 번도 해리를 떠난 적이 없는 셈입니다.

마법사가 살아가는 동안 엄청난 충격이나 감정적 동요를 겪으면 패트로누스가 바뀔 수도 있습니다. 패트로누스는 가끔 평생의 반려를 상징하는 동물의 형상으로 변하는데, 이는 사랑하는 사람 자체가 패트로누스를 만들어 내는 행복한 생각의 원천이 되기 때문입니다. 그런 패트로누스는 진정하고 영원한 사랑의 결속을 나타냅니다.

능력이 뛰어난 마법사들은 멀리 떨어진 곳에서도 패트로누스 주문을 걸 수 있는데, 이 경우 패트로누스 마법은 긴급한 메시지를 보내는 편리

323

HERMIONE

CORPOREAI

GRANGER

PATRONUS

헤르미온느 그레인저의 실체를 갖춘 패트로누스

한 수단이 됩니다. 알버스 덤블도어가 죽은 뒤, 아서 위즐리가 가족들에게 루퍼스 스크림저와 함께 버로로 가고 있다고 경고하기 위해 자신의 족제비 패트로누스를 보냈듯이 말이죠.

마음이 순수하지 않은 마법사는 패트로누스를 만들어 낼 수 없다고 합니다. 패트로누스 마법으로 물리쳐야 할 생명체들과 동맹 관계에 있는 어둠의 마법사들에게는 이 주문이 필요 없습니다. 어둠의 마법과 싸우는 사람들에게는 이 마법이 마법 무기고에 들어 있는 아주 중요한 마법이지요. 덤블도어의 군대에 속한 주목할 만한 몇몇은 필요의 방에서 해리의 가르침을 받아 이 마법을 거는 법을 배우는데, 그중에는 론(잭 러셀 테리어)과 헤르미온느(수달)도 있습니다. 우수한 학생인 헤르미온느조차 이 마법이 너무 어려워서 애를 먹긴 합니다만. 비범한 마법 능력의 지표로 여겨지는 마법이기에, 이 마법을 쓸 줄 아는 마법사들은 마법 정부에서 일하게 되는 경우가 많습니다. 어른이 된 해리 포터와 헤르미온느 그레인저처럼 말이죠.

강동혁은 서울대학교 영문학과와 사회학과를 졸업하고 같은 학교 대학원에서 영문학 석사학위를 받았다. 옮긴 책으로는 《신비한 동물사전 원작 시나리오》, 《일곱 건의 살인에 대한 간략한 역사》, 《레스》, 《이 소년의 삶》 등이 있다.

해리 포터와 아즈카반의 죄수 2(그리핀도르 기숙사 에디션)

초판 1쇄 인쇄 2022년 6월 8일
초판 1쇄 발행 2022년 7월 11일

지은이 | J.K. 롤링
옮긴이 | 강동혁
발행인 | 강봉자, 김은경

펴낸곳 | (주)문학수첩
주소 | 경기도 파주시 회동길 503-1(문발동 633-4) 출판문화단지
전화 | 031-955-9088(마케팅부), 9532(편집부)
팩스 | 031-955-9066
등록 | 1991년 11월 27일 제16-482호

홈페이지 | www.moonhak.co.kr
블로그 | blog.naver.com/moonhak91
이메일 | moonhak@moonhak.co.kr

ISBN 978-89-8392-919-8 04840
      978-89-8392-901-3 (세트)

* 파본은 구매처에서 바꾸어 드립니다.